EL ENIGMA DE WEST HEART

colección andanzas

DANN MCDORMAN

EL ENIGMA DE WEST HEART

Traducción de Victoria Alonso Blanco

TUSQUETS
EDITORES

Título original: *West Heart Kill*

1.ª edición: mayo de 2024

Traducción: © Victoria Alonso Blanco, 2024
Diseño de la colección: Guillemot-Navares
Reservados todos los derechos de esta edición para
Tusquets Editores, S.A. – Av. Diagonal, 662-664 – 08034 Barcelona
www.tusquetseditores.com
ISBN: 978-84-1107-471-1
Depósito legal: B. 6076-2024
Fotocomposición: Realización Tusquets Editores
Impresión y encuadernación: Rotoprint By Domingo, S.L.
Impreso en España

Índice

Para Caroline

«Ese cadáver que plantaste el año pasado en tu jardín,
¿ha empezado ya a florecer?»

Jueves

Esta novela de misterio, como todas las de su género, empieza con la evocación de lo que el lector concibe como su «atmósfera», la acumulación de pequeños detalles seleccionados con el propósito de crear un mito compartido de ambiente, tiempo y lugar; aunque, evidentemente, no todos a la vez, eso es importante: el escritor de novelas de misterio, como todo escritor, debe ser cicatero y revelar la información paso a paso; al fin y al cabo, toda novela es un enigma y todo lector, un detective.

No todas las novelas de misterio arrancan con el protagonista, pero esta sí. Va sentado en un coche, en el asiento del acompañante; en estas frases de apertura no se nos desvela el año ni el modelo ni la marca, eso sería demasiado simplista, pero sí vemos que su protagonista introduce un cartucho de ocho pistas en el salpicadero, *Wings at the Speed of Sound*. Salta la música: «Let 'Em In». El protagonista está fumando algo, un cigarrillo de marihuana, que le pasa a otro personaje, el conductor del vehículo, cuya presencia se ha insinuado al principio de este párrafo sin hacerse explícita. Los dos hombres, porque ambos son hombres, sí, lucen una vestimenta similar, de una época que no es la nuestra, pero que reconocemos gracias al cine y la televisión: las pistas se van acumulando.

Ahora viene un punto crucial, el primer fragmento de diálogo:

—¿Y qué cazan en ese club de caza?

—Ciervos, sobre todo. Faisanes. Algún oso, muy de vez en cuando.

—¿Personas?

—Solo entre ellos.

Ríen los dos, pero tú te ilusionas; puede que te haya venido a la memoria la trama de «El juego más peligroso», ese relato en el que un rico excéntrico atrae a su isla a unos incautos con la intención de darles caza por pura diversión. ¿Estamos, quizás, ante esa clase de historia? Pero, atención, porque ya están hablando otra vez:

—Mi familia es una de las más pobres del lugar. En realidad, solo nos permiten seguir en el club porque llegamos de los primeros, fuimos socios fundadores.

—¿De cuántas familias estamos hablando?

—¿Unas tres docenas quizás? Puede que más. Todas tienen su propia cabaña; están repartidas por la finca. Cada tantos años, un socio se va del club y entra uno nuevo. La cuota cuesta un dineral.

—¿Y todo ese dinero a qué te da derecho?

—A un coto donde cazar. A un lago con peces y canoas. A la sede del club. A las comidas que se organizan en festividades especiales.

—Como esta.

—Sí, como los fuegos artificiales del Cuatro de Julio. También celebramos el día de los Caídos. El día del Trabajo. Nochevieja. En realidad, cualquier pretexto es bueno para empinar el codo y desear a la mujer del prójimo.

—Hay formas más baratas de tener una aventura.

—Bah, a esta gente le sobra el dinero. O le sobraba. Aunque en realidad están pagando por el aislamiento. Por la privacidad. Kilómetros y kilómetros de senderos desiertos. Sepulturas en las que enterrar sus secretos.

—¿Crees que alguno se quejará de que hayas invitado a un don nadie como yo?

—No, te verán como un juguete nuevo, como algo que pasarse de una patita a la otra y sobre el que luego, ya con las copas, mostrarse condescendiente.

—Valiente plan.

—Merece la pena, aunque solo sea por salir de la urbe. Nueva York está de capa caída y, encima, ahora hace un calor infernal allí. Además, me dijiste que estabas sin trabajo, ¿no?

—Bueno, me ha surgido un caso.

—¿De qué se trata?

—Nada interesante. Fuera de la ciudad.

—Bueno, no me lo cuentes si no quieres. En fin, creo que vas a triunfar con las mujeres...

El cigarrillo se ha consumido; pasa un coche patrulla y los dos lanzan una ojeada cautelosa al espejo retrovisor. Mierda, ¿los habrá visto? ¿Va a darse la vuelta, las luces destellando, la sirena a toda potencia? De pronto, las pistas del diálogo empiezan a encajar; estás convencido, aunque hasta el momento nada haya indicado una cosa u otra, de que el protagonista es el forastero que ha sido invitado a pasar el fin de semana en la montaña y el conductor es quien va dejando caer todos esos detalles, arteramente anunciados, sobre el club de caza. Ahora ya conoces la fecha, tal vez incluso la década, así como el estatus socioeconómico de ese club de caza; puede que también hayas deducido algo sobre la catadura moral de sus socios. Esas insinuaciones sexuales no te molestan, no eres ningún mojigato, aunque no es eso exactamente lo que esperas de una novela de misterio; de hecho, confías en que este no sea uno de esos libros en los que el autor recurre al sexo, la violencia o el efectismo para adornar o embrollar la historia. Los verdaderos escritores, los que te merecen confianza y a los que vuelves una y otra vez, no tienen ninguna necesidad de recurrir a esos trucos baratos.

El coche patrulla sigue su camino hasta perderse de vista y los dos se relajan. Deciden poner la radio, por la que emiten un parte meteorológico nefasto, y la conversación entre ambos deriva hacia temas que aquí no tendrían por qué interesarnos: amigos comunes, política, cine, música... Algo te dice que estos dos hombres se conocían bastante bien, en el pasado, pero parece que en los últimos años no han tenido mucho trato, y tú te preguntas por qué habrán vuelto a reencontrarse, precisamente ahora. Intuyes que también eso podría formar parte del misterio.

Por otra parte, la utilización de ese término, «caso», mencionado unas líneas más arriba, también te da que pensar: ¿quiere eso decir que nuestro protagonista es un investigador privado? Tienes la impresión de que el libro se instala en la cómoda fórmula de su género. Por supuesto que hay un investigador privado, tiene que haberlo forzosamente. Sigamos, pues. Ya barruntas un esbozo de la trama que se avecina, prevés las pistas falsas y los callejones sin salida, las artimañas que este escritor de novelas de misterio empleará para tratar de ocultar esa verdad a la vista de todo el mundo, como aquella famosa carta robada sobre la repisa de una chimenea; tú solo esperas que se atenga a las reglas, porque no hay mayor fraude que una novela de misterio tramposa.

Pero volveremos a esas reglas más adelante, porque de repente los neumáticos del coche crujen sobre grava al abandonar el vehículo la carretera principal y acceder al camino sin pavimentar que sin duda conduce al club de caza y, prevés tú, a la muerte... Unos letreros de color naranja clavados en los árboles que flanquean el camino avisan de que entramos en «PROPIEDAD PRIVADA»; todos ellos llevan inscrito el nombre del club, West Heart, y su símbolo: una cabeza de oso sobre dos escopetas cruzadas, que, no puedes evitar pensar, recuerda una calavera con dos tibias.

Tras un largo trayecto montaña arriba por esa pista sin asfaltar, atraviesan un viejo puente de madera tendido sobre un riachuelo y luego empiezan a encontrar a su paso unas... «cabañas»; así las llama el conductor, aunque, de hecho, son casas grandes, de construcción sólida, sin duda segundas residencias, o incluso terceras o cuartas residencias: los ricos de la urbe dándoselas de pobres en el monte. Un lago centellea entre los árboles; a lo lejos, nuestros dos personajes divisan a unos niños que juegan a salpicarse en el agua y a unas mujeres con modernas gafas de sol que, embadurnadas de crema solar, refulgen tumbadas sobre la arena de la playa..., y luego, ya están ante la sede del club West Heart.

—No me esperaba un edificio tan grande.

—Unas cincuenta habitaciones. Podría ser un hotel estupendo, si algún día el club se fuera a pique.

—¿Hay posibilidad de que eso ocurra?

El conductor alza los hombros, y tú adviertes con especial interés que ese gesto no constituye una respuesta; tu mirada de lector avezado sigue la de nuestro protagonista mientras este observa la sede del club, un edificio monumental de tres plantas construido en madera y piedra que evoca los célebres pabellones de caza de otras épocas, con un porche inmenso que da toda la vuelta al edificio, apuntalado con recios troncos y engalanado con banderitas patrióticas para conmemorar la festividad que se celebra este fin de semana. Dentro, más tarde, deambulando por su interior laberíntico revestido de paneles de madera y lleno de rincones en penumbra, nuestro protagonista descubrirá una planta baja en la que se encuentran el salón comedor, la cocina y una gran sala con una chimenea enorme que, según le informan, el encargado de mantenimiento se ocupa de que esté encendida, prácticamente sin interrupción, de noviembre a marzo. En la segunda planta hay una biblioteca, un estudio y varios dormitorios para huéspedes, aparte de los que ocupan toda la tercera planta. El sótano se usa principalmente como almacén, aunque también alberga la bodega del club; un detalle, piensas, añadido sin duda como guiño al relato de Edgar Allan Poe «El barril de amontillado».

Pero nuestro protagonista se entera de todo esto más tarde, ya que en este momento se está celebrando la «*soirée* de las seis», llamada así porque esa es la hora en que los socios del club salen de sus cabañas para tomar las primeras copas del día, o al menos las primeras en público: circulan algunas bromitas ya un tanto manidas sobre si ciertos socios celebran en privado la «*soirée* de las cinco» o incluso la «*soirée* de mediodía». En el porche debe de haber una docena de personas, cóctel en una mano, cigarrillo en la otra, que intercambian anécdotas, hablan con sorna de desgracias y escuchan chistes asintiendo con solemnidad. Los diálogos que se suceden incluyen referencias a Gerald Ford, al cultivo del cacahuete, a la OLP, al Concorde y al aumento del coste de los fuegos artificiales en este año del bicentenario: esos ingredientes básicos de verosimilitud que construyen un mundo artificial dentro del cual sus personajes van a representar pantomimas de muerte con el propósito de procurar entretenimiento. No se observa empeño alguno por enmarcar esta historia en ningún contexto, al menos por el momento, y los retazos confusos de las conversaciones que te permiten escuchar furtivamente parecen haber sido ideados para mantenerte en vilo, para dejarte con la duda, palpando a tientas un espacio en el que todavía no se han encendido las luces...

¿Sigue en pie la batida de mañana?

¿Ha venido ese tipo?

¿Cuántas hectáreas van a talar?

¿La has visto esta mañana en el desayuno?

¿A qué hora? Tengo una escopeta nueva.

¿Quién?

Lo oí todo desde el otro extremo del acantilado.

La pobre tenía muy mala cara.

¿A las seis?

El aspirante...

Deben de ser unas cuarenta hectáreas.

La semana pasada Julia la vio nadando desnuda en el lago.

Mejor a las siete. Puede que trasnochemos.

¿En serio? No me gusta ese hombre.

Es una lástima. ¿Hemos vendido alguna vez derechos de tala?

La verdad es que está hecha una pena, pobre.

¿Invitamos a alguien más?

A mí tampoco. No..., no encaja en West Heart, tú ya me entiendes.

Hace décadas, creo. Qué desesperación.

Al menos habrá que guardar las apariencias.

Les preguntaré a Ramsey y a Duncan.

A John solo le interesa porque tiene dinero.

No me parece propio.

¿Te imaginas el botiquín que tendrá esa mujer? Será como una farmacia.

¿Otto no?

Dudo mucho que una sola persona pueda «salvar» el club, si es eso lo que está pensando.

Claro que sí, los árboles vuelven a crecer. Mejor que vender la finca.

Para mí que Duncan debería hacer algo por ella, aunque ya lo ha intentado, claro.

Hay que andar demasiado. Él no puede, con esa pierna...

Claro que algunos piensan que no merece la pena salvarlo.

Puede que tengamos que hacer eso también, antes de poner punto final.

Todos lo hemos intentado, ¿no?

A continuación, vienen las presentaciones, gracias a las que por fin descubres que tu protagonista se llama Adam McAnnis y el conductor, James Blake. Seguidamente, varios párrafos cuyo propósito es presentarte al reparto principal de la obra, personajes cuyos nombres también contribuyen a evocar la *mise-en-scène* de la clase alta anglosajona, apellidos con los que podrías toparte en algún cementerio olvidado de Nueva Inglaterra mientras das un melancólico paseo bajo la lluvia: Mayer, Garmond, Caldwell, Burr, Talbot... Todos los personajes aparecen simbolizados por un rasgo físico para ayudarte a distinguirlos: la mujer con la cicatriz en la sien que intenta taparse con el pelo, el hombre con papada y tez cetrina, el muchacho que cojea, la mujer morena con un mechón de pelo blanco. Evidentemente, sabes que toda descripción conlleva también un interrogante. ¿Cómo se hizo esa cicatriz? ¿Esa coloración ictérica de la tez se debe al exceso de alcohol? ¿Qué accidente o percance ha ocasionado esa cojera? ¿Seguirá siendo motivo de pesadumbre para él? ¿Qué tragedia o qué horror volvió blanco de espanto ese mechón?

Aguzas la atención; como avezado lector del género sabes que es probable que alguno de esos nuevos personajes sea el asesino, pero ¿cuál? Confías en que este autor sea lo bastante hábil como para evitar pistas demasiado torpes; incluso un adjetivo o un adverbio equivocados, o el ritmo sutil de una oración o una frase, pueden poner sobre aviso al lector perspicaz y hacer que descubra el final antes de tiempo. De hecho, aunque desearías que esta fuera una de esas antiguas novelas de misterio que presentaban la lista de personajes al principio del libro, también te inquieta el riesgo que eso conlleva: por ejemplo, ¿cómo resolverá el autor el intrincado dilema que plantea un personaje que no es quien dice ser? ¿O el de los dos personajes que en realidad son uno solo, pero bajo otra identidad, adoptada quizás tramando una turbia venganza planeada décadas atrás? ¿Acaso una lista en la que figuraran dos personajes así no produciría la impresión, una vez conocido el desenlace, de engañifa? A fin de cuentas, ¿no podría considerarse que toda *dramatis personae* lleva implícita de por sí una mentira, aunque solo sea por omisión?

*

Personajes principales

La familia Garmond

JOHN GARMOND: Presidente del Club West Heart. [redacted].
JANE GARMOND (de soltera, Talbot): Hermana de Reginald Talbot. [redacted].
RAMSEY GARMOND: Hijo. [redacted].

La familia Mayer

DUNCAN MAYER: [redacted].
CLAUDIA MAYER.
OTTO MAYER: Hijo. Cojea a consecuencia de [redacted].

La familia Blake

DR. ROGER BLAKE.
MEREDITH BLAKE.

JAMES BLAKE: Hijo. Amigo de la universidad de Adam McAnnis.
EMMA BLAKE: Hija. Recién salida de la facultad.
DR. THEODORE BLAKE: Difunto. Padre de Roger Blake. [redacted].

La familia Burr

WARREN BURR: [redacted].
SUSAN BURR: [redacted].
RALPH WAKEFIELD: Sobrino.

La familia Talbot

REGINALD TALBOT: Tesorero del Club West Heart. Hermano de Jane Garmond. [redacted].
JULIA TALBOT: Embarazada.

La familia Caldwell

ALEX CALDWELL: Viudo.
AMANDA CALDWELL: Difunta. [redacted].
TRIP CALDWELL: Hijo. Difunto. Falleció en [redacted].

ADAM MCANNIS: Amigo de la universidad de James Blake. Detective privado contratado por [redacted].

JONATHAN GOLD: Aspirante a socio de West Heart. [redacted].

FRED SHIFLETT: Encargado de mantenimiento de West Heart.

*

Mientras repasas atentamente esta lista de nombres, de pronto reparas en que McAnnis ha hecho mutis por el foro dispuesto a explorar la sede del club, en cuyo interior solo se oye el traqueteo de platos y la cháchara del personal de cocina. En la mano sujeta una copa medio vacía, a modo de detalle o pretexto, de símbolo externo de pertenencia; la absoluta naturalidad de su conducta no pretende suscitar más misterio que el de un hombre que ha abandonado una fiesta sin más, y no que se trate ni mucho menos de un detective profesional empeñado en levantar la liebre. Aprovechando ese momento de asueto, el texto por fin nos describe al personaje: McAnnis tiene treinta y cinco años, pero aparenta más; es moreno y lleva el pelo despeinado, tapándole las orejas, y un oscuro bigote con el que pretende imprimir un aire un tanto malévolo a su rostro, lo que puede tener su utilidad en algunas circunstancias, pero resulta ser un hándicap en la mayoría. Los gallos le han arañado con sus patitas las comisuras de los ojos, pero esas arrugas no se deben al efecto de sonreír sino al escepticismo, a la mueca o la gesticulación habituales en un hombre hastiado de engaños. Tiene los ojos azul claro —«herencia de mi madre», suele confiarles a las mujeres que se lo señalan— y son esos ojos los que lo delatan: tristes, recelosos, heridos, como miran los ojos de quien te ha pillado en una flagrante mentira, con la consiguiente vergüenza y decepción para ambos. Tiene la nariz un tanto torcida, a consecuencia de un puñetazo que recibió hace unos años y que él sabe que debería haber visto venir. En el dorso de su mano izquierda se aprecia una cicatriz blanquecina, un pellejo redondo y fruncido, la marca de un habano que le apagaron sobre la piel, recordatorio (como si fuera preciso) de decisiones que no debió haber tomado y de riesgos que no merecía la pena correr.

McAnnis sigue creyendo que vestir de traje es un mal necesario para su oficio, y tampoco es que el suyo sea uno de esos dichosos trajecitos informales; es un traje como es debido, pobretón y desgastado, eso sí, pero con el que basta para abrir puertas y soltar lenguas, sobre todo cuando nuestro detective abre la cartera y, en un visto y no visto, hace alarde de una placa cuya autenticidad podría colar de no verse sometida a una inspección rigurosa. McAnnis lleva siempre las corbatas algo sueltas; las noches en que se acuerda de desvestirse antes de meterse en la cama, las deja colgando de la camisa.

Para este viaje, luce un traje marrón con una camisa amarilla y una corbata con un motivo de naranjitas y tomates; tras unas horas de viaje, salta a la vista que su atuendo al completo, aun cuando los almacenes JCPenney garanticen lo contrario, no es «inarrugable».

McAnnis ha subido por las escaleras hasta la primera planta. La biblioteca está oscura en la penumbra del atardecer. En una pequeña placa de bronce junto a la puerta, lee: «En agradecimiento al doctor Blake y su esposa, por la donación de su colección privada. Diciembre de 1929». Un donativo a cambio de la consiguiente desgravación fiscal, supones que estará pensando McAnnis. Tras el crack del 29. El grueso de la biblioteca lo conforman volúmenes encuadernados en piel. Hay un anaquel dedicado a la caza y la pesca. Otro está lleno de lo que, a primera vista, parecen documentos de West Heart, entre los que se incluyen décadas del boletín del club, impresos y encuadernados. En una de las paredes, en lugar de estantes hay un par de enormes cabezas de ciervo disecadas y, en torno a ellas, casi dos docenas de placas de bronce con los nombres y años de las distintas presidencias del club, que, al parecer, se renuevan cada lustro. McAnnis está examinando con atención esos rótulos cuando un socio del club irrumpe en la biblioteca: Reginald Talbot, el tesorero. Es un hombre bajito y nervioso, con gafas y entradas pronunciadas; McAnnis descubre también que tiene un tic: parpadea casi incesantemente.

—Buenas... Usted es el detective privado, ¿no? McAdams.

—McAnnis. Adam McAnnis.

—Es verdad. Lo he oído hablando con James. ¿Está buscando «la necesaria»?

—¿La qué?

—El baño. Disculpe. Es que aquí lo llamamos así.

—Qué gracia. No, solo estaba echando un vistazo.

—No estaría investigando, ¿verdad? —pregunta Reginald Talbot con un aleteo de pestañas.

—No, qué va —responde McAnnis—. Si mi profesión estuviera sujeta a horarios, ahora mismo me correspondería estar de descanso.

—Puede que no ande a la búsqueda de delitos, pero que los delitos lo busquen a usted —aventura Reginald Talbot—. Así suele ocurrir en todas las novelas de misterio. El detective está de vacaciones en un hotel y, de pronto, resulta que desaparece un huésped.

—O se lo encuentran muerto, por lo general —replica McAnnis—. Pero no, no suelo toparme con cadáveres en mis momentos de ocio. Ahora mismo mi única intención es servirme otra copa —dice levantándola.

—En eso seguro que podremos ayudarle.

—Aunque tengo curiosidad... —añade McAnnis.

—Usted dirá.

—¿En estas placas figuran todos los presidentes que ha tenido el club?

—Eso creo, ¿por qué?

—Me pregunto qué ocurrió en la década de los treinta.

—¿Por qué lo dice?

—Todas estas placas cubren periodos de cinco años. Pero falta la que va de 1935 a 1940. Está la de Horace Burr, de 1930 a 1935, y la de Russell Caldwell, de 1940 a 1945.

Reginald Talbot se inclina hacia la pared.

—Es verdad. Qué raro.

—¿Alguna explicación?

—Ni idea. Si tiene especial interés, podría preguntarle a alguno de los veteranos del lugar. Aunque no veo qué interés habría de tener.

—No, ninguno, son gajes del oficio.

—El detective detecta.

—Algo por el estilo.

—Bien. Entonces, vamos a por esa copa. Al fin y al cabo —Reginald Talbot se dirige hacia la puerta con parsimonia, afectando indiferencia, como un actor novato que exagera su papel—, no podemos permitir que un extraño merodee por aquí a sus anchas, sacando a la luz todos nuestros secretos.

*

Fuera, en el porche, la *soirée* de las seis está en todo su apogeo; las lenguas ya sueltas tras la primera, segunda o tercera copa de la noche. McAnnis da sorbitos de su Pimm's recién servido y observa a los invitados, tratando de asociar a los individuos que lo rodean con los nombres del dosier sobre el club que ha preparado con antelación y que guarda en un sobre marrón escondido en su maletín de viaje, debajo del bañador.

Los invitados visten con los marrones, naranjas, amarillos

y celestes característicos de la época, una estética colectiva que, a juicio de este escritor de novelas de misterio, claramente resulta más apropiado describir con nombres propios y símbolos de marcas registradas: pantalones Wear-Dated® Acrilan® con tecnología Sansabelt®, ligeros jerséis acrílicos de Orlon®, vaqueros de poliéster Fortrel®, polos Ban-Lon®, faldas de nailon Avril®, blusas de seda Quiana®...

La mayoría de los hombres lucen variaciones del polo Izod Lacoste o Brooks Brothers, aunque algunos, adoptando el estilo del nuevo libertino, tratan de aparentar comodidad embutidos en prietas y floreadas camisas Huk-a-Poo, más o menos desabotonadas. Los de edad más avanzada sudan bajo americanas informales Bill Blass de color rosa o amarillo canario y pantalones a cuadros demasiado ceñidos en la cintura para sus prominentes barrigas.

Las mujeres, como era de esperar, son más imaginativas y visten blusas holgadas de aire campesino, maxifaldas y modelitos sin mangas de Lilly Pulitzer; pichis de Austin Hill con pañuelos de seda a juego anudados en la cabeza; blusas Skyr con estampados florales de color naranja; pantalones de pata ancha Meadowbank; jerséis Herman Geist y pantalones piratas de... Justo en este instante, mientras pasas revista a estas marcas estadounidenses de otra época, caes en la cuenta de que te apenaba un poco la ausencia de mujeres en lo que llevábamos de historia; qué curioso, piensas, porque a menudo son ellas las víctimas o las asesinas o el móvil del crimen. Incluso para el misógino Sherlock Holmes, la figura de Irene Adler, que aparecía en un único relato del autor, adquirió un valor incalculable con el paso del tiempo: fue «la mujer» en la tradición holmesiana, la que añadió algo de rubor a las mejillas de un canon por lo demás carente de colorido sexual. Te complace, pues, observar que Adam McAnnis está hablando ahora mismo con Jane Garmond, cuya melenita rubia le enmarca el rostro ocultando entre las escaladas ondas su cicatriz en la sien. La señora Garmond es una mujer atractiva, diez años mayor que McAnnis tal vez, con los ojos color avellana y la tez clara; luce un vestido verde anudado con una lazada a un lado de la cintura, a lo Diane von Furstenberg. Posee eso que los escritores gustan de describir como un «halo de tristeza», y es de esas mujeres cuya familia, al cabo de los siglos, podría descubrir un diario de poemas que llevaba escribiendo a escondidas toda la vida o un perfumado paquetito de cartas descoloridas con el remite de un amante tristemente fallecido décadas antes.

—Usted es la mujer de John —dice McAnnis—, el presidente del club.

—Sí.

—¿Eso la convierte en la Primera Dama?

La señora Garmond niega con la cabeza.

—Ni mucho menos. El cargo es un fastidio más que nada. Papeleo y más papeleo. A decir verdad, podría decirse que se hereda de una familia a otra. Ya sabe, la caracola que pasa de mano en mano ante el fuego.

—*El señor de las moscas,* ¿no?

—Bravo. En fin, que no tiene nada de especial. Hay muchos expresidentes pululando por ahí.

—¿Como quiénes?

—Ah, pues el doctor Blake, por ejemplo. Y Duncan Mayer, también.

—Así que... ¿usted accedió al club en calidad de «señora de»?

Jane Garmond da un sorbo lento y reposado de su copa de vino blanco y los cubitos de hielo que había agregado para mantenerlo fresco traquetean contra el cristal.

—¿Siempre interroga usted a sus anfitriones? —pregunta ella.

—¡Yo lo llamaría conversar! —replica McAnnis.

—Era broma. No, no accedí como «señora de». Soy socia de toda la vida. Mi apellido de soltera es Talbot. Reg Talbot es mi hermano.

—Justo acabo de conocerlo en la biblioteca.

—Ya, los he visto saliendo de allí. En fin, que llevo aquí desde siempre. Hay gente en este club a la que conozco desde que era niña. Todos veraneábamos aquí, incluso de adolescentes.

McAnnis se queda callado. Conoces esa táctica; como buen interrogador, nuestro detective sabe que el mutismo impulsa al interrogado a llenar el vacío. Los sospechosos, sobre todo cuando la culpa los incomoda, se afanan por suavizar las situaciones violentas; creen que eso los hace parecer más naturales, más inocentes, cuando, de hecho, ocurre todo lo contrario. El intento de complacer forma parte intrínseca de la triste vulnerabilidad del ser humano, una debilidad que cualquier detective o estafador puede explotar.

—De entonces viene esta cicatriz —dice Jane Garmond, tocándose la frente—. Duncan Mayer me dio con un tirachinas. Me salió sangre a chorros.

—Qué horror. Espero que le dieran su merecido.

—Si conociese a su padre, no diría eso. Los berridos de Duncan resonaron por todo el lago mientras le daban de correazos.

McAnnis intenta aprovechar la situación, pero de pronto se les suman otras personas: Meredith Blake y Claudia Mayer (la del mechón blanco en el pelo), junto con dos jóvenes, el hijo de Claudia, Otto Mayer, que llega cojeando, y el hijo de Jane, Ramsey Garmond.

McAnnis sortea las preguntas recurriendo a la cháchara cortés, mientras examina en silencio a los recién llegados, intentando añadir algo de color a los datos prosaicos y anodinos recabados para su dosier sobre el club. Disponía de fechas y detalles extraídos de sus certificados de nacimiento e informes escolares; y en el caso de Ramsey, de un único e inocente parte de mala conducta a consecuencia de una novatada que no terminó bien y que lo llevó a comparecer ante un mal juez, o quizás ante un buen juez en una mala mañana. Otto Mayer es moreno y alto, pero desgalichado; sus hombros parecen asimétricos, como si la pierna tullida le hubiera dado un cuarto de vuelta más a una tuerca de la columna hasta torcerle el torso. Ramsey Garmond es su antítesis; rubio, con los ojos azul pizarra, apuesto y corpulento —seguramente había remado en algún equipo universitario, piensa McAnnis—, y al estrecharle la mano, agarra al detective del hombro como si fueran viejos camaradas. Tiene la sonrisa pronta y el aire de un joven convencido del brillante y prometedor futuro que la vida le depara.

McAnnis recuerda de sus notas que Otto y Ramsey solo se llevan unos meses. Deben de haber crecido juntos en este club: veranos, fines de semana, festividades... Se tratan con afabilidad, como hermanos, o al menos como amigos de toda la vida, aunque, a ojos de McAnnis, parecen el anverso y el reverso de esa moneda que se echa a la suerte.

—¿... detective? —le está preguntando Ramsey Garmond.

—¿Cómo?

—Entonces, ¿nos lo va a contar?

McAnnis comprende que se le ha escapado algo.

—Perdona —dice—. ¿Qué me has preguntado?

—¿Que cómo es la vida de un detective?

—Pues nada que ver con la de las películas —dice McAnnis.

—Seguro que es más emocionante que la de un abogado fiscal —replica Ramsey Garmond.

—Depende de qué impuestos haya que fiscalizar —dice McAnnis.

—Ramsey trabaja con su padre —interviene Jane Garmond—. John. Créame, no tiene nada de emocionante.

—Vamos, no se contenga —le insta Otto Mayer—. Cuéntenos una historia detectivesca.

McAnnis suspira. La mayor parte de su labor gira en torno a tragedias de lo más vulgares: infidelidades, desfalcos, personas desaparecidas (también, en una época particularmente desesperada, un gato desaparecido). No obstante, de vez en cuando le surgía algún caso un poco más interesante. Una vez, un padre le preguntó si podía «recurrir a sus enchufes en el gobierno» para facilitar el retorno de su hijo, tránsfuga en Vancouver tras haberle prendido fuego a la cartilla militar ante las cámaras de una cadena de televisión local. En otra ocasión, una mujer quiso saber cuánto le cobraría por matar a su marido. El año anterior, un atribulado jovencito le había pedido que averiguara el paradero de su madre biológica.

De vez en cuando, McAnnis recibía la visita de representantes de empresas aseguradoras, cuando faltaba personal al que encargar estos asuntos. No recurrían a él de buen grado; les parecía que era rebajarse. Recordó a un agente de seguros que no dejaba de lanzar miradas desdeñosas en torno a su despacho y que, al tenderle McAnnis su tarjeta profesional, la pinzó por una esquina con el pulgar y el índice, como si temiera infectarse.

—Se trata de un incendio, señor McAnnis. Una pequeña galería comercial. De propiedad familiar.

—Un incendio accidental, pero ustedes sospechan que fue provocado.

—No cabe duda.

—¿Por qué?

—Porque siempre son provocados —respondió el agente de seguros.

Alguna que otra vez, también le caía algún trabajo corporativo camuflado de asunto privado: un hombre con aspecto de abogado, vestido con traje a medida de buena factura, que lo contrataba para encontrar pruebas de la infidelidad de otro.

—¿Se acuesta con su mujer? —preguntó McAnnis.

—Por supuesto que no.

—Entonces, ¿qué más le da? —repuso McAnnis.

—No, si a nosotros nos da igual, pero necesitamos ciertas garantías.

—¿A quién se refiere con ese «nosotros»?

McAnnis no obtuvo respuesta. Sin embargo, descubrió que el adúltero era un alto directivo de una gran empresa bancaria que se hallaba inmersa en un complejo y oneroso proceso de absorción. El ejecutivo era un necio y un bocazas. McAnnis tomó las fotos incriminatorias que el abogado requería, y la absorción, por lo que leyó posteriormente en la prensa, nunca se llevó a cabo.

A veces también surgían otro tipo de cosas, asuntos personales escabrosos, como el del padre que quería que nuestro detective desenganchara a su hijo de la heroína.

—No suelo aceptar esa clase de encargos —le dijo McAnnis—. Lo que usted necesita es un médico. O un terapeuta. Puede que un cura.

—Ya recurriré a ellos más adelante, pero antes necesito cortarle el suministro. Mi hijo tiene un amigo..., una mala influencia, que es quien se la proporciona; es su camello.

McAnnis intuía por dónde iban los tiros.

—¿Y qué quiere que yo haga?

—Quiero que convenza a su amigo de que mi hijo no merece el esfuerzo.

«Convenza», ese término. Tan dúctil. Con tantas capas de significado y de denegación de responsabilidad. McAnnis sabía lo que implicaba. Puños americanos, pirañas de cuero cargadas de plomo. La espera en la penumbra de un portal hasta que el objetivo saliera del bar o el restaurante: un golpe rápido y certero contra una rodilla que se vence, la promesa, entre aullidos de dolor, de que el objetivo hará cualquier cosa que se le pida. McAnnis recibía ofertas turbias de esa índole a menudo, pero nunca había aceptado ninguna. Aquel padre, sin embargo, estaba tan desesperado y se lo suplicó con tanta vehemencia, que se avino a «hacer indagaciones». Al final resultó que el camello era el hijo, no el amigo.

Comprendes la renuencia de McAnnis a hablar de esos casos prácticos; tus detectives favoritos son seres taciturnos, secos, parcos, a los que pagan para ser tan inescrutables como discretos; pero sabes que sería contraproducente frustrar a cualquiera que pudiera serle útil. McAnnis necesita que suelten la lengua, y a veces eso exige soltarla él también. Todo detective, por tanto, debe disponer de una historia con la que saciar el apetito de los curiosos. No tiene por qué ser verídica, pero debe parecerlo, y también debe transmitir ciertos elementos que ayuden con la investigación y el interrogatorio subsiguientes de quienes la hayan escuchado. Así pues, esta es la historia que ahora McAnnis le cuenta al grupo y que él, para sus adentros, siempre ha titulado:

El caso de la secta

Fue un encargo muy desagradable: unos padres lo contrataron para que buscara a su hija y la sacara de la secta californiana que la había abducido. Semanas de operaciones de vigilancia, de investigaciones clandestinas. Revolucionarios con arsenales de rifles en sótanos. Niños que se inyectaban heroína en People's Park. El gurú se hacía llamar Ayuva Daeva, pero su verdadero nombre era David Sherwin y había nacido en Manhattan. Aquel era su segundo intento de fundar una religión; el primero, por lo que averiguó McAnnis, se había malogrado al ser Sherwin encausado por expedir cheques falsos. La hija, descubrió McAnnis, había tenido amistad en el pasado con Angela Atwood, también conocida como «General Gelina», la «voz» del Ejército Simbiótico de Liberación, que falleció entre las llamas el 17 de mayo de 1974, cuando, en el transcurso de un tiroteo policial, se incendió el piso franco que el movimiento poseía en Los Ángeles. «Podría haber sido peor», quiso decirle McAnnis a los padres de la chica cuando la encontró, pero no lo hizo. El gurú se había estado embolsando los donativos y otros obsequios que los padres de la costa este, movidos por su amor y su angustia, habían ido enviando a California convencidos de que así contribuían a liberarlas de las penalidades impuestas por aquella realidad ilusoria. En verdad, sin embargo, ese dinero se desviaba a una cuenta bancaria cuyo titular no era otro que David Sherwin. Para conseguir la docilidad de las muchachas, se recurría al hachís, el LSD y la heroína. McAnnis, que había trabajado con anterioridad en otro caso relacionado con una secta, sabía lo que no surtía efecto: parlamentar. Lo que surtía efecto era el secuestro. Así pues, la raptó en plena calle y a plena luz del día, cuando la chica, cargada con bolsas de comida, regresaba de hacer la compra en la cooperativa de Berkeley junto con otra devota de Ayuva Daeva; la metió a la fuerza en su coche de alquiler, la esposó —«¡Cerdo! ¡Fascista!», le espetó ella a voz en grito, a pesar de que McAnnis llevaba el pelo más bien largo y bigote, «¡Hijo de la gran puta!»—, y se la llevó a un bungalow remoto que los padres habían alquilado en la montaña, donde la esperaban ansiosamente. Pero a partir de ahí todo fue de mal en peor, ya que en lugar del psicólogo y desprogramador experto en sectas que en principio debía esperarla allí, el padre de la chica, médico de profesión, se limitó a clavar una aguja en el brazo de su hija y la recluyó en una residencia para enfermos mentales de Napa, donde todavía sigue, que McAnnis sepa. «Envíeme la factura», le dijo el padre, antes de salir a toda velocidad en su coche, levantando gravilla y polvareda...

*

—Qué horror —exclamó Claudia Mayer, y la consternación asomó a su pálido rostro. Claudia tiene las cejas ligeramente arqueadas y los pómulos bien marcados; parece incómoda entre los demás, observa McAnnis, tan insegura como una actriz a la que hubieran empujado al escenario para representar un papel que no se ha aprendido.

—¿Qué hizo usted entonces? —pregunta Otto Mayer.

—Ingresar el talón.

—¿No intentó ayudarla? —pregunta Jane Garmond.

—¿Qué podía hacer yo? —replica McAnnis—. La chica estaba bajo la tutela de sus padres. Era una drogadicta, había estado en una secta. A la justicia le gusta retirar de la circulación a las jovencitas guapas como ella, para intentar restaurar su virginidad. Metafóricamente hablando.

—Debería haber tratado de ayudarla —interviene Claudia Mayer en voz baja.

—Uno hace lo que puede —replica McAnnis—. ¿Dónde está el límite? «Estas son las malas calles por las que debe transitar un hombre que en sí no es malo.»

—¿De quién es esa cita?

—De Raymond Chandler. Habla de que el detective privado debe ser una persona íntegra. Claro que él nunca lo fue. Dashiell Hammett, sí, pero él tenía otras ideas.

—Me alegro mucho de que te pusieras en contacto con James —dice Meredith Blake, con la desenvoltura de una anfitriona avezada en el arte de desviar la conversación. A los demás—: No habíamos visto a Adam desde hace..., no sé, ¿diez años?

—Más.

—¿Cómo es que habéis retomado la relación?

Meredith Blake es risueña y educada, pero astuta: tiene cara de ancianita y mirada de abogada, como la habría tenido Lady Macbeth, piensa McAnnis, si ella y su marido hubieran sobrevivido al embrujo de su ambición. Lleva el pelo rubio ceniza recogido en un moño y un vestido con estampado floral que podría calificarse de «sobrio». Nuestro detective la recuerda vivamente de los fines de semana cuando él y James subían en taxi al laberíntico piso que los Blake tenían en el Upper East Side, el «paraíso terrenal», como, medio en broma, lo llamaba el doctor, y se presentaban cargados con ropa sucia que lavar y la ilusión de una comida casera. Una vez, en un cóctel para celebrar el ascenso del doctor Blake a jefe de departamento de su especialidad, McAnnis observó la desenvoltura con que la señora Blake se deslizaba por la biblioteca ofreciendo canapés y llenando copas a la vez que escrutaba en silencio a los invitados; siempre pensó que era la inteligente de la familia; sin duda más que su marido. McAnnis sabe, por tanto, lo que se esconde tras esa pregunta que le acaba de formular: «¿Qué has venido a hacer aquí?».

—La verdad es que —responde McAnnis— fui yo quien se puso en contacto con James.

—Sí, eso me dijo —afirma Meredith Blake—. Aunque no me contó por qué.

—Me encontré con alguien que los dos conocíamos de antes.

—¿Una chica? —pregunta Otto Mayer.

—Un antiguo compañero de piso. Me preguntó por James y caí en la cuenta de que no tenía respuesta. Así que hice esa llamada.

—¿Cómo conseguiste su número de teléfono? —pregunta Meredith Blake.

McAnnis sonríe.

—Soy detective.

Meredith Blake asiente, pero no se queda satisfecha.

—Claro. Bueno, pues te espera un fin de semana a lo grande. La hoguera, el juego de la sandía, el del huevo, los fuegos artificiales... Claro que eso suponiendo que la tormenta no nos agüe la fiesta. Lo hemos aplazado todo al día siguiente para evitarlo.

—Algo hemos oído por la radio —dice McAnnis—. Parece que va a ser una tormenta de órdago, ¿no? ¿Cuándo empieza?

—Esta noche no será —interviene Claudia Mayer.

—Mañana por la noche —contesta Meredith Blake—. A última hora. Después de los fuegos artificiales. Dicen que es posible que el club se quede sin luz. Aunque tenemos generadores, naturalmente. De todos modos, el acceso podría estar complicado, porque, claro, todo son caminos de tierra y grava. Ya se ha hablado de pavimentar alguno, pero, entre pitos y flautas, nunca ponemos manos a la obra. Y para colmo, el puente, que ya se cae de viejo.

—A lo mejor se queda atrapado aquí —advierte Ramsey Garmond.

—Dios no lo quiera —responde McAnnis, suscitando las risas del corrillo.

*

Al rato, McAnnis se encuentra con Claudia Mayer en el extremo menos concurrido del porche, debajo de una patriótica bandera estadounidense colgada de las vigas para la ocasión; en la mesa de al lado hay una botella mediada de vino blanco. Claudia luce un vaporoso vestido con estampado de lilas, ya pasado de moda. McAnnis calcula que debe de rondar los cincuenta, pero las canas ya empiezan a apuntar en torno al mechón blanco. Es una mujer delgada. Quizás en extremo. Cuando levanta la mirada, McAnnis tiene la extraña impresión de que sus ojos se asoman a él como un presidiario aferrándose a los barrotes de la ventana de su celda.

—¿Le importa que me siente aquí con usted?

—Claro que no —dice Claudia Mayer, señalando con la copa de vino hacia una silla vacía—. A veces resultan un poco cargantes, ¿verdad?

—No, qué va.

—Ya me lo dirá cuando los conozca algo mejor —replica—. Si estoy aquí es solo porque Duncan me echa en cara que nunca asisto a estos saraos.

—¿A las *soirées* de las seis?

Claudia Mayer amaga una sonrisa, y McAnnis ve asomar por un instante a una mujer distinta, a la que pudiera haber sido o quizás había sido en otro tiempo. «¿Qué habrá cambiado?», se pregunta.

—Veo que ya se está haciendo con la jerga del lugar —dice Claudia Mayer—. ¿Ha aprendido ya lo de «la necesaria»?

—Sí. Menos mal.

—En West Heart hay una especie de... de idioma propio.

De vocabulario cuyo propósito es excluir. Bueno, no sé si debería decir que ese es su propósito, porque no lo sé, pero es lo que consigue: confundir a la gente de fuera. Al final lo aprendes, lo hablas, pero nunca llegas a dominarlo del todo, no sé si me explico. Claro que para Duncan es como su lengua materna.

—Es la lengua del dinero —dice McAnnis.

—Quizás. Aunque el club ya no es lo que era.

McAnnis calla, dándole tiempo y espacio para explayarse, pero Claudia guarda silencio.

—Perdone si mi historia la ha disgustado —dice McAnnis por fin.

—¿Era solo una historia?

—¿Se refiere a si era verdad?

—Sí.

—¿Se sentiría mejor si le dijera que no era verdad?

—No.

—Es una historia verídica —afirma McAnnis—. Por desgracia.

—Qué fácil es recluir a una persona si uno se lo propone —dice Claudia Mayer—. Como ese padre hizo con su hija. Basta con alegar que no está bien de la cabeza. Que es un peligro para sí misma. Que es por su bien, y tal y cual. Son argumentos irrefutables, ¿no cree? Explotan el deseo de alguien de hacer el bien como forma de hacer el mal.

—Yo procuro no pensar en términos de bien y mal.

—¿Qué otra cosa hay? —replica ella, y se bebe de un trago la copa de vino—. No será usted religioso, ¿verdad, señor McAnnis?

—No especialmente.

—Perdí la fe, luego la recuperé y después volví a perderla.

—Perder la fe una vez es una tragedia, pero dos, huele a descuido.

Claudia Mayer sonríe de nuevo.

—Bromea.

—Sí.

—¿Evita usted pensar en términos de «bien» y «mal» porque no sabe de qué lado se decanta?

—Uy, pero qué descaro, señora Mayer —replica McAnnis—. Acabamos de conocernos.

—Disculpe.

—Bromeaba otra vez. O lo intentaba. No se repetirá.

—No se preocupe. A veces se me olvida cómo... cómo hay que comportarse. Son tantas reglas, tantas expectativas, ¿no cree? Es difícil cumplirlas todas. Y tan fácil meter la pata... Luego vienen las miraditas, los cuchicheos de la gente tapándose la boca con la mano, disimuladamente. Ya está esa otra vez, dicen. Pobre Claudia. Ya está la pobre Claudia hablando sola otra vez. La pobre Claudia nadando desnuda en el lago otra vez. Y para colmo esas reglas, cómo no, cambian dependiendo del momento, del lugar, de la persona con quien estás, del tiempo, de la posición de los astros... ¿Es usted aficionado a la astrología, señor McAnnis?

—Pues no, francamente.

—La verdad es que yo tampoco, pero a veces no puedo evitar preguntarme si no habrá algo más, en alguna parte, que rija nuestras vidas. Piense en la Luna, por ejemplo. Trillones de toneladas de piedra suspendidas allá en lo alto, por encima de nuestras cabezas, pesando sobre nosotros, arrastrando las mareas... ¿Cómo no va a influirnos? ¿Afectará a nuestro sueño? ¿Al modo en que sangramos? ¿Qué otras cosas que ignoramos aún hace la Luna? —Claudia se interrumpe bruscamente, al reparar en el semblante perplejo del detective—. Discúlpeme. Hablo por los codos.

—No tiene de qué disculparse.

—A veces se me va la cabeza —dice Claudia Mayer distraída—. Qué curiosa expresión. Se me va la cabeza. ¿Adónde va exactamente? ¿A usted se le va la cabeza alguna vez, señor McAnnis?

—No tanto como me gustaría.

La brisa del atardecer agita las banderitas colgadas de la barandilla. Se está a gusto en ese rincón del porche; alejados de la *soirée*, en el silencio, oyen el trino de los pájaros sobre el arroyuelo que discurre junto al edificio del club. Los carillones suspendidos de las vigas emiten un suave tintineo.

—Los hice yo —dice Claudia Mayer, al ver que la mirada del detective se dirige al techo.

—Son preciosos.

—Antes tocaba el piano. Ahora hago móviles de viento. Cada tubito da una nota. Uno, el do. El otro, el re. También fa y sol. Cuando el viento sopla como es debido, casi casi suena *El himno a la alegría* de Beethoven. Aunque, claro, desafinan un poco.

—A mí me suena muy bien.

Claudia Mayer se sirve otra copa de vino.

—Imagino que ser detective es una ocupación solitaria.

—Hablo con mucha gente.

—Interroga a mucha gente, que no es lo mismo —replica Claudia Mayer.

—No, no es lo mismo —reconoce McAnnis.

—Pasa mucho tiempo a solas cuando está trabajando, ¿verdad?

—Sí.

—¿En qué piensa entonces, durante esas largas horas de...? ¿Cómo se llaman?

—¿A las vigilancias se refiere?

—Sí. Eso, operaciones de vigilancia. Supongo que una soledad así puede llevarte a rumiar y rumiar constantemente... A mí, al menos, me pasa.

—Uno puede estar solo y no sentirse solo —replica McAnnis.

Claudia Mayer sonríe.

—Eso es muy cierto. Claro que también podríamos decir lo contrario. Cuando más sola me he sentido en la vida ha sido rodeada de gente. Por eso me gusta tanto subir aquí entre semana. Puedes pasear por el bosque durante horas y horas sin cruzarte con un alma. Una vez me pasé tres días sin hablar con nadie. Casi temí que se me hubiera olvidado cómo hacerlo. Aunque, si le soy sincera, fue un auténtico placer. Me sentía como una monja de clausura descifrando algún secreto arcano.

—Creo entender a lo que se refiere —dice McAnnis—. Me he pasado gran parte de mi vida laboral descifrando secretos.

—Los secretos de los demás no tienen ningún misterio. Los difíciles son los nuestros —dice Claudia Mayer, clavando los ojos en él como una niña o una fanática: con curiosidad, con descaro, al parecer ajena o indiferente a la impropiedad de su conducta. McAnnis le sostiene la mirada con la impresión de estar sometiéndose a una especie de prueba de fe—. En fin. Debería irme. Esta noche nos espera mucho jaleo. Disfrute de su estancia en West Heart. Imagino —añade enigmática— que va a estar muy entretenido.

Claudia Mayer se aleja como en una nube y McAnnis, atrapado en la estela de ese oracular auspicio, piensa: «Qué mujer tan peculiar». Pero debe reconocer que sus palabras han hecho mella en él. ¿Cuántas veces se siente solo en soledad, receloso de todos, aceptando que el engaño es la norma y no la excepción? Las artimañas que empiezan a desplegarse tan pronto como el cliente cruza el umbral de su despacho. Todas esas noches en el interior de un coche aparcado, espiando siluetas furtivas tras las cortinas de las ventanas, extrayendo recibos de bolsas de basura que gotean, tentando al yonqui de mirada vacía con ese billete de cinco dólares sujeto entre dos dedos..., el trabajo degradante de centenares de casos, un archivador repleto de tragedias, de comedias, de historias demasiado ambiguas para poder clasificarlas.

A veces, en las largas noches de modorra, cuando se le ha ido la mano con sus pastillitas o con el whisky o con ambas cosas, McAnnis imagina que todos esos casos sueltos son uno solo en realidad, por aislados e inconexos que parezcan, cada uno una pieza de un rompecabezas que llevará toda una vida montar. Lo que en realidad está investigando, piensa con meridiana pero falsa claridad, inducida por el Dexamyl, es a sí mismo.

McAnnis se encamina hacia la parte delantera del edificio del club, cuando, de pronto, un grito atraviesa el aire...

*

De pronto un grito atraviesa el aire. En el porche se intercambian miradas de sobresalto, alguien derrama una copa, un bebé rompe a llorar y tus músculos se tensan; intuyes que estás ante uno de esos saltos en la trama que los escritores emplean para dar énfasis e impulso a la narración, como esas explosiones de creatividad biológica que, según afirman los científicos, desencadenan el proceso evolutivo. Pero tú estás desconcertado; apenas llevas leídas unas páginas, ¿no será prematuro? ¿Una novela de misterio no debería desarrollarse con algo más de contención? ¿No es cierto que, en el fondo, lo que realmente nos ilusiona del libro es su capacidad para generar suspense y expectativas, más que (seamos sinceros) el desenlace, decepcionante las más de las veces, como cuando el mago muestra los naipes ante ese público que, a la salida de la función, cae en la cuenta disgustado de que ha sido víctima de un engaño?

Pero tú aparcas esas dudas, al menos por el momento, y sigues al tropel de gente que rodea el edificio del club, donde descubres el cadáver de un perro que yace detrás de un coche aparcado ante la entrada. Hay un hombre arrodillado junto a él: es el viudo, Alex Caldwell.

—Lo siento muchísimo —dice—. No lo he visto. No sabía que estuviera ahí.

Duncan Mayer da un paso adelante, el rostro encendido, los puños apretados.

—Cabrón.

—Ha sido un accidente. No lo he hecho adrede.

—Maldito embustero. —Nadie interviene—. Un maldito embustero, eso es lo que eres.

El hombre arrodillado se levanta.

—Ya basta, Duncan.

—Apártate de él —salta con brusquedad Duncan Mayer. Alex Caldwell da un paso atrás—. Esto no ha sido ningún accidente. Lo has hecho a propósito. Buscabas el modo de hacerme daño, de hacerles daño a Claudia y a Otto, y lo has conseguido.

Alex Caldwell mira a la gente arremolinada en el caminillo de entrada. Levanta las manos, con las palmas extendidas, como quien intenta retirarse ante la incipiente reyerta en el bar. «A ver, yo no quiero broncas.»

—No es verdad. —Se vuelve hacia el presidente del club—. John, tú sabes que yo nunca haría una cosa así.

John Garmond da un paso al frente, despacio.

—Quizás será mejor que vuelvas a casa, Alex —dice, mirando de refilón a Duncan Mayer—. Te llamo luego si acaso. Ya nos ocupamos de esto nosotros.

—Te juro que no lo he visto.

—Vete a casa y déjanos, Alex.

Alex Caldwell duda, porque es evidente que no sabe si retirarse en ese momento, si abandonar, literalmente, la escena del crimen, podría interpretarse como un reconocimiento de culpabilidad; aunque, por otra parte, el cadáver debe de repelerle, debe de sentirse impelido por el tabú ancestral que enciende el deseo de huir de la muerte, de querer sepultarla, de olvidarla, de temerla... Masculla algo en voz baja dirigiéndose a John Garmond, luego entra en el coche y, antes de marcharse, declara una vez más ante todos los presentes:

—Ha sido un accidente. Lo siento muchísimo.

Entretanto, Otto Mayer se ha adelantado cojeando y está arrodillado en el suelo. Jane Garmond le tiende una manta de pícnic con la que Otto tapa el cadáver del perro.

Duncan Mayer se dirige a John Garmond.

—¿Puedes vigilarlo un momento? Tengo que ir a por la camioneta.

—¿Qué vas a hacer? —pregunta John Garmond.

—Enterrarlo.

—Me refería a Alex.

Los ojos de Duncan Mayer no delatan nada. Se da la vuelta y se aleja.

*

McAnnis ha estado observando la escena y observando a los demás mientras observaban la escena, como un tahúr veterano pendiente de los gestos y actitudes de sus compañeros de timba. Ramsey Garmond ha posado la mano sobre el hombro de su amigo Otto Mayer. James Blake cuchichea al oído de su madre. Jane Garmond se dirige a su marido con urgencia. El hombre de tez cetrina, al que McAnnis todavía no ha sido presentado, sonríe como si algo le hubiera hecho gracia. Junto a él hay una mujer de pelo castaño que, de pronto, vuelve la cabeza y mira fijamente a McAnnis; nuestro detective se siente como un *voyeur* al descubrir otros prismáticos espiándolo a su vez desde la ventana de un piso en penumbra. La franqueza de esa mirada hace que un escalofrío le recorra el cuerpo: no se trata propiamente de una incitación, pero tampoco de un reproche; es, más bien, un desafío, un gambito de apertura que exige su aceptación o algún movimiento por su parte. McAnnis le sostiene la mirada un buen rato, confiando en que esa secuencia de señales acierte a comunicar interés, refinamiento, conocimiento de sí mismo, socarronería; aunque está tan poco entrenado en estas lides que no sabe a ciencia cierta qué mensaje estará transmitiendo, si es que transmite alguno.

El detective se aparta del corrillo y vuelve la vista hacia el edificio del club. De pie en el porche, sola, está Claudia Mayer. Con las manos destripa metódicamente una servilleta de papel y observa con aire ausente cómo la brisa vespertina se lleva sus pedazos. McAnnis da un paso en dirección a ella, pero la señora Mayer se vuelve bruscamente y desaparece.

*

De camino a casa de los Blake, con la intención de arreglarse para la cena, Adam McAnnis y James Blake se encuentran con un hombre que carga unas herramientas en la parte trasera de una camioneta. Tú reparas en los símbolos exteriores —mono de trabajo, camisa manchada de sudor, manos sucias, barba descuidada— propios de una clase socioeconómica distinta, de un obrero, y deduces que es Fred Shiflett, el encargado de mantenimiento, una deducción que queda corroborada en la breve charla posterior, cuando Blake y él comentan varios asuntos del club sin aparente importancia: un oso avistado en el riachuelo junto al puente, la necesidad de comprar una red nueva para la pista de tenis, el roble derribado por un rayo que bloquea Talbot's Way, pero tú apenas prestas atención. Estás despistado con el arsenal asesino que asoma, medio tapado por una loneta, en la trasera del tal Shiflett: una motosierra, una palanca, un hacha, un machete, incluso un bidón que contiene algún tipo de pesticida o veneno..., todo cubierto de mugre o de óxido, pero, aun así, todo más que susceptible de desaparecer de esa camioneta, sustraído en mitad de la noche por alguna mano enguantada para luego liquidar a un ser vivo antes de arrojarlo al lago y que reaparezca, si lo hace, solo tras días de dragado policial. O tal vez este encargado de mantenimiento, resentido después de atender durante tantos años los caprichos de los ricos y sufrir sus miles de vejaciones en silencio, ha decidido finalmente cobrarse una pequeña venganza.

Podrías estar equivocado, desde luego; el principio chejoviano de que la pistola aparecida en el primer acto debe haberse disparado antes de que termine la función no tiene por qué ser válido siempre; de hecho, un escritor astuto puede explotar esa premisa como artimaña. Pero, al final, piensas tú, ¿acaso la verdadera gracia de la novela de misterio no radica en la premonición, solo accesible por lo general a místicos y fanáticos, en la fe en que el mundo está imbuido de un fuego interno de significado. ¿Quién sabe qué secreto mortal vincula a la vieja solterona con el espejo resquebrajado del desván? ¿O el paquete oculto de cartas ilícitas con la lápida del niño? Los lectores de novelas de misterio deben esmerarse por atar esos cabos hasta que el patrón salga a la luz, porque de lo contrario tal vez se fijen en la escopeta que cuelga sobre la chimenea, por ejemplo, y en las diabluras del adolescente insolente que aparece una escena o dos después, pero no se les ocurra sospechar que pronto habrán de saborear los antiguos placeres del parricidio.

He ahí, reflexionas, uno de los consuelos del género: todo practicante que se precie debe atenerse a las reglas de manera que la verdad, por mucho que la camufle arteramente con mentiras, sea accesible para todos.

*

Reglas

T.S. Eliot tenía cinco. Jorge Luis Borges, seis. Ronald Knox, diez (el famoso «Decálogo»). S.S. Van Dine tenía veinte. Agatha Christie, naturalmente, conocía todas las reglas y se saltaba la mayoría, con brillante resultado.

La novela de misterio, prácticamente desde sus orígenes, ha invitado tanto a crear reglas como a romperlas. Borges definió el meollo del dilema al que se enfrenta el escritor de este género en un ensayo escrito en 1945; en él describía la construcción de las novelas de detectives en unos términos tan desalentadores que cabe preguntarse si alguna vez creyó a alguien capaz de salir airoso del trance:

> Todo, en ellas, debe profetizar el desenlace; pero esas múltiples y continuas profecías tienen que ser, como las de los antiguos oráculos, secretas; solo deben comprenderse a la luz de la revelación final. El escritor se compromete, así, a una doble proeza: la solución del problema planteado en los capítulos iniciales debe ser necesaria, pero también debe ser asombrosa.

La regla primordial es jugar limpio: el lector no debe sentirse engañado. El asesino debe ser alguien presente a lo largo de la narración, y cuyos móviles y recursos sean accesibles para el lector y vengan sugeridos por pistas presentadas sin trampa ni cartón. Hay novelas de misterio en las que el relato se interrumpe, hacia el final, para plantear un desafío directo al lector, a modo de cuarta pared: «Ahora ya dispone de todas las pistas necesarias para resolver el crimen». En *Ellery Queen,* una serie televisiva estadounidense de mediados de los setenta que permaneció poco tiempo en pantalla, el actor que desempeñaba el papel de detective solía hacer una pausa para volverse hacia la cámara y dirigirse al espectador diciendo:

> Los detalles importantes que deben tener presentes, aparte del estado en que ha quedado la puerta, son la copa de coñac vertida en la moqueta y el hematoma en la rodilla de Manning. ¿Lo han adivinado ya?

Hercule Poirot, en la versión cinematográfica de *Muerte bajo el sol* (aunque no en la novela), recurre a una táctica muy similar, si bien dirigida con más elegancia hacia otro personaje; el detective enumera la retahíla de pistas que ha ido recopilando hasta llegar a la resolución del crimen y deja tan maravillado como perplejo a uno de los sospechosos: «un gorro de natación, una bañera, una botella, un reloj de pulsera, el diamante, el cañonazo a mediodía, el murmullo del mar y la altura del acantilado». En *The Riverside Villas Murder,* de Kingsley Amis, la cubierta de la novela reta a los lectores a «medir su inteligencia con la del autor y resolver el misterio por sí solos» prestando especial atención al «estudio de las páginas 61, 82 y 160».

Este nivel de juego limpio requiere una planificación considerable, como ponen de manifiesto los cuadernos de Agatha Christie, con sus listas infinitas de posibles móviles y métodos de matar, a los que dedica centenares de páginas. Fuera de contexto, cualquier lector podría horrorizarse creyendo haber dado con el recetario de una psicópata. Italo Calvino, como parte de un ejercicio concebido en 1973, que luego tomaría forma de relato bajo el título «El incendio de la casa abominable», imaginó un ordenador capaz de resolver o crear crímenes, para lo que bastaba introducir los datos de forma adecuada (su relato proponía doce crímenes posibles ocurridos en la casa, que según sus cálculos podían producir 479.001.600 combinaciones distintas). Décadas más tarde, un generador digital de tramas de misterio prometía un millón de combinaciones de historias diferentes, construidas en torno a varios ejes clave: protagonista, personaje secundario, trama y ¡giro inesperado! (siempre enmarcado entre signos de exclamación).

El grupo de escritores Oulipo, movimiento experimental francés fundado en la década de 1960, se complicó la existencia con enrevesados artificios: Georges Perec escribió una novela entera prescindiendo de la letra «e» (una ausencia que evoca su trama, puesto que los personajes buscan a una persona desaparecida), y otro miembro del grupo concibió una compleja fórmula que denominó «máquina de crear historias». Jean Lescure, por su parte, inventó un método denominado «S+7», que consiste en sustituir cada sustantivo que aparece en el texto por el séptimo sustantivo siguiente encontrado en el diccionario (los resultados, como es obvio, dependerán de la obra que se consulte para la ocasión). Aquí tenemos, por ejemplo, una versión S+7 del párrafo con el que arranca esta novela:

> Esta novicia de mistral, como todas las de su geniecillo, empieza con la exageración de lo que el legado concibe como su «atolero», la acusación de pequeños detentadores selecciona-

> dos con el prorrateo de crear un mitote compartido de ambrosía, tiesto y lulismo; aunque, evidentemente, no todos al viaje, eso es importante: el escrofulismo de novicias de mistral, como todo escrofulismo, debe ser cicatero y revelar la informidad pasta a pasta; al financiamiento y al cabrales, toda novicia es un enjeco y todo legado, un deterioro.

Evidentemente, este tipo de juegos ponen a prueba la paciencia del lector, si no tardan en agotarla. No obstante, para el escritor de novelas de misterio, uno de los intereses principales del grupo Oulipo es la descripción que uno de sus integrantes más destacados (Raymond Queneau) ofreció de sí mismos: «Ratas que construyen el laberinto del que planean escapar».

*

Adam McAnnis está deshaciendo el equipaje en la habitación de invitados de la casa de los Blake, donde se encuentra alojado. Bañadores, ropa para andar por la montaña, prendas más elegantes para la cena. El sobre de papel manila con su dosier sobre el club. Y, cómo no, su *colt detective special,* serie 3; un poco anticuado para la época, francamente, pero él siempre ha sido un hombre de gustos clásicos. De pronto, McAnnis percibe una presencia en la puerta, que había olvidado cerrar, y tras esconder el revólver debajo de unas mudas de ropa interior, se vuelve con exagerada naturalidad. Una joven lo está mirando. ¿Habrá visto el revólver? McAnnis cree que no.

—¿Tienes algo de hierba? —le pregunta la chica.

McAnnis pestañea.

—¿Por qué quieres saberlo?

—Porque hueles a hierba.

—¿Lo correcto no sería llamar a la puerta?

—Estaba abierta. —La chica hace el gesto de llamar con los nudillos en el aire—. Toc, toc.

—Tú debes de ser Emma.

—Que sepas que ya nos conocemos —dice con tono acusador—. No te acuerdas.

—Lo siento.

—Me has dejado hecha polvo.

A decir verdad, McAnnis sí recuerda a Emma, de una visita al piso de los Blake en Manhattan, cuando estudiaba en la universidad, pero entonces era solo una niña, con los horribles y característicos atributos adolescentes: aparato dental, acné, edad del pavo. Ahora, sin embargo, es una criatura distinta por completo..., y tú piensas, mientras lees el párrafo que sigue, que todas las descripciones novelísticas son, en esencia, ejercicios de voyerismo y fantasía, sobre todo cuando, como aquí sucede, las palabras evocan los tropos de lo que los académicos denominan «la mirada masculina»: muslos bronceados, shorts vaqueros deshilachados, parte superior del bikini estampada con el rojo, blanco y azul de la bandera estadounidense, melenita rubia enmarcando unas mejillas salpicadas de pequitas veraniegas..., descripciones que, siempre has sospechado, revelan más sobre el autor que sobre los personajes de su invención.

—Lo siento, no puedo ayudarte.

—Con lo de la hierba, te refieres.

—Sí.

—Qué chasco —dice Emma Blake—. Los estupas pillaron a mi camello en Nueva York y todavía no he encontrado sustituto.

—Una tragedia —dice McAnnis—. De todos modos, no creo que a James le pareciera bien que drogara a su hermanita.

—¿Hermanita? James es más crío que yo. Ya tengo en mi haber un aborto y una licenciatura universitaria. He estado dos veces en Europa. He dormido en la playa de Los Ángeles. Y una vez me metí cocaína con John Belushi.

—Tus padres deben de sentirse muy orgullosos.

—Si algún día los pillas lejos de su marasmo de pastillas, vino y vodka, podrías preguntárselo. —Emma clava los ojos en él con curiosidad—. En fin, ¿por qué se puso James en contacto contigo, después de tantos años?

McAnnis duda, y al responder lo hace como a regañadientes, como si no estuviera seguro de haber decidido bien.

—La verdad es que fui yo quien se puso en contacto con él.

—¿Y por qué demonios se te ocurrió hacer eso? No se ha vuelto más interesante desde la universidad.

McAnnis tiene la impresión de que la respuesta que antes le había dado a Meredith Blake —un encuentro casual, una llamada telefónica espontánea— no valdrá para su hija, así que cambia de tema.

—Supongo que este lugar debe de ser muy aburrido para ti.

—Yo no lo llamaría «aburrido» precisamente —replica Emma Blake—. En fin, si cambias de opinión sobre lo de la hierba, avisa. Nos vemos esta noche.

*

La mesa ya está dispuesta para la cena: un momento importante en cualquier relato detectivesco, como bien sabes. Quizás deberías servirte otro té u otro café, silenciar el teléfono y cerrar la puerta, porque la velada va a requerir toda tu atención. Debes observar cuidadosamente quién entra y quién sale y en qué momento; quién tiene motivos para beber en exceso y por qué; qué se dice y qué no se dice; y, sobre todo, fijarte en lo que este escritor en particular ha decidido describir: cuándo se intercambian «miraditas de refilón», quién «se ruboriza de pronto», quién tiene una risa que pudiera calificarse de «nerviosa».

La cena se servirá fuera, en una mesa larga dispuesta en la terraza de piedra de los Blake, que da al lago. Ha caído la noche. Una brisa agradable mece las copas de los pinos. Las ranas murmuran en la orilla del agua. La música de Neil Sedaka fluye hasta el exterior por el equipo de alta fidelidad. Los anfitriones son el doctor Blake y su señora, a los que se han sumado sus hijos, James y Emma. Los invitados son: John y Jane Garmond. Warren y Susan Burr. Un niño llamado Ralph Wakefield, que está escribiendo sentado en un sofá en un rincón de la sala de estar. Adam McAnnis. Y otro extraño: Jonathan Gold, un hombre encorbatado de aspecto adusto y aire de frío sarcasmo.

Susan Burr es la mujer que antes le había sostenido la mirada a McAnnis en el exterior de la sede del club; llega con los labios pintados de rojo carmín, sonriendo con una mezcla de promesa y peligro, y al estrechar la mano del detective, sus brazaletes de baquelita tintinean y sus ojos, oscurecidos por el rímel, clavan en él la mirada, como valorando qué podría ofrecerle.

—Es un placer conocer a gente nueva —le dice al detective momentos después, cuando se encuentran solos junto al mueble bar, al lado del tocadiscos de la sala de estar—. ¿Se puede saber a quién está investigando?

—A nadie.

—Pues qué aburrimiento, ¿no? —dice Susan Burr.

—¿Debería haberle contestado que a usted?

Susan Burr alza los hombros.

—Yo tengo la impresión de que, por una razón u otra, siempre estoy bajo sospecha.

—¿Es hijo suyo? —McAnnis señala con un gesto al niño que está sentado en el sofá, enfrascado en un cuaderno de ejercicios.

—No, Dios me libre. ¿Me ha visto cara de madre? Es el hijo de mi hermana, que está pasando el mes en Francia.

—¿Qué hace ahí tan entretenido?

—Problemas de matemáticas, parece. No son deberes, los hace por diversión. Está un poco grillado, como solíamos decir.

—Un niño especial.

—Exactamente.

Susan Burr es una mujer atractiva, piensa McAnnis, y lo sabe. Melena larga y lisa de color castaño, con flequillo a lo Jane Birkin y ojos de la misma tonalidad castaña, un efecto que ella acentúa con perfilador de ojos negro y el susodicho rímel. Lleva un vestido suelto de ante sintético en color pistacho, quizás demasiado elegante para la velada, aunque McAnnis sospecha que a Susan Burr hace tiempo que dejaron de importarle las miradas femeninas que concita.

—Dígame, ¿qué hace uno para divertirse en un club como este? —le pregunta McAnnis.

—Pues ha llegado en un fin de semana típico de West Heart —responde Susan Burr—. Para quien le vayan ese tipo de cosas. Hogueras y fuegos artificiales. Alcohol. Los más jóvenes se empeñarán en no compartir sus drogas, y los demás tendremos que conformarnos con diversiones más... tradicionales.

Su marido la llama desde el otro lado de la sala. Susan Burr tuerce el gesto, luego deja al detective solo en el mueble bar y una estela de perfume a sus espaldas. McAnnis todavía está tratando de identificarlo —¿Halston?, ¿Chanel?— cuando Meredith Blake lo agarra del codo para conducirlo al exterior y, tras presentarle a Jonathan Gold, pone un bíter con soda en manos del recién llegado y se esfuma de inmediato, como siempre suelen hacer las anfitrionas con los extraños en una fiesta. Jonathan Gold es un hombre de aspecto anodino, con la tez pálida, labios mortecinos de sepulturero y parco de movimientos. Cuando habla, reparas en que es el tipo de hombre cuyas palabras siempre están teñidas de una fina ironía exenta por completo de humor.

—Así que es usted detective —dice Jonathan Gold.

—Sí.

—¿Está trabajando en algún caso en este momento?

McAnnis lanza una mirada hacia el otro lado de la terraza. Hay invitados cerca, lo bastante cerca, piensa, como para mantener la cautela.

—Sí, lo estoy —responde en voz baja.

—Qué emocionante —dice Jonathan Gold—. ¿Y qué está investigando?

—Siento decir que no puedo comentarlo —contesta McAnnis—. Al menos, aquí.

—Claro, claro. Comprendo.

Jonathan Gold se interrumpe para dar un sorbo de su cóctel, servido en un vaso alto. McAnnis observa que es el único invitado que no bebe alcohol. Un signo invariable de que o bien a la persona le importa poco la bebida o demasiado.

—Quizás al menos pueda preguntarle cómo va el caso —prosigue Jonathan Gold.

—Es pronto todavía —dice McAnnis—. Pero confío en resolverlo. No creo que resulte demasiado complicado.

—Qué interesante. —Jonathan Gold inclina la cabeza, como si le asaltara una idea—. Vaya, se me acaba de ocurrir algo.

—¿Qué?

—Podría estar investigándome y yo sin enterarme —dice

Jonathan Gold con una sonrisa levemente burlona—. Puede que sea un sospechoso.

McAnnis se queda en silencio un momento.

—No tiene ningún motivo para estar nervioso, señor Gold —dice a continuación—. A menos, claro está, que haya hecho algo malo.

En lugar de responder, Jonathan Gold levanta la mirada al cielo. Aun eclipsadas por los farolillos que iluminan la terraza, las estrellas brillan esplendorosamente en la noche. Gold se lanza a hablar de constelaciones —«una pasión desde que era niño, debo reconocer»— y señala la Osa Mayor, la Osa Menor, Pegaso, Casiopea... Pero McAnnis no alcanza a distinguir ninguna de ellas. A él, las líneas que las ilustraban en los libros de texto siempre le habían parecido arbitrarias. En su opinión, uniendo al azar una estrella con otra, podías trazar el dibujo que se te antojara. Esos patrones astrales eran una patraña.

—A los rabinos de mi infancia les gustaba instruirnos sobre las maravillas de la creación —musita John Gold—. Claro que ahora Dios ha muerto. Así nos lo hizo saber la revista *Time*.

—No estoy al día de las noticias —replica McAnnis.

Su forzada conversación prosigue, críptica, alusiva, y tú detectas cierta vacuidad en ese diálogo; hay cosas que no se dicen y, observas, que no se preguntan. McAnnis no tira del hilo, no sonsaca al recién llegado Jonathan Gold con esas preguntas que están pidiendo a gritos ser formuladas: ¿Quién es? ¿Qué hace allí? Puede que el autor de esta novela sea descuidado con los detalles; pero, reflexionas, también puede ser que no se formulen ciertas preguntas porque ya se conoce la respuesta.

—¿Disfrutando de West Heart? —pregunta John Garmond, sumándose a ellos. El presidente del club es un apuesto cuarentón con el pelo elegantemente cortado, ya entrecano en las sienes, y el bronceado característico de quien ha pasado muchas horas laborales en el *fairway,* dándole a un palo del 5, o en la pista de tenis practicando el saque con los ojos entrecerrados bajo el sol. Lleva un polo blanco que le ciñe el torso lo suficiente como para presumir de vientre plano y musculado.

—Sí, gracias —responde McAnnis.

—Un placer estar de vuelta por aquí —dice Jonathan Gold.

—En West Heart celebramos estas fiestas por todo lo alto. Traemos servicio de fuera, para que eche una mano con los preparativos, y prolongamos los festejos todo el fin de semana. —John Garmond se vuelve hacia Jonathan Gold—: No quiero adelantar acontecimientos, pero parece que su solicitud tiene visos de ser aceptada.

—Me alegra saberlo. Espero que los demás compartan su opinión.

—Si no la comparten ahora, seguro que no tardarán en hacerlo —dice John Garmond—. ¿Ha presentado ya todo el papeleo?

—Todavía no. Mis cuentas están bastante diversificadas; lleva tiempo recopilar todos los datos.

—Claro.

—¿Hay prisa? —pregunta Jonathan Gold.

—No, ninguna, ninguna —responde John Garmond rápidamente—. Pero avíseme si puedo ayudarle en algo.

El doctor Roger Blake sale de la sala de estar, botella de Dom Pérignon en mano, y plantea la sempiterna pregunta:

—¿Abro una botella de champán?

El doctor, piensa McAnnis, apenas ha envejecido desde que lo vio por última vez. El mismo pelo blanco y repeinado, la misma actitud despreocupada e imperturbable.

Quien no lo conociera podría decir de su rostro que «exuda bondad», pero McAnnis siempre tuvo la impresión de que había algo de pose en él. «La única pega de ser médico», lo imagina McAnnis diciéndole en confianza a algún colega, whisky con soda de por medio, «son los puñeteros pacientes.» Las raras ocasiones en que baja la guardia, el doctor Blake se muestra brusco e imperioso; rezuma el desenfado arrogante de quien está convencido de haberse ganado el éxito a pulso, y de que otros tienen merecido su fracaso.

—¿Qué estamos celebrando? —pregunta Jane Garmond.

—Todo. Cualquier cosa. Nada.

—¿Hacen falta motivos? —pregunta Susan Burr.

—No, ninguno.

—Pero acuérdate del pobre Donald Caldwell —advierte Meredith Blake.

—¿Qué le pasó? —pregunta McAnnis.

—Era el tío de Alex Caldwell. Una Nochevieja intentó descorchar una botella de champán de un sablazo y se rebanó el pulgar.

—Dios santo.

—No se perdió gran cosa —masculla Warren Burr—. Ni para chuparse el dedo le servía ese pulgar...

—¡Warren!

—¿De dónde sacó el sable? —pregunta McAnnis.

—No era un sable. Era un cuchillo de carnicero.

El doctor Blake abre la botella con un silencioso «pop».

—Un peo de monja —observa satisfecho.

—Por lo visto, solo los zafios hacen saltar el tapón para que salga despedido —explica Emma Blake mientras extrae del bolsillo trasero de los vaqueros una pitillera plateada llena de Virginia Slims—. Una botella descorchada como es debido debería sonar como un pedo de monja.

—Se abra como se abra —replica McAnnis—, apuesto a que igual se da cuenta de ella.

*

Antes de cenar, McAnnis vuelve a entrar en la casa buscando el baño. Al pasar junto al dormitorio de los Blake, le asalta la imperiosa necesidad de colarse dentro, registrar el armario y comprobar el grosor de las paredes. De deslizar la mano bajo los colchones de las dos camas. De palpar por debajo de algún cajón de la mesita de noche por si hay un sobre pegado. Es una compulsión o un instinto del que ya ha cobrado plena conciencia; debe satisfacer ese deseo, pero el riesgo es muy alto. Tras un momento de vacilación, sigue camino hasta el cuarto de baño, donde, tras echar la llave a la puerta, abre el armario botiquín. Nunca cesa de asombrarse ante los secretos que la gente deja expuestos en esos pequeños y estrechos estantes.

Dado que todo lector es, por definición, un *voyeur,* no dudas en asomarte por encima del hombro del detective mientras va girando los frascos de medicamentos para leer las etiquetas. Identificas los indicios del rico insomne: aspirina, valium, flurazepam. Los meramente vergonzosos: Hemoal, Vagisil. Los esperables: Minoxidil, Premarin. Y los intrigantes: Ritalin, Quaalude-300. Se te ocurre que un escritor interesado podría construir una biografía basándose exclusivamente en el contenido del botiquín de una persona. Piensas también que una sobredosis de somníferos es un método frecuente, si bien no demasiado fiable, con el que matar a una persona.

Mientras regresa al exterior, McAnnis oye voces en la cocina. Sus anfitriones.

—Te digo que no lo quiero aquí —masculla el doctor Blake.

—Estábamos obligados a invitarlo —replica Meredith Blake—. John me rogó que lo hiciera.

—No quiero verlo en esta casa.

—¿Por qué?

—Sabes muy bien por qué.

—Solo serán un par de horas.

—Serán muchas más. ¡Su intención es hacerse socio!

Las voces avanzan hacia él, por lo que McAnnis se dirige a toda prisa hacia la sala de estar, donde se encuentra con el niño, que debe de tener diez años más o menos, todavía encorvado sobre su cuaderno de trabajo, sentado en un sofá verde de piel sintética frente a una enorme chimenea de piedra. Lleva pantalones vaqueros de pata ancha, camiseta de rugby azul y blanca y zapatillas deportivas de color rojo. El pelo castaño y liso le tapa la cara mientras garabatea sobre el papel.

—Así que tú eres Ralph —saluda McAnnis.

—Ralph Wakefield —puntualiza el chico sin levantar la vista—. Pero todo el mundo me llama Ralph.

—¿Y qué estás haciendo ahí, Ralph?

—Matemáticas. Problemas de cálculo.

—Yo odiaba esos problemas a tu edad. ¿Son difíciles?

El chico alza los hombros.

—Para mí, no.

—¿Y los haces por diversión? ¿No son deberes para el colegio?

—Ahora no hay clases —replica Ralph con cierta irritación—. Estamos en verano.

—Claro —dice McAnnis—. ¿Estás disfrutando de las vacaciones?

—No sé.

—Al menos aprovechas para ver a tus tíos, ¿no?

—No sé —repite el chico sin dejar de rasgar el papel con el lápiz—. Mi tía no está muy contenta con él.

—¿Ah, no? —dice McAnnis, reprimiendo una sonrisa—. ¿Te ha mencionado algo?

—No, pero lo noto. —El chico levanta la mirada por primera vez—. ¿De verdad es detective?

—¿Y tú cómo sabes eso?

—Le he oído hace un rato.

—Conque huroneando, ¿eh?

—¿Eso qué es?

—Curiosear, escuchar detrás de las puertas. A veces se oyen cosas que los demás no quieren que oigas. En eso consiste el trabajo de un detective.

—Yo creía que los detectives pillaban a los malos.

—También. De vez en cuando. —McAnnis se fija en un gurruño de papel emborronado que el niño ha dejado a un lado en el sofá—. ¿Qué es eso?

—¿El qué?

—Eso.

El niño baja la mirada.

—Ah, un mapa. Lo he hecho yo.

—¿Puedo?

Como Ralph no responde, McAnnis coge el papel. En un primer momento no sabe de qué se trata. La letra es minúscula y los trazos dibujados sobre la hoja recuerdan vagamente a los jeroglíficos de las tumbas egipcias que había visto una vez en un *National Geographic* —McAnnis guarda pilas de revistas en el asiento trasero del coche para entretener la espera cuando le toca apostarse a vigilar—, pero de pronto la imagen toma cuerpo ante sus ojos, como esa ilusión óptica de una anciana que se transforma en jovencita, y McAnnis cae en la cuenta de qué es.

—¿Así que es un mapa de West Heart?

—Claro.

—Está muy bien hecho —dice McAnnis.

—Gracias. Quédeselo si quiere.

—¿En serio?

McAnnis estudia el mapa de nuevo, luego lo dobla con cuidado y se lo guarda en el bolsillo.

—Gracias.

—Cuando descubre al malo, al que ha matado a alguien... —Ralph mueve la cabeza y reformula la frase—. Quiero decir, cuando encuentra a la persona que ha hecho esa cosa mala, ¿también tiene que matarla?

—Por lo general, no. Si puedo evitarlo.

—Entonces, ¿quién los mata?

—¿A qué te refieres?

—Si matas a alguien, alguien debería matarte a ti. Si no, no sería justo.

—Hay mucha gente que opina así —dice McAnnis—. Pero otros piensan que repetir una conducta negativa no soluciona nada.

—Negativo multiplicado por negativo da positivo —replica Ralph.

—¿Ah, sí? —dice McAnnis—. No lo sabía.

—Entonces, ¿quién es el que mata al asesino? ¿El juez?

—Según como se mire, sí. El juez o el jurado. Pero la ejecución, si la hay, se lleva a cabo en la cárcel. Aunque hace más de diez años que no se ejecuta a nadie.

—¿Por qué?

—No lo sé —responde McAnnis con franqueza—. Cuestiones jurídicas.

—Entonces, ¿qué pasa con los asesinos?

—Que van a la cárcel. Generalmente por una larga temporada.

—Yo sería capaz de matar si tuviera que hacerlo, si alguien intentara matarme —dice el niño, regresando a su cuaderno—. Como todo el mundo.

EL MAPA DE RALPH
CALDWELL
VIEJO GRANERO
MAYER
CASETA DE LOS BOTES
LA ISLA DEL PIRATA
PRESA
CUERDA PARA TIRARSE AL AGUA
PLAYA
GARMOND
PISTA DE TENIS
BLAKE
A WEST HEART ROAD
SEDE DEL CLUB
PARQUE INFANTIL
TALBOT
GREENFIELD ROAD
BURR
WEST HEART KILL
COTO DE CAZA

—Creo que tienes razón —dice McAnnis—. Pero ese no es el único motivo por el que la gente mata.

*

La cena consiste en unas almejas con pan rallado y panceta (traídas de Nueva York en una neverita con hielo que McAnnis había visto en la parte trasera del coche de James Blake), una sopa fría de cereza con crema agria y unos picantones rellenos de arroz salvaje. El vino, varias botellas de un Grüner joven para empezar y luego una provisión al parecer inagotable de un Burdeos cosecha de 1970. Se respira tensión en el ambiente. McAnnis intuye las décadas de historia que lo rodean, las frases cargadas de insinuaciones, las palabras que no se pronuncian porque todo el mundo ya está pensando en ellas... Tiene la impresión de haber caído en un chiste muy manido de cuyo planteamiento ya nadie se acuerda y con cuyo final ya nadie se ríe por más que quiera.

—Bueno, detective —dice Meredith Blake, volviéndose hacia su invitado como único interlocutor neutro en la mesa—. Háblanos de ti.

—Eso, gánese las habichuelas —dice Warren Burr, mirando con sorna a McAnnis.

—Warren, haz el favor —lo reprende el doctor Blake.

—Es que no tengo más historias que contar —protesta McAnnis.

—No sobre tu trabajo —dice Meredith Blake—. Sobre ti. ¿Estás casado?

—No.

—¿Lo has estado alguna vez?

—No.

—¿Ni a punto siquiera?

—Eso sí, claro. Todos los sábados por la noche.

—¿Alguna vez te arrepientes de seguir soltero?

—Todos los domingos por la mañana.

—Adam estudió con James en la universidad —explica Meredith Blake a los demás comensales—. Pero dejó la carrera antes de... ¿Cuánto hace de eso, trece años, catorce?

—Un par de vidas más o menos, sí.

—¿Has sido detective todo ese tiempo?

—Prácticamente. He hecho otros trabajillos.

—¿Como cuáles?

—Trabajé en un pozo petrolífero de Texas. En una empresa maderera de Washington. En un barco pesquero filipino. Transportando opio en el Triángulo de Oro —enumera McAnnis llevando la cuenta con los dedos—. También de vigilante de seguridad en un club nocturno de Singapur. Todo eso antes de caer en las redes del Ejército Rojo japonés, claro.

—Nos estás tomando el pelo —dice Meredith Blake con aire severo, transmitiendo con la mirada un mensaje inequívoco: «Déjate de fanfarronadas».

—Ni mucho menos —protesta McAnnis—. Solo intentaba comportarme como un invitado interesante.

—¿Luchó en Vietnam? —le pregunta Jane Garmond.

McAnnis duda un momento.

—No, por suerte —responde—. Tengo un soplo en el corazón.

—Yo no llamaría a eso suerte —replica el doctor Blake.

—Puede que algún día acabe conmigo —dice McAnnis—, pero no será hoy. Ni tampoco mañana, esperemos.

—Ni pasado mañana, ni el otro —añade Susan Burr, levantando la copa a modo de falso brindis.

—Cada año, sin ser conscientes, pasamos por el día y el mes de nuestra muerte —declara Jonathan Gold, recorriendo rápidamente la mesa con la mirada—. ¿Viviríamos de otra manera si supiéramos la fecha exacta? ¿Si pudiéramos respetarla debidamente? ¿La celebraríamos?

Silencio incómodo. McAnnis da un trago.

—Qué idea más tétrica, ¿no? —dice Emma Blake finalmente, sirviéndose otra copa de Grüner. McAnnis se fija en la mirada reprobatoria que Meredith Blake dirige hacia los hombros bronceados de su hija, que la blusa campesina blanca deja al descubierto.

—Quizás así los otros trescientos sesenta y cuatro días se harían más llevaderos —replica Jonathan Gold.

—No creo que me gustara conocer esa fecha —dice John Garmond.

—A mí tampoco —conviene su mujer.

—Pues a mí, sí —tercia Warren Burr.

Transpira levemente; es un hombre corpulento, grueso, pero no gordo, y hace una noche calurosa de verano. Tiene la tez un tanto amarillenta, y caes en la cuenta de que debe de ser el personaje al que se ha aludido antes en la sede del club: el Hombre cetrino, piensas, como si se tratara de un personaje del tarot. Ha dejado el vino para pasarse al whisky doble.

—Yo montaría una fiesta —prosigue Warren Burr—. Si muriera ese día, la fiesta se transformaría en velatorio, y si no, celebraría haber cumplido otro año más de vida. Tanto en un caso como en el otro —añade—, correría el alcohol.

—Sálvenos, señor detective —dice Emma Blake—, esta conversación se está poniendo muy macabra.

—Tengo curiosidad sobre West Heart —dice McAnnis, complaciéndola—. Antes, en el edificio del club, me he fijado en la lista de presidentes. Se remonta a muy atrás.

—A finales del siglo pasado —puntualiza John Garmond—. Lo fundaron cuatro familias. Todas están representadas aquí hoy: los Garmond, los Blake, los Burr y los Talbot. Compraron el terreno cuando todavía estaba barato.

El presidente del club explica a continuación que en Nueva York hay una utópica comunidad *shaker* llamada Heart, corazón, que se había fundado más de un centenar de años antes, cuando los *shakers* todavía sacudían el cuerpo durante los rezos y se retorcían y bailaban como posesos. Ahora la comunidad solo consistía en un puñado de casas lúgubres a ambos lados de la autopista recién construida y un rótulo con el nombre del lugar, que los adolescentes enamorados robaban una y otra vez. Existía también un East Heart, del que solo quedaba una antigua cantera ya abandonada y un bar de carretera todavía en pie que antes había servido a los mineros.

West Heart fue el nombre que las familias fundadoras adoptaron para los boscosos terrenos adquiridos en 1896. Al principio solo constaba de trescientas sesenta hectáreas, que fueron creciendo década tras década hasta llegar a su tamaño actual, alcanzado poco después de la Segunda Guerra Mundial.

—¿Y todo el mundo practica la caza? —pregunta McAnnis.

—Todos tenemos escopeta —responde Warren Burr—. Lo que hacemos con ella varía en cada caso.

—Supongo que los armarios deben de estar repletos de trapos sucios, ¿no? —pregunta McAnnis—. Secretos ocultos bajo los tablones del suelo y cosas por el estilo, ¿no?

—¿No te corresponde a ti descubrirlo? —pregunta Emma Blake.

—Ahora mismo no estoy trabajando en ningún caso —replica McAnnis.

—Me parece, señor McAnnis —dice el doctor Blake—, que nos considera más interesantes de lo que somos en realidad.

—Seguro que el señor McAnnis convendrá en que todo el mundo tiene una historia —aduce Susan Burr—. Solo se trata de encontrar el mejor modo de contarla. ¿No es así, detective?

McAnnis asiente y levanta la copa.

—Brindo por los socios de West Heart —dice—. Y por sus historias.

—El club ya no es lo que era —masculla Warren Burr.

—Pero podría volver a serlo —replica John Garmond lanzándole una miradita de refilón.

—Si ganáramos la lotería, tal vez.

—Es de mal gusto hablar de dinero mientras se cena —replica Meredith Blake.

—Y delante de extraños —añade su marido.

—¿Hablamos de política entonces? —pregunta Jonathan Gold—. ¿De religión? ¿De la religión de la política?

—Los únicos temas que merecen la pena son los clásicos —declara Susan Burr—. El amor. El odio. El sexo. La muerte.

—Yo diría que, en realidad, todos ellos son un único tema —dice McAnnis.

—Ahora parece que estemos hablando de religión —advierte Meredith Blake.

Jonathan Gold se inclina hacia delante.

—Yo sería el primer socio judío de West Heart, ¿no es cierto? —pregunta finalmente.

Todos se quedan en silencio, excepto el niño, Ralph, que se ha pasado toda la cena mascullando para sus adentros.

—No tengo la menor idea —dice luego el doctor Blake.

—Me sorprende —replica Jonathan Gold—. Creo que una información así se sabría. Y se comentaría. ¿No le parece?

—Le aseguro, señor Gold...

—Llámeme Jonathan, por favor. Al fin y al cabo —dice sonriendo—, vamos a ser vecinos.

—Bueno, pues, te aseguro, Jonathan —dice el doctor Blake—, que no se ha mantenido ninguna conversación en ese sentido. En referencia a tu solicitud.

—Pero sería toda una novedad para el club, ¿no? A menos que me equivoque...

—Los tiempos han cambiado —replica el doctor Blake.

—Por supuesto —dice Jonathan Gold—. Solo quiero cerciorarme de que seré bien recibido.

—Qué tontería —exclama John Garmond—. Pues claro que será bien recibido.

—Me alegro. El mundo está cambiando —dice Jonathan Gold—. Pero hay lugares donde esos cambios llegan con más lentitud. De puertas adentro, entre los fantasmas de sus antepasados, las cosas quizás no se vean del mismo modo.

Warren Burr suelta una risotada aspaventosa.

—Supongo que ha llegado la hora de revelar nuestro gran secreto —dice en dirección a los demás comensales—. No podemos seguir ocultándolo por más tiempo.

—¿De qué hablas, Warren? —pregunta el doctor Blake con frialdad.

Warren Burr hace caso omiso.

—Merece usted conocer la verdad —le dice a Jonathan Gold—. No somos un club de caza. Nunca lo hemos sido. De hecho, somos una célula de revolucionarios marxistas. Hemos reunido un arsenal de armas y mañana atracaremos un banco para financiar la revolución del pueblo. Lo hemos echado a suertes, y su prueba iniciática consistirá en liquidar al guardia de seguridad.

—Déjate de tonterías, Warren —dice John Garmond.

—Tendrá que disculpar a mi marido —le dice Susan Burr a Jonathan Gold—. Se cree muy gracioso.

—Solo pretendo divertirme un poco —replica Warren Burr con una sonrisa amenazadora—. Alguien tiene que hacerlo. Pero, señor Gold..., perdón, Jonathan... ¿Puedo tutearle yo también?

—Si insiste...

—En fin, Jonathan, concuerdo con mis compañeros. Los tiempos están cambiando, incluso en West Heart. Ahora, al parecer, somos gente abierta y generosa de espíritu. Siempre ansiosa por abrirnos a gente nueva. —Warren Burr lanza una mirada a su mujer, sentada en el otro extremo de la mesa—. ¿No es cierto, Susan?

—Si tú lo dices...

—A Susan le encanta conocer y recibir a gente nueva. Sobre todo, lo de recibir. —Se vuelve hacia los Garmond—. ¿En vuestra casa qué tal? ¿Se... se recibe mucho?

—No mucho —responde Jane Garmond.

—Qué extraño. Os hacía más sociables.

—Pues te equivocas —replica Jane Garmond con acritud.

—Mis disculpas —dice Warren Burr. Luego, volviéndose hacia los dos visitantes—: Yo, por mi parte, soy un poco antisocial. Por si no se habían dado cuenta. Y ahora ha llegado el momento de tomarse otra copa, creo yo.

Warren Burr se retira de la mesa y se dirige al mueble bar dando trompicones. Reconoces a ese tipo de persona: es el invitado que ensombrece una fiesta, como un borrón en una página, y que cuando entra en una habitación, siempre parece que la luz baje de intensidad. Compadeces a su mujer, aunque te hayas percatado de que esa era una de las intenciones de la escena, un episodio salpicado con migajas de pistas que han quedado sobre la mesa: las insinuaciones, las premoniciones, las salidas «de pata de banco», las semillas cuidadosamente sembradas que tal vez broten más tarde, o tal vez no, el trasfondo que lentamente se va perfilando...

Sea como sea, ese tal Burr te da mala espina. Por regla general, en las novelas de misterio el personaje que menos simpatías suscita es el que tiene más probabilidades de ser la víctima. Aun así, es posible que un autor retorcido prevea tu conocimiento de ese cliché y fuerce las tuercas para que un personaje como Warren Burr adquiera relevancia antes de tiempo y así sorprenderte, más adelante, con una víctima distinta por completo. O, quizás, más retorcido si cabe, que vire en redondo y lo liquide, desmontando así su propio farol (su destino siempre había sido morir), explotando y pervirtiendo con ello tus expectativas desde el principio. Evidentemente, hay escritores, y entre ellos no los menos sagaces, que utilizan una táctica muy similar para enmascarar y desenmascarar a sus asesinos.

*

La velada avanza lentamente. Los invitados dejan de prestar atención a lo que beben y en qué cantidad. Los espirituosos han sustituido al vino, para detrimento general de la concurrencia. Los comensales fijan los ojos desenfocados en las copas que tienen delante, tratando de identificar la suya. A nadie le interesa ya la comida; los tenedores pinchan con desgana la tarta de queso con fresas que Meredith Blake había encargado a la pastelería de la ciudad más cercana, a treinta kilómetros de distancia. Cuando el ágape termina por fin, la mesa ha quedado hecha un desastre: botellas de vino vacías, copas rotas, manchas de vino tinto en el mantel, restos de huesos de pollo junto a colillas de cigarrillos aplastadas en los platos, una costumbre que a McAnnis, nada quisquilloso en otros sentidos, siempre le ha parecido repugnante. El detective se ofrece a ayudar a Meredith Blake a recoger la mesa —«No, insisto»— y, a pesar de que no era su intención, eso le permite pegar el oído detrás de la puerta de la cocina y escuchar retazos de la aparente discusión que John Garmond y Warren Burr están manteniendo junto al mueble bar.

—¿Has tomado ya una decisión? —pregunta Warren Burr.

—Todavía no —responde John Garmond.

—Dentro de nada será demasiado tarde. No podemos seguir conteniendo a los lobos.

—Es que hay mucho en juego.

—No me seas sentimental.

Y luego, cuando el detective hace un segundo viaje a la cocina:

—¿De verdad crees que ese tipo puede salvar la situación? —pregunta con sorna Warren Burr.

—Merece la pena intentarlo.

—¿Tan rico es?

—Eso parece.

—Estamos con el agua al cuello. Reg ha metido la pata hasta el fondo.

—Todos los miembros de la junta dieron el visto bueno. Tú incluido.

—No me fío de él.

—Muchos dirían lo mismo de ti, Warren.

—Y con motivo. Yo tampoco me fiaría de mí mismo.

—En resumidas cuentas, que todavía me lo estoy pensando.

—Pues se te está agotando el tiempo, John.

—Como a todos, ¿no?

*

McAnnis ya está tan borracho que se aburre. Se entretiene un rato leyendo los lomos de los libros en las estanterías de la sala de estar, sale al porche cerrado con mallas mosquiteras que está en el otro extremo de la casa, da unos pasos por el jardín... De pronto cae en la cuenta de que está buscando a Susan Burr. La cálida brisa nocturna arrastra hasta él un olor acre que le resulta familiar; sigue su estela, dobla la esquina, y allí está ella, fumando un cigarrillo de marihuana.

—Me ha pillado con las manos en la masa —dice Susan Burr, apoyada en el cañón exterior de piedra de la chimenea—. Hay una guerra contra las drogas, no sé si se habrá enterado, así que tengo que darme al vicio en secreto.

—Los vicios secretos son mi especialidad —afirma McAnnis—. Soy la discreción personificada.

Susan Burr sonríe.

—¿Cuántos años tiene? —le pregunta ella.

—Treinta y cinco.

—Un crío —dice con sorna—. ¿Cuántos años me echaría a mí?

—Una pregunta capciosa —afirma McAnnis.

—Sea sincero.

—¿Cuarenta?

—Pero sin hacerme la pelota.

—¿Cuarenta y cinco?

—Me quedan tres meses para cumplir los cuarenta y seis —dice Susan Burr—. O sea que usted y yo procedemos de dos planetas distintos. El primer presidente al que voté fue Eisenhower; a Kennedy, pobre Kennedy, el segundo. Desde entonces no he vuelto a votar. Cuando llegó la píldora, ya estaba casada. Viví la década de los sesenta como si no fuera conmigo. Los sueños de un futuro nuevo y prometedor parecían cosa de las revistas. Todo ese mundo me pasó de largo. Pero no lo lamento. Cuando todo se fue a la mierda, no tuve la impresión de haberme perdido nada. Lo bueno fue no haber tenido hijos, claro.

—Yo tampoco los he tenido —dice McAnnis.

—Que usted sepa.

—Que yo sepa —reconoce.

McAnnis esperaba que le pasara el cigarrillo, pero ella vuelve la palma de la mano hacia él, para que fume directamente de sus dedos, sin soltarlo. El detective inhala el humo bajo la mirada fija de Susan, sintiendo el roce de su piel en los labios.

—¿A qué se dedicaba entonces? —pregunta el detective.

—¿Cuándo?

—Mientras dejaba pasar los sesenta. Mientras los demás volábamos en pedazos laboratorios gubernamentales, vendíamos mescalina y tramábamos la revolución.

—¿Usted hizo algo de eso? —pregunta ella perpleja.

—No.

—Ya me parecía. ¿Que a qué me dedicaba? —Susan Burr suspira con aire pensativo—. A gastarme el dinero. Iba a clases de tenis. Leía novelas baratas. Acabé intimando con una de las dependientas de cosmética de Bergdorf's. Veía películas de Ingmar Bergman en el Ziegfeld. Empezaba a darle al alcohol con el *brunch* y seguía bebiendo hasta la cena. Hacía amistades. Luego las perdía. Me compraba un tresillo nuevo cada pocos años. Me instalaba en el Club Med La Caravelle una semana antes que mi marido. ¿Qué quiere que hiciera? A veces —concluye—, uno tiene la impresión de que vive solo para matar el tiempo.

—Podría divorciarse —sugiere McAnnis.

—Claro. Pero ¿para qué?

McAnnis aprovecha la ocasión para lanzarse.

—¿Ahora viene cuando me mete la llave de una habitación en la mano y me susurra una hora al oído?

Susan Burr contiene la respiración un largo rato. Sopesándolo.

—Por desgracia, señor McAnnis —dice por fin—, no estamos en un hotel. Al menos por el momento.

—Claro.

—Aunque hay habitaciones en la sede del club —prosigue en voz baja—, habitaciones vacías, que no se cierran con llave, en la planta superior. La 302 no es tan impresentable como el resto. Quizás un hombre demasiado inquieto para conciliar el sueño podría buscar diversión allí, a medianoche.

McAnnis asiente.

—A medianoche.

—En realidad no hay nada más que añadir, ¿verdad? Al fin y al cabo —añade Susan Burr—, si continúa hablando, es posible que cambie de opinión.

Luego apaga el porro en la fachada de la casa de los Blake y se aleja como una actriz acostumbrada a salir siempre del escenario envuelta en aplausos.

*

La luna ya se ha alzado por encima de las copas de los árboles —arces rojos y abedules en esta parte del club, aunque en el resto del recinto predominan los abetos balsámicos—; una luna llena, de un blanco lechoso que cabrillea sobre la superficie del lago. McAnnis se queda fuera aguardando unos minutos, con la esperanza de volver a la terraza sin ser visto; pero tan pronto como llega, Warren Burr le da el alto. El detective duda y luego va hacia él a regañadientes, preguntándose si será un marido celoso. ¿Sabe o sospecha dónde ha estado? ¿Le importa?

—No hemos tenido oportunidad de charlar en toda la noche —dice Warren Burr, fumando un purito White Owl retrepado con toda su corpulencia en una silla Adirondack—. Usted y yo a solas.

—Pues aquí me tiene ahora —dice McAnnis.

—Es usted detective privado.

—Exacto.

—¿Y qué detecta?

—¿En este preciso instante? Una leve condescendencia.

Warren Burr entrecierra los ojos y luego suelta una carcajada estentórea.

—Muy buena esa salida. Me ha gustado —dice con evidente disgusto—. Supongo que no le estará permitido comentar casos del pasado, entonces. Por lo de la ética profesional y esas cosas.

—Algo por el estilo.

—Pero hablando ya en general —insiste Warren Burr—. ¿A qué... a qué se dedica? ¿Divorcios? ¿Mujeres que se la pegan al marido? ¿Se pasa las noches espiando por las ventanas para sacar fotos indiscretas?

—¿Por qué? ¿Está pensando en contratar a alguien?

La sonrisa, todavía esbozada en el semblante de Burr, se esfuma de golpe.

—Es usted ingenioso, lo que es una virtud —observa Warren Burr con frialdad—. Y también insolente, que no lo es. Aquí arriba todos somos amigos, naturalmente. Caballeros. Pero, en la capital, un ingenio y una insolencia así podrían acarrear disgustos. Si no se va con cuidado. —Warren Burr le sonríe—. McAnnis era, ¿no? ¿Adam McAnnis? —dice, como si retuviera el nombre en la memoria para anotarlo después en el interior de un sobre de cerillas o en el reverso de un billete de apuestas que luego deslizará en la mano enguantada de un individuo para que «se haga cargo del tema».

—Así es —afirma el detective.

—Un placer hablar con usted. Ahora, si me perdona... —Warren Burr levanta la copa vacía y regresa al interior de la casa en dirección a la barra.

James Blake, que ha estado observando la escena, cruza la terraza moviendo la cabeza.

—Cuidado, Adam. Ese no se anda con chiquitas.

—¿Ah, no?

—Warren Burr está al frente de una inversora privada, donde impera la discreción; nadie sabe quiénes son sus clientes, pero digamos que no se les considera «buena gente» —advierte James Blake—. Gente que necesita guardar el dinero en refugios seguros, inaccesibles para el fisco. Una vez lo oí decirle a mi padre que disponía de un tipo que podía hacerle «un apaño».

—¿Insinúas que podría intentar «apañarme» a mí? —pregunta McAnnis.

—Yo solo digo que te andes con ojo, eso es todo.

A continuación, James Blake lo pone al tanto de las distintas ocupaciones de otros socios de West Heart, pero McAnnis, que ya cuenta con esa información en su dosier, en lugar de escuchar se dedica a estudiar a su viejo amigo y piensa en lo fácil que le había resultado hacerse invitar al club ese fin de semana. James siempre había sido así: confiado y generoso, en exceso. Mientras otros compañeros de Columbia evitaban al humilde chico de barrio que era McAnnis, James lo había adoptado como a un perro callejero. No le avergonzaba encontrarse a su amigo trabajando en el comedor universitario, vestido con el uniforme azul grisáceo del personal, limpiando las pilas de platos sucios que los demás universitarios dejaban tras de sí porque, claro, ya había «gente contratada para eso». James ha engordado un poco y tiene el bigote color castaño claro, un par de tonos más oscuro que el pelo, lo que le da un aire a Robert Redford en la época de *Dos hombres y un destino*. Aparte de eso, tiene el mismo aspecto de siempre. Todavía no se ha casado; esa soltería, sospecha nuestro detective, debe de ser causa de bastante irritación para sus padres, y de bastante cotilleo para los demás. Cualesquiera secretos que descubra en ese sentido, piensa McAnnis, no tienen por qué incorporarse al informe dirigido a su cliente.

—¿Puedo preguntarte una cosa? —dice McAnnis.

—Depende.

—¿El club está pasando por dificultades económicas? —pregunta McAnnis.

—¿Por qué lo preguntas?

—Cosas que he oído por ahí.

—Ya —dice James Blake—. Pues la verdad es que no estoy muy enterado. Pero sí, creo que sí. No estoy seguro del motivo. Parece que hay una camarilla que está presionando para que se venda el club. Otros están en contra. Y otros no saben qué pensar.

—¿Tú qué piensas?

—Yo no pienso.

—¿No tienes una opinión al respecto?

—No tengo derecho a tenerla. No soy socio, lo son mis padres —explica James Blake—. Al cumplir la mayoría de edad, dejas de ser miembro oficial del club. De hecho, no soy más que un visitante.

—Como yo.

—Exacto. Si quiero formar parte del club, tengo que adquirir mi propia vivienda y pagar mis propias cuotas. O esperar a que mis padres fallezcan, supongo —dice James Blake.

*

Los Burr han sido los primeros en marcharse. Susan Burr ni siquiera le ha dirigido un vistazo a McAnnis en el momento de salir, pegada como iba a la sombra tambaleante de su marido, que bajaba dando tumbos hacia el camino principal. Jane Garmond se ha marchado poco después. «Si no me voy ahora, me desplomaré en el sofá», le ha dicho a Meredith Blake al despedirse. Su marido se ha quedado un rato más. Ahora, al ver a John Garmond solo en la terraza, aferrado a su Armagnac, el detective comprende que es la oportunidad que estaba esperando.

—Antes ha manejado la situación con mucha habilidad, en mi opinión —dice McAnnis, acercándose a él por detrás.

—¿Qué situación?

—Lo del perro.

John Garmond tuerce el gesto.

—Ya. La cosa se ha puesto fea.

—¿Qué cree que ha sucedido?

—No lo sé.

—Pero tendrá alguna teoría. Algo intuirá...

John Garmond baja la mirada hacia su copa con forma de bellota y luego da un sorbito. McAnnis se fija en que tiene una mancha de sopa de cereza en el polo blanco.

—Creo que cualquier hombre o, de hecho, cualquier mujer, que al mirar por el espejo retrovisor hubiera visto la oportunidad de vengarse, se habría vengado.

—Luego cree que ha sido intencionado.

—Creo que es posible que ni Alex Caldwell lo sepa con seguridad —replica John Garmond—. Quién sabe lo que nos mueve a matar. Mi mujer es muy aficionada a las novelas de detectives, en las que el móvil siempre está claro. El amor. El odio. La codicia. Etcétera. Pero supongo que usted, en la vida real, en su trabajo, habrá observado que la gente puede tener muy diversos motivos para asesinar a otro. Algunos ni siquiera confesables para sí mismos.

—Puede ser —dice McAnnis—, pero, en general, lo que he observado es que son las personas más cercanas quienes más nos hieren. Sobre todo, las que amamos, o nos aman.

—En eso estoy de acuerdo —dice John Garmond sombrío y, abarcando con un gesto el recinto del club, añade—: Supongo que este mundo le parecerá anticuado. Caduco.

—Pues no sé —dice McAnnis con prudencia.

—Desfasado para estos tiempos.

—Dado los tiempos que corren —dice McAnnis—, puede que no sea mala cosa.

—Hoy día está muy mal visto hablar de tradición. Pero, gracias a Dios, tengo un hijo. Mi abuelo ayudó a crear este lugar y espero que aquí siga cuando Ramsey llegue a abuelo.

John Garmond se peina el pelo con los dedos, un tic que, piensa el detective, revela más de lo que él desearía. McAnnis ha tenido clientes como él en el pasado: triunfadores cuyas vidas han seguido el curso exacto de lo que planearon, pero que, llegado un momento de la vida, sienten un vago malestar que no aciertan a identificar, como si algo, en alguna parte, se hubiera torcido. Las cuentas de sus socios no cuadran. Los antiguos regalos que les hacían a sus esposas ya no las satisfacen. Las noticias de los informativos hablan de un mundo que no reconocen. Son hombres que lo tienen todo, pero que en el fondo no encuentran valor en nada de todo eso, y contratan a McAnnis porque el orgullo les impide recurrir a un psicólogo o un cura.

—Las cosas parecen como huecas, ¿no cree? —prosigue John Garmond—. Por fuera son las de siempre, incluso puede que el tacto sea el de siempre, pero solo a primera vista.

En cuanto das unos golpecitos con los nudillos para comprobar su solidez, percibes el vacío que hay detrás. Y si das un poco más fuerte, todo se desmorona.

—¿Hablamos de West Heart?

—Hablamos de todo en general. —John Garmond suspira—. ¿Sabe lo que echo de menos? Nueva York. La Nueva York de antes. Me encantaba esa ciudad. Jane y yo íbamos a restaurantes, a exposiciones, al teatro. Ramsey estudiaba en un colegio público. Podías pasear por Central Park de noche. Pero luego todo cambió, y no sé cómo. No sé si fue culpa de alguien en particular o de todos en general, pero el caso es que la ciudad dejó de funcionar. No se recogía la basura de las calles. A Ramsey lo asaltaron tres días consecutivos. Había novelistas que se presentaban como candidatos a la alcaldía. Los vecinos querían saber si éramos partidarios del amor libre. Gente conocida, gente cabal, empezó a sufrir crisis nerviosas. Ahora Nueva York solo me entristece. Renquea como un animal con la panza cosida a tiros, arrastrándose por el bosque sin darse cuenta de que está moribundo.

—«Ford a Nueva York: cáete muerta»* —cita McAnnis.

—Exacto.

—Y, según usted, ¿West Heart sería una especie de bastión contra qué?

—Bastión o refugio —puntualiza John Garmond—. Mire, no crea que me hago ilusiones acerca de este lugar, sé que se presta a la caricatura. Imagino cómo se verá a sus ojos. Esto necesita un cambio, de eso no cabe duda, pero

* La cita hace referencia a la famosa portada del *Daily News* de 1975, que abría la edición con esas palabras tergiversadas del presidente Gerald Ford denegando el rescate económico de la ciudad, en ese momento en bancarrota. *(N. de la T.)*

merece la pena luchar para que siga en pie. No hace falta arrasar con todo para que las cosas cambien.

—¿Seguimos hablando de West Heart?

John Garmond sonríe con aire taciturno.

—Seguimos hablando en general.

Se inclina hacia delante y McAnnis sigue su mirada. Una sombra se mueve entre el boscaje, en dirección a la sede del club.

—¿Oiga? —dice a voces John Garmond—. ¡Eh, oiga!

No recibe respuesta.

—Puede que no lo hayan oído —dice McAnnis.

—Claro que me han oído —replica John Garmond.

—¿Quién era?

—Alguno de nuestros borrachos de la casa, perdido en su propio bosque. O puede que Fred Shiflett. Nunca contesta a menos que tenga necesidad.

Los dos continúan hablando, en voz baja, y reparas en que el ambiente se ha serenado, se ha desplazado hacia un movimiento en clave menor. Las notas que describen a John Garmond tienen ya una tonalidad distinta —un rostro «surcado de arrugas», ojos «cansados», hombros «encorvados»— y sospechas que detrás hay un intento de suscitar empatía, si no simpatía. Los dos escuchan el trino de un pájaro en la noche, un canto que a esas horas podría indicar la presencia de un depredador en las cercanías, y a ti, de pronto, mientras lees estas páginas, te asalta un gran temor por la suerte de John Garmond.

El presidente del club suspira.

—Buenas noches, señor McAnnis.

—Buenas noches, señor Garmond.

McAnnis echa un vistazo a su reloj: son las 22:25 horas.

*

Pasan diez minutos de medianoche. En ninguna de las ventanas de la sede del club hay luz. McAnnis entra con sigilo, consciente de que está allanando una propiedad privada. No hay explicación alguna para su presencia allí, y, sin duda, tampoco presunción de inocencia. Sube las escaleras que conducen a la planta superior. Habitación 302. La mano avanza hacia el pomo de la puerta, pero este empieza a girar por sí solo, la puerta se abre silenciosamente hacia dentro y allí está Susan Burr. McAnnis entra en la habitación. En un primer momento se quedan los dos inmóviles, saboreando la excitación de esos últimos instantes previos al arrebato: el placer de postergar el momento, la percepción de sus corazones desbocados. Se besan. Todavía no han cruzado una palabra. Caen sobre la cama.

—Abre la ventana —susurra ella después.

McAnnis se levanta obediente, corre las cortinas y la abre. La luz de la luna inunda la habitación. El detective se estremece un poco al sentir el contacto de la brisa nocturna con el sudor de su piel. Antes, las yemas de los dedos de Susan habían recorrido la arrugada cicatriz que le atraviesa el torso, y sabe que ahora la está mirando. Extrae un Winston de la cajetilla y vuelve a meterse en la cama.

—Sé lo que estás pensando —susurra Susan Burr.

—¿También lees las líneas de la mano? —dice McAnnis, en voz baja a su vez.

—Estás pensando «¿Cada fin de semana escoge a uno distinto?».

McAnnis lo niega con la cabeza.

—Qué va. En realidad, me preguntaba cómo seleccionas a tus presas.

—¿Quieres saber qué criterios utilizo?

—Tengo curiosidad.

—Alto. Moreno. Apuesto. Que no tema morir a manos de un marido celoso.

—¿Hay probabilidades de que eso suceda?

Susan alza los hombros.

—Depende del hombre en cuestión.

—¿Quiere vender el club?

—¿Por qué lo preguntas? ¿Y a ti qué te importa?

—Es pura curiosidad. Algo he oído por ahí.

—Tendrías que preguntárselo a él.

—No creo que estuviera dispuesto a explicármelo.

—Para un hombre como Warren —dice Susan Burr—, los negocios consisten en prestar y gastar. Gastas como es debido, devuelves lo prestado y te embolsas un remanente considerable. Y si no gastas como es debido, acabas teniendo conversaciones desagradables con gente desagradable.

—O sea, que necesita el dinero.

—Tengo otro criterio —dice Susan Burr, cambiando de tema—. Muy importante.

—¿Cuál?

—Tiene que ver con la ley de la oferta y la demanda. Mi demanda era muy alta, pero la oferta era escasa. Siento decir que eras mi única opción. Buena, no obstante.

—Podrías haber elegido al nuevo, al abogado.

—Procuro evitar a los socios de mi marido.

Sigue un largo silencio; demasiado largo.

—¿Warren conocía a Jonathan Gold de antes? —pregunta McAnnis con cautela—. ¿Antes de que solicitara formar parte del club?

Susan Burr se vuelve de lado en la cama.

—Un buen detective no explota las conversaciones íntimas para preguntar por el marido. ¿No tienes secretos más interesantes que sonsacarme?

—Claro. Tengo preguntas.

—¿Como cuáles?

—¿Solo eliges a desconocidos? ¿O te diviertes con socios del club también?

—También.

—¿Con quién?

—¿No lo adivinas?

—John Garmond —sugiere McAnnis.

—¿Por qué dices eso?

—Por el modo en que me ha mirado cuando te miraba.

—¿El famoso instinto policial? —pregunta Susan Burr—. Aunque tú no eres policía.

—Tengo más preguntas.

—Adelante.

—¿Por qué todo el mundo da por sentado que Alex Caldwell mató al perro de Duncan Mayer adrede? ¿Por qué falta una de las placas...?

—Chisss —lo interrumpe Susan Burr.

—¿Qué pasa?

—Escucha.

Desde otra habitación al fondo del pasillo, llega un suave murmullo de voces. Un gemido o un suspiro quizás. Silencios que dan rienda suelta a la imaginación.

No son voces que a McAnnis le resulten tan familiares como para identificarlas, pero Susan Burr, obviamente, sí.

—¿Quién es?

—Si te lo dijera sin más, ¿no estropearía el placer de todas tus pesquisas de mañana?

—No estoy aquí para investigar a nadie.

—No, claro.

En la otra habitación, los cuerpos imprimen un ritmo conocido a sus movimientos. McAnnis oye la respiración agitada de Susan Burr a su lado.

—¿Los imitamos? —dice ella.

*

McAnnis despierta. Algo ha debido de interrumpir su sueño. Vuelve a oírlo: algo cruje al otro lado de la puerta. Un tablón del suelo. Alguien avanza sigilosamente por el pasillo. Los términos que describen esas pisadas («suaves», «intermitentes», «cautelosas») sugieren que se trata de una mujer, aunque tú sabes que podría tratarse de una simple finta del autor, de una mentirijilla para despistar. McAnnis se queda quieto en la cama, escuchando. Las pisadas avanzan silenciosas por el pasillo hasta detenerse ante la puerta del otro *rendez-vous,* y también a ti te pica la curiosidad. ¿Entrará? ¿Se quedará al pie de la cama, contemplando en silencio el sueño de los dos amantes desnudos, ajenos al peligro? ¿Lleva una pistola? ¿Estará tan furiosa como para descargarla contra ellos? ¿Le temblará la mano al apuntar? ¿Contra cuál de los dos disparará primero?

McAnnis debe decidir cómo proceder. Pero todo depende de si oye el clic metálico en el pomo de la puerta, el crujido de los goznes. Espera. Continúa esperando. Finalmente, las pisadas se arrastran con paso indeciso hacia el hueco de la escalera, al otro extremo del pasillo.

*

Adam McAnnis regresa andando a la casa de los Blake. Se ha levantado de la cama sin hacer ruido, con la vaga intención de perseguir a esa mujer, a esa persona, que merodeaba por el pasillo. Mientras se vestía, se ha vuelto hacia Susan y se ha encontrado con su mirada, observándolo entre las sábanas revueltas.

—La primera en irse suelo ser yo —le ha dicho.

—A mí me pasa lo mismo.

—La hoguera será mañana.

—Ya es mañana.

—Bueno, pues esta noche.

—Te veo allí —le ha dicho McAnnis.

—No esperes gran cosa —le ha dicho Susan Burr—. Es otra tradición más de West Heart. Hay tantas... Esta es una especie de ritual pagano. La idea es que el fuego expíe nuestros pecados.

McAnnis se ha inclinado para darle un beso de despedida. Al volverse Susan de espaldas, ha reparado en un hematoma del tamaño de una pelota de tenis en sus lumbares, que, bajo la tenue luz de la luna, tenía un tinte negro azulado.

El detective ya está cerca de la casa de los Blake cuando ve, o cree ver, una silueta avanzando por el camino de tierra, a lo lejos. Al igual que él, sin linterna. Pero a diferencia de él, seguro del terreno que pisa. McAnnis no distingue si se trata de la misma persona a la que había visto antes. Pero no lo cree. La figura se pierde en una de las innumerables sendas que atraviesan la gran extensión del recinto. McAnnis echa una ojeada a su reloj: son las 2:56 de la madrugada.

Se cuela como un ladrón en la casa de los Blake, entra sigilosamente en su dormitorio y se desploma sobre la cama, sin desvestirse; embriagado por el alcohol y el sexo y temiendo la resaca de la mañana siguiente. Está demasiado cansado para ponerse a pensar sobre los hombres y mujeres que le han presentado a lo largo del día, así que tú lo haces por él, repasando a uno tras otro, como quien cuenta ovejas.

Jane Garmond, que intenta taparse la cicatriz.

Reginald Talbot, que no le quita ojo a la biblioteca.

Warren Burr, que es muy amigo de lanzar amenazas.

Jonathan Gold, que no es el extraño recién llegado que pretende ser.

Alex Caldwell, que tiene pendiente una venganza, o se supone que la tiene.

Claudia Mayer.

John Garmond.

Susan Burr.

Los amantes de la otra habitación.

La sombra en el pasillo.

Los que merodean por el bosque.

*

Problemas de cálculo

1. Una mujer pesa 61 kilos. Al lado de la cama tiene un frasco que contiene 25 somníferos de 10 miligramos cada uno. La petaca de vodka está medio vacía. Fuera hace 23 °C, empieza a oscurecer y ella apenas ha salido de su cabaña en 3 días. *Calcula la probabilidad de que siga viva por la mañana. Desarrolla el resultado.*
2. El marido de esa mujer está agazapado en un puesto de observación de ciervos que se alza a 3 metros del suelo. El posible asesino se encuentra a 50 metros de distancia, armado con un Winchester 70. Sopla viento del sudoeste a 8 km por hora. Volviendo al porche, vemos que la mujer se aparta un pelo de los ojos; sigue siendo tan hermosa como el día que se conocieron. *¿El marido dispara?*
3. Una mujer lleva 25 años casada con un hombre al que no ama. Durante 8 de esos años ha mantenido una relación sexual en secreto con un vecino que vive en su misma calle y que, a su vez, lleva 25 años casado. Los dos matrimonios suelen quedar para cenar con sus respectivas parejas una vez cada 6 meses, por término medio. A medida que pasan los años, la esperanza de que lo suyo alcance

una resolución feliz y sin consecuencias se acerca al cero. *¿Cuál es el límite de su deseo?*

4. El cuchillo se fabricó en Canadá hace 7 años. La hoja, serrada, tiene una longitud de 15 cm y un valor de 300 en la escala BESS de afilado. Lleva 5 años guardado en el cajón de la cocina. Esa mujer ya no soporta pasar los fines de semana en esa casa. *¿Cuánto tiempo en total, calculado en minutos, ha pasado planteándose clavarle ese cuchillo en la nuca?*
5. El hijo de una pareja murió hace 5 años en un accidente de tráfico. El conductor del vehículo dio 0,17 % en el test de alcoholemia. Rebasaba el límite de velocidad en 50 km, pero llevaba puesto el cinturón de seguridad. El hijo de la pareja, que era amiga íntima de los padres del conductor, no. *¿Cuál es la ratio mínima entre odio y pena que sería necesaria para que el dolor, por fin, remitiera clementemente?*
6. El detective privado está durmiendo entre extraños en un lugar remoto, a 25 km de la comisaría más cercana. El hospital más próximo dista 35 km. El detective está rodeado de un número X de sospechosos con un número Y de móviles. Hay 102 armas de fuego en el recinto. *¿Es consciente del peligro que corre?*

«“Porque”, dijo el doctor con franqueza, “esto es una novela de detectives, y no engañamos al lector fingiendo lo contrario.”»

Viernes

Desperté con un dolor de cabeza espantoso, la boca pastosa y el sol, que entraba sin misericordia por una ventana abierta, taladrándome los ojos. Aún llevaba puesta la ropa de la noche anterior. Olía a alcohol y a sexo y había dejado las sábanas empapadas, por lo que deduje que mis terrores nocturnos habían vuelto a hacer de las suyas. Solía mantenerlos a raya a base de pastillas o whisky, pero a veces nada surtía efecto y las miradas de los vecinos, sobre todo durante los abrasadores meses de canícula en la ciudad, me daban a entender que lo habían oído todo.

Una vez, el tipo que de vez en cuando pasaba la noche en el piso de mis vecinas de rellano, me paró al salir del portal. Estaba fumando un cigarrillo, sentado sobre un cubo de basura.

—¡Eh, tío!

—¿Es a mí?

—¿Tienes un cigarro?

Me quedé mirándolo.

—¿Te los fuma a pares o qué?

—Qué va, tío. —Se rio y exhaló una bocanada—. Me lo reservo para luego.

Puede que fuera un proxeneta. Puede que solo le gustara vestir a la moda. Le di un cigarrillo y se lo encajó en el sombrero.

—Oye.

—¿Qué?

—¿A qué vienen esos gritos, tío?

No tenía una respuesta válida para esa pregunta. No todo el mundo regresaba a su casa en el mismo estado que yo. Sobre todo, al principio, cuando todo el mundo andaba distraído con otras cosas. Antes de las protestas, de las manifestaciones y de que los niños introdujeran margaritas en el cañón de los fusiles de la Guardia Nacional. Antes de que Allen Ginsberg intentara hacer levitar al Pentágono. Antes de la epifanía de Walter Cronkite, de que el *New York Times* explicara los efectos del napalm y de todo aquel maldito horror. Antes de que nadie pudiera comprender qué demonios me pasaba, por qué empapaba las sábanas de sudor; algunas mujeres a las que acababa de conocer saltaban de la cama y me despertaban diciendo «Oye, tienes un problema grave, no sé si lo sabes», y las vecinas de al lado se quedaban mirándome con los párpados entornados.

Me incorporé y me agarré la cabeza con las manos. ¿Y si los Blake me habían oído? ¿Qué explicación daría en ese caso?

Encendí un cigarrillo, procurando no pensar en lo que realmente importaba: la probabilidad de que mi último y único cliente en el momento no hubiera sido sincero conmigo. El trabajo se había calificado de «sencillo», aunque «bien remunerado» y, sin duda alguna, «interesante» para mí. Las directrices, sospechosamente, parecían difusas.

—Mantenga los ojos y los oídos bien abiertos.

—¿Por...?

—Por si detecta algo raro. O no deseable.

—Puede que lo que yo considere deseable o no deseable no coincida con su criterio —repliqué.

—Cierto, pero las palabras limitan. Imponen restricciones y prejuicios a nuestros pensamientos. Ya conoce la paradoja: basta que te digan que no pienses en un elefante rosa... Si señalo lo que yo creo que debe buscar, su mente inconscientemente filtrará todo lo demás. Y no me interesa ese filtro. Haré *tabula rasa* con usted, señor McAnnis. Será el inocente enviado a alborotar el avispero.

—Un plan ideal.

—Buena suerte con sus pesquisas. Y vaya con cuidado...

El trabajo me daba mala espina, pero no tenía otra cosa a la vista; el caluroso verano empezaba a sumir Nueva York en un marasmo de tiroteos y heroína, así que acepté. El siguiente paso fue sencillo. Tal como había sugerido mi nuevo cliente, me puse en contacto con un viejo amigo de la universidad, James Blake. Ciertos comentarios oportunos por mi parte sobre el calor en la urbe y la festividad en ciernes condujeron a una invitación a West Heart, que recibí con sorpresa y gratitud. Luego, una tarde en el consistorio y en la sede principal de la biblioteca en la Calle 42 me proporcionaron información sobre el club. A ello hubo que sumar unos días más para indagar discretamente sobre mi cliente, y sobre los clientes de mi cliente: una precaución de rigor, y a menudo muy esclarecedora. Hasta que, antes de ayer, James Blake pasó a recogerme en mi domicilio de Lower East Side y, apoyado en su vehículo delante del bloque, movió la cabeza consternado mientras yo cruzaba la acera en dirección a él, entre basuras, condones desechados y jeringuillas rotas.

—Es increíble que vivas aquí.

—Trabajo en la clandestinidad.

—¿Desde cuándo?

—Desde hace una década más o menos.

—Te habría ido mejor de policía, como tu viejo —replicó James Blake.

—Eso me decía él a todas horas.

Y ahora, heme aquí. Cuidando de la resaca en una casa de campo mientras planeo mi próximo movimiento.

El monólogo prosigue desde esta perspectiva nueva, claustrofóbica, con el «Yo» de la primera persona, del protagonista, un punto de vista que, desde tu primera lectura inocente de *El asesinato de Roger Ackroyd* de Agatha Christie, siempre te ha suscitado recelo. Por lo general, es una táctica frustrante. Te adentras en la mente del detective, pero hay partes de su pensamiento que están «valladas», por así decirlo, incluyendo esas partes con información que te interesaría mucho averiguar: ¿Quién lo ha contratado? ¿Cómo lo localizaron? ¿Cómo sabían de la existencia de James Blake? ¿Por qué West Heart?

No obstante, al menos sabes que era importante que McAnnis estuviera en este club de caza este fin de semana; de hecho, puede que lo contrataran expresamente por sus contactos con la familia Blake. Por otro lado, te entristece la sospecha de que esa noche con Susan Burr no haya albergado otro propósito que la manipulación; muchos detectives justifican el acostarse con posibles testigos o sospechosos por razones profesionales, pero, por lo general, tú prefieres pensar que eso no es más que una tapadera, una mentira que se cuentan a sí mismos. La verdad, quieres pensar, es que los detectives ejercen tal seducción porque el peligro galvaniza el deseo, porque entran en la vida de una mujer no como ellos mismos, sino como todo detective sobre el que ella haya leído o haya visto en alguna película anteriormente. Una vez resuelto el crimen, el detective desaparece y la chica regresa a su vida cotidiana con un secreto que atesorar el resto de los años o las décadas que le queden de vida. A menos, claro está, que sea ella la asesina...

Mientras tú te debatías con esas reflexiones, McAnnis se ha estado moviendo trabajosamente por el dormitorio; al cambiarse de camisa, reparas en unos arañazos en su espalda. Del fondo de un cajón superior de la cómoda saca un botecito de plástico con pastillas y, con un rictus de disgusto, se traga dos sin agua siquiera. Entra dando tumbos en la cocina. En casa de los Blake todos siguen durmiendo. Abrumado por los electrodomésticos, sale a la calle y desanda el camino de la noche pasada para dirigirse al edificio del club y buscar dónde tomar un café.

*

Todo estaba en silencio. Olí a beicon, que alguien estaba friendo en la cocina. Desde el vestíbulo se oían voces femeninas y una risa tosca que reconocí como la del vigilante de seguridad, Fred Shiflett: la cháchara del servicio cuando está seguro de que sus jefes siguen durmiendo la mona. Subí a la biblioteca de la planta superior, sin más motivo que el hecho de que al tesorero del club, Reginald Talbot, le hubiera molestado tanto mi presencia allí.

Me acerqué al estante ocupado por los boletines de West Heart, encuadernados en tomos. Cuando no sabes lo que buscas, cualquier punto de partida es válido. Empecé a sacarlos de los anaqueles sin orden ni concierto, saltando de década al buen tuntún. Los vestidos de las mujeres cada vez parecían más cortos, y el pelo de los hombres cada vez más largo. En un ejemplar de 1971, vi la primera (y única) foto de un hombre de raza negra (¿un invitado?) que sonreía junto a James Blake. Luego recordé los años que faltaban en las placas de los presidentes (de 1935 a 1940) y me centré en los tomos más antiguos.

Un artículo fechado en junio de 1931 mencionaba que «a

raíz de la actual crisis financiera y su incidencia en la situación económica de los socios del club, se ha procedido a vender árboles a una empresa maderera para reducir los gastos de gestión».

En un artículo de marzo de 1932 se hablaba de una charla ofrecida por el «insigne» doctor George Roberts, para presentar su «prodigioso» invento que desvelaba los misterios del sistema eléctrico del cuerpo humano. Su «oscilóforo» medía vibraciones: la sangre irlandesa vibraba a quince ohms, la italiana a doce, la judía a siete, etcétera.

En una foto de diciembre de 1933 se veía a dos parejas en el porche de la sede del club mirando muy sonrientes a la cámara, vasos largos en alto, y sobre ellas, el titular: SE LEVANTA LA PROHIBICIÓN, EL ALCOHOL REGRESA A WEST HEART. El tono jubiloso del artículo, salpicado de insinuaciones sarcásticas, ponía de manifiesto que, en realidad, el alcohol nunca había abandonado el lugar.

Un artículo de julio de 1938 llevaba por título: LINDBERGH Y FORD EN WEST HEART. Debajo, un hombre deslumbrado por el sol saludaba a los dos célebres invitados. El pie de foto rezaba: «El doctor Theodore Blake saluda a los héroes estadounidenses Charles Lindbergh y Henry Ford, con motivo de su discurso en West Heart sobre la coyuntura política actual y la situación en Europa». En una segunda foto, de menor tamaño, se veía a Lindbergh inclinado para estrechar la mano de un jovencito con cara seria. Al fijarme en la foto, su cara me resultó familiar.

Apenas había terminado de leer el primer párrafo de ese artículo («un acto muy concurrido al que asistió un público entregado») cuando oí crujir una tabla del suelo.

Fred Shiflett, con una taza de café en la mano, parecía muy ufano de haberme pillado con las manos en la masa.

—Qué madrugador. —El tono sonaba a acusación.

—Cuando mejor fisgoneo es a primera hora de la mañana —contesté.

Fred Shiflett dio un sorbo al café, sin premura. Con regodeo. Sostuve su mirada y observé que tenía la piel muy curtida y el pelo cortado al rape. Supuse que habría estado en Corea.

—¿Qué anda haciendo aquí? —me preguntó.

—Me aburría. Los libros de caza no me apasionan, así que me he puesto a ojear estos tomos. ¿Acaso no debería?

—Son boletines del club —respondió Fred Shiflett—. No tienen mucho interés para la gente de fuera.

—Soy un hombre curioso —repuse—. Leo todo lo que me pongan delante.

—Llega aquí solo, sube a escondidas y se pone a hurgar en la biblioteca. ¿Qué diría el señor Garmond si se enterara?

—Cuénteselo y saldremos de dudas —repliqué.

Fred Shiflett frunció el entrecejo.

—No me fío de usted —dijo rotundo.

—Entonces es que es buen psicólogo. Aunque no entiendo qué más le da, francamente.

—Mi misión es cuidar de este lugar —respondió Fred Shiflett—. Además, vivo aquí. Es mi casa tanto como la de ellos.

—¿Ah, sí? Vi montones de casas mientras veníamos hacia aquí, pero la suya debo de habérmela perdido. ¿Cuál era? —Shiflett me miró impasible. Sin recoger el guante, al menos por el momento—. Ellos las llaman cabañas, pero son más bien mansiones, ¿no? ¿Su cabaña dónde está? ¿Perdida en el bosque donde nadie la vea? ¿Donde no avergüence a los socios?

—Usted no sabe nada de mí.

—Sé que no lo respetan mucho —repliqué—. Que no le hacen ni caso a menos que necesiten algo. Que seguramente gastan más en alcohol de lo que usted gana al año. Que cuando se haga viejo o esté demasiado frágil para acarrear leña o arreglar váteres buscarán a alguien más capaz sin pensárselo dos veces. ¿O acaso me equivoco respecto a esa gente?

—Se equivoque o no, creo que debería marcharse de aquí.

—Comprendo su lealtad. Es encomiable. Aunque debería ser recíproca. Usted ha visto cómo es esa gente. Ha visto sus posesiones. ¿Alguna vez entra en sus casas cuando están fuera? Yo lo haría. Vería qué tienen y cómo viven. Ellos se creen muy listos, creen que saben esconder muy bien sus secretos; pero nada más lejos de la realidad. Por eso estoy aquí. —Aguardé un instante—. Si hay algo que cree que debería saber, cualquier cosa que le haya llamado la atención, puede contármelo.

—Yo que usted —dijo Fred Shiflett lentamente— tendría cuid...

Sus palabras se vieron interrumpidas por el rugido de una camioneta en el exterior, que levantó la grava al dar un brusco frenazo, y los gritos de unos hombres que exclamaban: «¡Abran la puerta! ¡Ayúdenme a bajarlo! ¡Cuidado, cuidado!».

Fred Shiflett me fulminó con la mirada a modo de despedida, como diciendo «Esto no acaba aquí» y, acto seguido, los dos echamos a correr escaleras abajo. En ese instante, John Garmond, la cara blanca como la pared, entraba por la puerta ayudado por su hijo, Ramsey, y por Duncan Mayer y Reginald Talbot. Garmond se apretaba el hombro izquierdo con un trapo ensangrentado. Todos vestían con chalecos de caza de lona fina y camisas de cuadros, excepto Ramsey, que llevaba una camiseta y pantalones caqui con bolsillos a los lados.

—En la cocina —resopló Duncan Mayer—. El botiquín de primeros auxilios está en la cocina.

Reginald Talbot corrió hacia allí.

Entre los otros dos, llevaron a John Garmond al salón principal y lo tumbaron en un sofá de piel.

—¿Qué ha ocurrido? —pregunté.

—Que le he pegado un tiro, eso ha ocurrido —respondió Duncan Mayer, limpiándose las manos temblorosas y ensangrentadas en el pantalón.

—¿Es grave? —pregunté.

—No ha sido nada —intervino John Garmond—. De verdad. Solo me ha rozado.

—Déjeme ver —dije.

—¿Usted qué sabe de esto? —preguntó Ramsey.

—No es la primera herida de bala que veo —contesté—. Déjeme que le eche un vistazo.

La bala le había arrancado un trocito de carne del hombro, había sangre por todas partes, pero John Garmond se encontraba bien; parecía peor de lo que era.

—¿Necesitará puntos? —preguntó su hijo.

—Eso sin duda —respondí—. Pero, antes de nada, habrá que desinfectar esa herida.

Reginald Talbot regresó con el botiquín, lo dejó en el suelo y abrió la tapa de plástico blanco. Duncan Mayer extrajo un frasco marrón.

—¿Qué es eso? —preguntó Reginald Talbot.

—Yodo —dijo Duncan Mayer—. ¿Prefiere que use vodka?

—Si va a echarle eso encima, sáquelo del sofá bueno —rezongó Reginald Talbot. Estaba tan pálido que por un momento pensé que iba a vomitar—. No, en la alfombra tampoco, que era de mi madre. La donó al club.

—Joder, Reg —exclamó Duncan Mayer, mirando malhumorado al tesorero, y luego vertió el yodo sobre la herida sin contemplaciones. John Garmond se quejó—. Escuece, lo sé. Lo siento, John, de verdad. Siento mucho todo. Cómo he podido ser tan imbécil.

—No te preocupes —dijo John Garmond entre dientes—. Ha sido culpa mía. No debería haberme apartado sin avisar.

—¿Ha dado en el blanco al menos? —preguntó Fred Shiflett, que se había quedado en el umbral. Gesticulando con la taza de café que llevaba en la mano, señaló hacia el que estaba en el sofá—. Suponiendo que no estuviera apuntándole a él.

—No lo sé —respondió Duncan Mayer.

—¿No sabe si ha dado en el blanco o si le apuntaba a él?

—Ya basta, Shiflett —saltó con sequedad John Garmond.

—¿Quiere que le traiga un café? —le ofrecí.

—Ay, sí. Y un vaso de agua también.

En la cocina, el personal contratado para el fin de semana trajinaba preparando el banquete que se iba a servir junto a la hoguera. En cuanto entré, interrumpieron la conversación. Eché un vistazo al cuarto de las lavadoras y vi a una chica metiendo unas sábanas en un tambor. Se detuvo y me miró fijamente. Me revolví incómodo. ¿Era una mirada acusatoria? ¿O puramente el susurro de mi conciencia culpable, regalo o maldición permanente de mis severas monjas de la Saint Thomas Academy de Brooklyn?

Con el agua, el café y un poco de beicon que cogí de un estante, el rostro de John Garmond empezó a recuperar el color.

—Deberías llevarlo al hospital —le dije a su hijo.

—A lo mejor el doctor Blake puede... curarlo aquí, ¿no? —dijo Reginald Talbot.

Lo miré con dureza.

—Tiene que llevarlo a Urgencias —insistí.

—Está bien, está bien —dijo Reginald Talbot—. Yo le ayudo.

—¿Necesitan que eche una mano yo también? —se ofreció Duncan Mayer.

—No —dijo Ramsey Garmond.

Llevaron a John Garmond a la camioneta y me dejaron en el salón principal, a solas con Duncan Mayer. Los dos nos quedamos en silencio, violentos, como dos extraños forzados a intimar por razones azarosas, como cuando en una velada los respectivos conocidos abandonan al mismo tiempo la mesa. Duncan Mayer era un hombre de aspecto serio que debía de rondar casi los cincuenta, con anchas espaldas de nadador, ojos azul pizarra y pelo moreno tirando a entrecano. En ese momento mostraba un semblante impasible, pero recordé la furia salvaje que había asomado a su rostro el día anterior, al enfrentarse a Alex Caldwell. El potencial de violencia parpadeaba en el interior de algunos hombres como un indicador luminoso; quizás, pensé, Duncan Mayer llevaba años o incluso décadas reconcomiéndose por sus desgracias sin haber estallado.

—¿Está usted bien? —le pregunté.

—¿Por qué no iba a estarlo? —dijo él con cautela.

—No se dispara a alguien todos los días —repuse—. Ni siquiera por accidente.

—Cómo pude ser tan imbécil —se lamentó Duncan Mayer—. Podría haber sido mucho peor. He tenido suerte.

—Y John también.

—Desde luego.

—No es habitual salir a cazar ciervos en verano —dejé caer como si tal cosa—. Supongo que han levantado la veda antes de tiempo, ¿no?

Duncan Mayer me miró con frialdad.

—Es posible.

—Tenía entendido que se levanta en octubre, ¿no?

—Mire —dijo Duncan Mayer—, así es, sí. Pero este es

un caso especial. Desde que West Heart existe, siempre se ha hecho una batida el fin de semana del día de la Independencia. Dicen que una vez se apuntó Teddy Roosevelt, pero no me lo creo, la verdad. Es una especie de tradición para los Garmond, transmitida de padres a hijos. El padre de John nos inició a los dos en la caza, cuando teníamos diez años.

—¿No lo llevaba a cazar su propio padre?

—No.

—Pero estas monterías son furtivas, ¿no?

—En teoría, sí.

—Conozco a muchos que han acabado en la cárcel por teorías así.

—A nadie le importa lo que hagamos por estos pagos, estamos en medio de la nada —dijo Duncan Mayer—. Y aunque les importara, no hay forma de enterarse. Tenemos nuestras propias reglas.

—O sea que, en un coto de estas dimensiones —añadí—, ¿quién va a oír disparos lejanos en el bosque?

—Exacto.

—¿Su mujer y su hijo se encuentran bien?

Duncan Mayer se puso tenso.

—¿A qué se refiere?

—A lo de ayer. Con lo del perro.

—Es cierto, estaba usted presente —dijo Mayer, ya más relajado.

—¿Se encuentran bien? —repetí.

—Sí. Más o menos —respondió—. Más bien menos que más, la verdad.

—¿Por eso no ha salido de caza con usted?

—¿Quién?

—Su hijo. Otto se llama, ¿no?

—Sí. Otto no es muy amante de la caza —dijo Duncan Mayer, obviando hábilmente el problema de la cojera de su hijo—. Aunque pocos lo somos, la verdad. Aquí cazamos por la misma razón que jugamos al golf cuando estamos en la capital. Por pasar un rato al aire libre y escapar de las señoras. Y por beber a horas que en otros entornos podrían disparar las alarmas.

—¿Había bebido esta mañana?

Duncan Mayer apretó la mandíbula.

—No me estará usted interrogando, ¿verdad, señor McAnnis?

—Ni mucho menos. Solo pretendía entablar conversación.

Mayer había bajado la vista. Reparé en que la tenía fija en mi mano, que temblaba a un costado del cuerpo.

—¿De juerga anoche? —preguntó arqueando las cejas.

—Tuvimos cena en casa de los Blake —respondí, metiendo las manos en los bolsillos—. Pretendía seguirle el ritmo a Warren Burr.

—Ardua empresa —mascculló Duncan Mayer—. Ese hombre tiene un problema. Bueno, lo tenemos todos, pero el suyo es grave. Y ella, ¿le tiró los tejos?

—¿Cómo dice?

—Su mujer. Susan. Tímida no es precisamente.

—No, no me los tiró —dije—. Me figuro que no soy su tipo.

Duncan Mayer hizo amago de decir algo, pero se interrumpió.

—Supongo que nos veremos luego, ¿no? —preguntó sin demasiado entusiasmo.

—¿En la hoguera? Dicen que es todo un espectáculo.

—Lo es —dijo Duncan Mayer—. Si tiene algún sacrificio que ofrecer a los dioses, tráigaselo esta noche.

*

McAnnis se dirige al magnífico porche del club y, por el camino, oye el parte meteorológico urgente que emite la radio, puesta en la cocina, sin saber (evidentemente) que a ti te han permitido escuchar el runrún de sus pensamientos mientras se debate pensando si no habrá forzado las cosas, si no habrá revelado demasiado; a diferencia de los abogados, enseñados a nunca formular preguntas cuyas respuestas ignoran, el deber de los detectives, tanto por disposición como por necesidad, es elucubrar y provocar. A veces, piensa McAnnis, se siente como un niño incauto que hurga con un palito en una madriguera, sin saber a qué clase de fiera despertará, si es que despierta a alguna.

Te sorprende, un poco, la autocompasión que tu protagonista está desplegando esta mañana, y te preguntas si no estará más bien acusando la resaca, tanto en su vertiente física como espiritual. ¿Es posible que McAnnis se resienta del peso metafísico que conlleva buscar debilidades que explotar, confianzas que traicionar, secretos que desvelar y sacar a escena en toda su desnudez, su obscenidad y su vergüenza? ¿Quizás también le atormenta haber inducido a una mujer a la infidelidad? No es que en estos tiempos eso se considere un delito capital ni mucho menos, pero sí motivo suficiente para provocar una punzada de remordimiento.

Esos remordimientos, decides, lo dignifican, si no como detective, al menos sí como persona, y de pronto te da un poco de lástima. ¿No es ese el riesgo al que se enfrentan los lectores con el relato en primera persona? ¿A que no puedas evitar identificarte con el narrador, tanto si este es un Humbert Humbert como un Huckleberry Finn? ¿Y no te expone eso a que el autor te manipule y te lleve por los derroteros que quiera?

Reparas en que McAnnis ha vuelto a dirigir sus pensamientos hacia la biblioteca del club. Algo le ronda por la cabeza. Un detalle o una pista que ha captado, pero no ha llegado a reconocer. ¿Qué puede ser? ¿Los boletines? ¿Los libros? ¿Las placas colgadas de la pared?

De pronto le viene a la memoria: una marca desdibujada en la pared, al final de la muestra de placas con los nombres de los distintos presidentes del club. Habían retirado una de ellas. Por el lugar que ocupaba se diría que era la más reciente; sin embargo, la que está por encima de esa marca es la actual, ya que reza: «Reginald Talbot 1970-1975». Empiezas a caer en la cuenta a la vez que McAnnis: alguien ha retirado la placa de 1935-1940 recientemente, y se ha entretenido reordenando todas las demás con sumo cuidado para trasladarlas al lugar de la precedente. Un hueco así en mitad de la muestra habría llamado mucho más la atención que al final.

Alguien se había tomado muchas molestias para corregir una insignificancia, sí. Pero ¿quién? ¿Y por qué?

El lector, al igual que el detective, no dispone de más guía que su propia experiencia, así que tú, desde la primera frase de este libro, tal vez sin siquiera darte cuenta, has buceado en el recuerdo de otros relatos anteriores del mismo modo que un detective consultaría sus archivos en busca de posibles soluciones o al menos de posibles líneas de investigación. Como buen aficionado a la novela detectivesca, sabes que todo asesinato se presenta al comienzo con un conjunto casi infinito de pistas y tramas posibles. No obstante, si se lleva a cabo como es debido, toda investigación adopta forma de embudo y acaba estrechándose hasta desembocar en los móviles que han conducido a hombres y mujeres a matar desde milenios atrás: el amor, el odio, el miedo, la codicia, los celos y un ramillete de vicios menores: la lujuria, la ambición, la ira, la vanidad, la vergüenza, la cobardía.

Así pues, al igual que un detective forense que trata de

cotejar las huellas dactilares encontradas en el lugar del crimen con una base de datos de criminales convictos, comprendes que las respuestas a este misterio pudieran encontrarse en los archivos de tus lecturas anteriores.

Pero volvamos a tu protagonista: en este momento, McAnnis regresa a casa de los Blake, cansado, hambriento y resacoso, pensando, al igual que tú, que es muy probable que el honor de recibir a invitados tan mundialmente célebres como Charles Lindbergh y Henry Ford recayera en el entonces presidente del club.

*

Caso práctico: El detective culpable

Este complejo recurso argumental tiene una larga, aunque endeble, tradición en la cultura occidental, desde Sófocles hasta Agatha Christie. Partimos de *Edipo rey,* que, dos mil años después de su creación, continúa maravillándonos por la complejidad de su trama. La historia, resumiendo, es la siguiente: Edipo ha sido proclamado rey de la funesta ciudad de Tebas, después de haber huido de Corinto escapando de una profecía que auguraba que mataría a su padre y se casaría con su madre. El oráculo revela que la maldición de Tebas solo se revertirá si Edipo logra encontrar al asesino del anterior rey, asesinado por unos bandidos en un cruce de caminos. Edipo recuerda que él mismo ha dado muerte a un hombre en circunstancias similares, pero se tranquiliza pensando que sus padres, por lo que cree, se encuentran a salvo en Corinto. Emprende, pues, la investigación del asesinato. Un mensajero llega de Corinto y anuncia que Edipo en realidad era hijo adoptivo; luego se nos descubre que su verdadero padre era el hombre al que había matado, y que la viuda del antiguo rey no es otra en realidad que su actual mujer, de manera que al fin y al cabo se cumple la profecía. Embargado por el dolor y la desesperación, Edipo se clava unos alfileres de oro en los ojos y vaga en el exilio durante el resto de sus días.

La genialidad particular de la obra de Sófocles radica en que Edipo ignora por completo que él es el hombre al que está buscando, por lo que su investigación obsesiva y minuciosa, de trágica e inevitable conclusión, resulta si cabe aún más desesperante para el público. En la novela negra *El gran reloj,* escrita por Kenneth Fearing en 1946, nos encontramos ante la trama inversa: la tensión y la ironía dramática derivan de que el protagonista se sabe culpable. George Stroud tiene una aventura amorosa con la novia de su jefe. Una noche, Stroud ve a su jefe entrar en el portal donde vive la chica; posteriormente, la chica es encontrada muerta, asesinada. El jefe sabe que alguien lo había visto entrar en el edificio, por lo que le encarga a Stroud que descubra a ese testigo presencial, que evidentemente no es otro que el propio Stroud. Pese a los denodados esfuerzos del detective por dilatar su propia investigación, el cerco empieza a estrecharse a medida que su jefe va atando cabos.

La premisa de este procedimiento se acerca peligrosamente al melodrama, un riesgo puesto de relieve en un suceso de la vida real tan improbable que muchos escritores lo habrían descartado para la ficción por su excesiva inverosimilitud. Robert Ledru fue un detective francés en los tiempos de la *belle époque*. En 1887, estando Ledru de vacaciones, la policía local solicita su ayuda para investigar el caso de un hombre al que han encontrado muerto de un disparo en la playa. Las huellas de las pisadas en la arena revelan que al asesino le faltaba el dedo gordo del pie derecho, el mismo que al propio Ledru. Esa mañana, el detective se había levantado con los calcetines húmedos y una bala de menos en el revólver, pero sin recuerdo alguno de la noche anterior. Las pruebas de balística confirmaron que el disparo mortal se había efectuado con ese revólver, y Ledru, al comprender que había asesinado a aquel hombre estando sonámbulo, confesó a sus compañeros de la policía: «Tengo al asesino y las pruebas, pero me falta el móvil. Fui yo quien mató a André Monet». Ledru sería condenado a prisión y más tarde trasladado a una granja remota, donde pasaría el resto de sus días bajo vigilancia. Por increíble que este suceso pueda parecernos, la literatura médica y jurídica está repleta de otros casos de homicidas sonámbulos, cuyas víctimas son a menudo cónyuges e hijos; los jueces, por otra parte, no suelen creer ni aceptar ese alegato como defensa en los tribunales.

Los lectores amantes de Agatha Christie (¿hay algún recurso argumental que la autora no utilizara?) reconocerán una variante de esa trama en su última novela de la serie protagonizada por Hercule Poirot: *Telón.*

*

Cuando regresaba a casa de los Blake, me encontré con Ralph Wakefield, el sobrino de Susan Burr, que venía por el sendero de tierra con los prismáticos colgados del cuello y un grueso mamotreto en las manos.

—¿Qué haces, Ralph? —le pregunté.

—Buscar pájaros.

—¿Sabes mucho de aves?

—Sí. Mucho. Hoy ya he visto un tordo, una curruca, una becada y un gavilán colirrojo. Muchos los reconozco a ojo, pero cuando no sé qué son, los busco en esta guía. Por eso la llevo encima.

—¿Ha sido idea de tu tía?

—Sí. Me ha dicho que necesitaba descansar un poco y que me convenía salir de casa un rato.

Sonreí.

—¿Sabes dónde está en este momento?

—No estoy seguro. Ha dicho que a lo mejor iba al lago.

—Gracias —le dije. Me pareció nervioso; llevó una mano a los prismáticos que le colgaban del cuello—. ¿Puedo preguntarte otra cosa?

—Claro.

—Pero tienes que decirme la verdad, ¿de acuerdo?

—De acuerdo.

—¿Alguna vez utilizas esos prismáticos para espiar en las casas de la gente, Ralph? Por las ventanas me refiero.

—A veces —reconoció el chico—. ¿Hago mal?

—No necesariamente —respondí—. Depende de por qué espíes. ¿Me harías un favor, Ralph?

—Claro.

—Si alguna vez ves algo raro en una de estas casas, algo fuera de lo normal, ¿me lo harás saber?

—¿Es para su investigación? —preguntó con mucho interés.

—Exacto.

—Vale —dijo Ralph—. Le haré de detective. Descubriré algo raro y fuera de lo normal.

—Bien. Pero una cosa, Ralph.

—¿Sí?

—Que no te pillen.

*

El lago centelleaba bajo el sol del verano. Los niños se zambullían en sus aguas tirándose de una cuerda atada a un árbol. La playa estaba llena de mujeres tomando el sol, tumbadas sobre una arena llegada de muy lejos. En la distancia, una figura en una canoa remaba silenciosamente en dirección a la caseta de los botes, un escenario donde, recuerdas, es habitual que se descubra el cadáver. Yo esperaba ver a Susan Burr, pero a quien me encontré fue a Emma Blake, tumbada sobre una manta con un bikini amarillo y los ojos ocultos tras unas enormes gafas de sol de cristales opacos.

—¿Qué tal has dormido? —pregunté con cautela.

—¿Por qué lo preguntas?

—¿No es lo que se suele decir? —repuse—. ¿Qué tal has dormido? ¿Has dormido bien?

—Oí los gritos, si te refieres a eso. Pero no te preocupes —añadió—. No creo que los oyera nadie más. Aquí todos toman somníferos. —Me miró fijamente un momento—. ¿Te pasa todas las noches?

—No, todas, no.

—¿La mayoría?

—Algunas.

—¿Por qué?

—Me peleo con los ángeles —respondí.

—Ya, bueno.

Señalé el espacio a su lado.

—¿Te importa?

—Estamos en un país libre —contestó Emma Blake—. O se supone. En la universidad me enseñaron otra cosa.

—¿Vassar College?

Emma Blake me sacó la lengua.

—Smith.

Me tumbé en el suelo, apoyado en los codos. Entrecerré los ojos, sintiéndome un tanto ridículo con mi guayabera y los shorts vaqueros cortados. Me fijé en los niños que jugaban a salpicarse cerca de la orilla. Emma Blake volvió el cuerpo, ligeramente, hacia mí. Las libélulas planeaban sobre la superficie del agua.

—Si lo piensas, qué cosa tan extraña el sueño, ¿no te parece? —dijo Emma Blake—. Todos decidimos acostarnos arropaditos como bebés en la cama y dejar de pensar en nada y hacer nada. Para dejar de vivir, en el fondo. Es inquietante. ¿Qué somos a las tres de la madrugada? Un país de cadáveres, esperando a resucitar la mañana siguiente, ¿no?

—Yo lo único que sé sobre el sueño —le dije— es que nunca duermo lo suficiente.

—Es culpa tuya —replicó Emma Blake—. Como anoche. ¿Disfrutaste tanto como ella?

—No sé a qué te refieres.

—Creo que lo sabes muy bien.

—Haré como si no te hubiese oído. —Me protegí los ojos con la mano, deslumbrado por el sol—. Jo, cuánta luz.

—Mírame —dijo Emma Blake.

Se quitó las gafas de sol para fijarse en mis ojos. Los suyos eran de un límpido azul grisáceo. Cuando aparté la mirada, me agarró del mentón y me pidió que no me moviera.

—Tienes las pupilas dilatadas —concluyó por fin antes de volver a calarse las gafas—. No sé lo que te estarás metiendo, pero ve con cuidado. No te conviene que mi padre se entere.

En la plataforma que flotaba en medio del lago, una pandilla de chicos jugaba al Rey de la Montaña. Parecían todos idénticos: torso al descubierto, pelo largo, absurdamente flacos y ya morenos como tizones. Uno de ellos resbaló en la madera mojada de la plataforma y el sonido del batacazo llegó hasta la playa. Los demás rompieron a reír. Otro se arrancó a cantar el himno nacional con voz de falsete, desafinando adrede.

—Hacía mucho tiempo que no veía tanto derroche de rojo, blanco y azul —dije—. Banderas en todas las cabañas, banderines en la sede del club...

—La buena gente de West Heart no puede evitar su fervor patriótico —dijo Emma Blake—. Es casi un requisito del club.

—Lo tomas o lo dejas, ¿no?

—Exacto.

—Ojalá hubiera un modo de amar este país y dejarlo a la vez —repuse.

Uno tras otro, los chicos saltaban de la plataforma flotante y se acercaban nadando hasta la orilla con brazadas largas y armónicas. La última vez que había visto a Emma Blake debía de tener la edad de esos muchachos. Le pregunté, como quien no quiere la cosa, qué tal había vivido la infancia y adolescencia en West Heart. Y tal como esperaba, Emma Blake se lanzó a contarme historias sobre el club. Sobre la isla en medio del lago, donde los niños jugaban a Tom Sawyer batiéndose contra los piratas. Sobre el cobertizo que había junto a la presa, donde tantos habían perdido la virginidad. El sendero que bordeaba el acantilado, bautizado con el nombre de la anciana que solía caminar por allí a diario hasta que un día se despeñó. La hija adolescente que desapareció durante nueve meses y, cuando regresó, su familia anunció que habían adoptado a un bebé de un pariente lejano. Las partidas de póquer a altas horas de la noche, al término de las cuales los hombres, ya demacrados, dejaban caer sus billeteras vacías sobre la mesita de noche y se acostaban con sus mujeres, deslizándose entre las sábanas en la penumbra de una gris madrugada.

El club, prosiguió Emma Blake, consistía en casi tres mil hectáreas y, aunque oficialmente formaba parte del municipio incorporado de Middletown, en la práctica funcionaba como un feudo independiente. Su lado norte lindaba con las colinas que caían en cascada desde las montañas, como los estertores de una discusión, horadadas de cuevas y salpicadas de enormes berrocales de granito que los glaciares habían arrastrado en su retirada. El recinto contaba con dos lagos; en el pasado, ambos de aguas cristalinas y aptas para el baño, pero recientemente uno de ellos se había plagado de flotantes nenúfares, juncos y restos de árboles caídos.

—Dentro de una o dos décadas será una ciénaga —auguró Emma Blake.

La presa que estaba al final de Heart Lake era el punto de reunión para los más gamberros; durante el día congregaba a jóvenes que, tiritando de frío, se retaban a tirarse por sus nueve metros de pendiente para zambullirse en el agua embalsada al otro lado; y al caer la noche, a adolescentes que compartían vicios ilegales que con los años habían evolucionado desde el tabaco y el alcohol a los barbitúricos y alucinógenos. Ciento sesenta kilómetros de senderos atravesaban la finca, no todos ellos marcados; por la parte central del club, discurría un camino que serpenteaba por detrás de las casas al que llamaban «La senda de los enamorados», ya que proporcionaba una vía de escape clandestina en la madrugada para los adúlteros que querían evitar el camino de grava principal. Circulaba una historia, demasiado buena para ser cierta, sobre dos maridos que se toparon cuando iban hacia sus respectivas citas nocturnas con sus respectivas esposas e intercambiaron un tenso «Buenas noches» sin demasiada acritud.

El extremo sur del club, que de hecho comprendía el grueso de la finca, estaba destinado a coto de caza. A simple vista parecía un terreno silvestre y descuidado, al menos en comparación con el resto del club, y en algunas zonas la densidad del boscaje lo hacía casi intransitable, pero en realidad era un terreno letal primorosamente cuidado. Década tras década, los encargados de mantenimiento se habían ocupado de plantar y podar la salvaje vegetación para maximizar los réditos de los cazadores, estableciendo comederos con salegares, cultivando trébol y rábano para los venados, y fresas, avena y endivia para los osos. Cuando los visitantes llegados a West Heart paseaban por los senderos al sur del recinto, solían comentar la aparente apacibilidad de aquellos campos donde crecían arándanos silvestres, grosellas y menta, cuando en realidad escondían trampas mortales cuidadosamente tendidas.

—Antes también poblábamos el lago con peces, pero dejamos de hacerlo hace unos años.

—¿Por qué?

—No lo sé. Supongo que salía demasiado caro.

Sobre el cauce del río se podían avistar ejemplares de águila americana, a veces luchando con cuervos y cornejas entre las copas de los árboles. En las zonas pantanosas más remotas, de vez en cuando, podías encontrarte alguna garza azul. Emma Blake recordaba haber sorprendido a una en su nido: el ave levantó el vuelo con la torpeza de una criatura prehistórica, batió afanosamente sus inmensas alas, graznó con furia y defecó en el aire mientras trazaba lentos pases a través de los árboles para tratar de ahuyentarla.

—Tenemos compañía —dije con un asentimiento.

Otto Mayer renqueaba por la arena en dirección a una silla Adirondack. Una larga cicatriz le recorría el muslo izquierdo hasta perderse por debajo del bañador.

—¿Qué le ha pasado en la pierna? —pregunté.

—Esa información tiene un precio —respondió Emma Blake—. ¿Dónde estuviste anoche?

—¿Cuándo?

—Medianoche no es una hora muy tardía —dijo Emma Blake—. Citarse a esa hora es casi un insulto.

—Supuse que a nadie le importaría.

—Y no nos importa. Pero sí nos importa. Aquí la gente quiere saberlo todo de todo el mundo. Pero, a ver, cuéntame, ¿disfrutas con mujeres tan mayores?

—No es tan mayor —repliqué.

—Para mí, tú eres mayor, y ella es una anciana. Venga, anda, cuéntame. Las mujeres de esa edad, ¿tienen mucha «experiencia»? ¿Saben lo que «quieren»?

—Pues sí, la verdad.

—Fascinante. ¿Y eso compensa por los pechos caídos y ese colgajo en el cuello...? ¿Cómo se llama?

—Vale ya, Emma.

—¿La papada?

—Tú la conoces. ¿De verdad te parece que tiene ese aspecto?

—No. —Hizo un falso mohín—. Por desgracia. Sabes que no eres el único, ¿verdad?

—Lo sé.

—¿Dónde te citó? ¿En la habitación 302?

Acusé el golpe bajo.

—Un dato muy preciso —repuse—. Deberías ser detective.

—Le caigo bien a la camarera que hace las habitaciones. Mary. A veces le paso Quaaludes —dijo Emma Blake.

—Dime, ¿qué le ocurrió a Otto Mayer en la pierna?

Emma Blake frunció el entrecejo y agarró una revista.

—Un accidente de tráfico —respondió lacónica—. Muy triste.

—¿Triste porque le dejó una pierna tullida?

—Es que no iba solo en el coche. El otro chico no sobrevivió.

—¿El otro?

—El hijo de Alex Caldwell. Trip.

La imagen fugaz de un hombre arrodillado en el suelo junto a un perro muerto cruzó por mi cabeza: «Buscabas el modo de hacerme daño, de hacerles daño a Claudia y a Otto, y lo has conseguido».

—¿Así que por eso...?

Mi pregunta se vio interrumpida por un estentóreo zumbido en lo alto. Un biplano sobrevolaba a baja altura las aguas del lago. El piloto inclinó un ala a modo de saludo a los bañistas de abajo, que agitaron la mano devolviéndoselo, y luego alabeó la avioneta alejándose supongo que en dirección al aeródromo local.

—Igual es John Garmond —dijo Emma Blake.

—¿Por qué dices eso?

—Porque es piloto aficionado. Yo volé una vez con él, cuando era pequeña. Me dijo que la aeronáutica ha sido su obsesión desde niño.

Levanté la mirada, entrecerrando los ojos.

—No creo que sea él.

—¿Por qué?

—Porque esta mañana le han pegado un tiro.

Le conté la escena de por la mañana en el club, escrutándola por si detectaba alguna reacción en lo tocante al disparo. No reaccionó. Mi relato, sin embargo, dio pie a que se explayara, primero sobre el asunto de la caza y luego sobre las armas. Al parecer, West Heart era un auténtico arsenal.

—¿Qué está pasando ahí? —dijo de pronto, señalando la playa.

Un corrillo de niños que antes habían estado cuchicheando con talante conspirador, de repente echaron a correr hacia la caseta donde se guardaban los botes. Las madres, confundidas, se incorporaron en sus tumbonas y alargaron el cuello siguiendo con la mirada a los niños que, tras la carrera, se arremolinaron en torno a algo en la orilla del agua. A pesar de la distancia, advertí que las caritas se volvían nerviosas hacia los adultos que estaban en la playa.

—Algo ha pasado —dijo Emma Blake.

—Sí, eso parece. Voy a echar un vistazo.

A plena luz del día, la tragedia tiene algo especialmente sobrecogedor. Mientras cruzaba la playa, percibía las miradas de las madres siguiéndome a través de sus gafas oscuras. Oía los insectos que zumbaban en la superficie del lago. Al aproximarme, reparé en que los niños estaban sumidos en un silencio sepulcral, excluyendo algún que otro empellón para «ver mejor».

—Dejadme pasar —dije.

La que estaba más cerca era una niña pequeña, el agua le lamía los deditos de los pies. Levantó la mirada hacia mí, con sus ojos azules inescrutables, sin pestañear, y luego se volvió de espaldas y señaló con el dedo.

El cuerpo se mecía suavemente en apenas unos centímetros de agua, boca abajo, enganchado en una rama caída. Cada tantos segundos, la leve corriente intentaba llevárselo a rastras. Era una mujer, con una bata de estar por casa de tela recia. La melena flotando sobre el agua. Un mechón de pelo blanco: Claudia Mayer.

*

Hemos llegado a un momento delicado en toda novela de misterio: la aparición del primer cadáver. Para eso se escribió la historia, piensas tú, como cuando de pronto una cerilla que llevaba tiempo guardada en un cajón prende por fin con brillante incandescencia, tan brillante que duele mirarla, y, acto seguido, empieza a consumirse. En estas páginas de apertura te has recreado en la anticipación de su desarrollo, en la lenta acumulación de energía potencial, en la trama que prepara con meticulosidad el escenario para lo que está por venir. La novela se disparará siguiendo su lógica inexorable, planteando una batería de preguntas completamente nueva. ¿Cometerá algún error el asesino? ¿Quién levantará sospechas? ¿Qué falsas pistas confundirán al detective? ¿Qué falsas soluciones? Y, por descontado, ¿volverá el asesino a hacer de las suyas?

Mientras disfrutas con las emociones del acto intermedio, no puedes evitar sentir cierto anhelo melancólico o incluso cierta nostalgia del principio, al igual que un amante, al cabo de los meses, podría evocar con cariño el inicio de una relación. Pero aquí, en West Heart, el ceremonial de la muerte ya ha empezado. Ha corrido la voz y empieza a acudir gente. Regresas, pues, a la página, con la curiosidad de averiguar qué giros sucederán a esta primera muerte inevitable, un momento que algunos escritores, por lo que sabes, revisten de tragedia y otros de farsa.

Los vehículos de los servicios de emergencia han aparcado en la hierba, detrás de la caseta donde se guardan los botes.

Una ambulancia, un 4×4 del comisario, un coche patrulla del ayudante del comisario.

Cinta policial.

Otto Mayer se empeña en ver el cadáver.

Ramsey Garmond se lo lleva de allí, pálido y aturdido.

Emma Blake intenta apartar a los niños.

John Garmond, con la venda visible por debajo del polo.

Ahora departe seriamente con el comisario.

Las cabezas se vuelven cuando la camioneta de Duncan Mayer llega al lugar.

Tiene los ojos enrojecidos.

«¿Dónde está?»

La voz ronca.

John Garmond posa una mano sobre el hombro de Duncan Mayer.

Duncan se zafa de él.

Va con pasos arrastrados hacia la ambulancia.

Sube a la parte trasera.

El conductor de la ambulancia levanta la sábana.

Duncan Mayer deja caer la cabeza.

El conductor de la ambulancia deja caer la sábana.

La gente se da la vuelta, por respeto.

Menos dos personas.

El comisario, que observa al desconsolado viudo.

Y Adam McAnnis, que observa al comisario.

*

Mi primer cadáver fue el de una mujer a la que su marido había acribillado a balazos tras una noche de borrachera. Aquel día yo iba de patrulla con mi padre y su socio, en el coche policial. Me había llevado a su despacho por primera vez. Sentado en la parte trasera del negro Plymouth Deluxe de 1948, escuchaba el intercambio de blasfemias entre ambos sin entender nada; era tan pequeño que apenas alcanzaba a ver por la ventanilla. Me había pasado el día entero temblando por dentro de pensar que si detenían a algún delincuente tendría que sentarme a su lado. Mi padre parecía un hombre distinto al que era en casa: más grande, más malo. Aquella mañana me había llevado a la comisaría y había colocado sus gruesas manos sobre mis hombros.

—Os presento a mi hijo —dijo.

—Muchacho, tu viejo es un tipo duro de roer —dijo otro policía—. ¿Tú también?

Alcé los hombros y se echaron a reír.

—Llevadlo a Narcóticos y que se desvirgue —sugirió otro.

Vestían todos con traje y sombrero de fieltro y fumaban como carreteros. Se comportaban con desenfado, hablaban con agudeza, sin que al parecer les importara lo que pensaran los demás, excepto los unos de los otros. Grandes depredadores en una urbe de carroña. Uno de ellos se había quitado la chaqueta y, con la camisa empapada de sudor, tecleaba arremangado en una máquina de escribir negra, absurdamente pequeña para un hombre de su corpulencia, soltando tacos cada vez que cometía un error. «Me cago en mi madre», exclamaba. Los demás se reían.

Cuando entró el aviso, mi padre se puso serio.

—Mantén la boca cerrada y los ojos bien abiertos —me dijo. Asentí—. ¿Quieres un café antes de que salgamos? —Yo negué con la cabeza.

El asesinato se había producido en un quinto piso sin ascensor de Hell's Kitchen. Los pasillos eran oscuros y crujían cristales bajo nuestras pisadas. El fotógrafo ya estaba en el lugar del crimen, mascando chicle ruidosamente. Cuando entré, arqueó una ceja, lanzó una mirada a mi padre y luego se encogió de hombros. En el pasillo había un policía de uniforme, hablando con el intendente.

Yo ignoraba que se pudiera vivir así. Moscas zumbando en torno a una montaña de platos apilados en el fregadero. Botellas de alcohol por todas partes. Un sofá en el que los agujeros chamuscados de los cigarrillos habían creado un estampado de topos. Una planta gigante y marchita en un rincón; mi padre dijo después que al asesino le había dado por orinar en la maceta cuando la borrachera o la indolencia le impedían llegar al cuarto de baño.

—H.B., mira —le dijo mi padre a su compañero. Se llamaba Horatio Brown, pero nadie (excepto yo, años después) lo llamaba nunca por su nombre. Mi padre levantó en el aire una cadena que estaba colgada sobre la parte superior del espejo, de la que pendían chapas identificatorias de la guerra de Corea y una oreja humana reseca y arrugada—. ¿Tú te trajiste *souvenirs* de estos?

H.B. profirió un gruñido.

—En Midway los marines vendían esas orejas a cinco dólares el par. En Hawái, a diez.

El cadáver estaba en el dormitorio. Era una mujer, vestida. Morena de pelo, con los labios pintados de rojo. Un solo zapato, blanco, de tacón, le colgaba precariamente del pie izquierdo. Su torso era un amasijo sanguinolento.

—¿Cuántos disparos?

—Con esta carnicería no hay forma de saberlo.

—Habrá vaciado el cargador.

—¿Dónde está la pistola?

H.B. señaló con la cabeza hacia la ventana abierta.

—Luego rastrearemos el callejón —dijo mi padre—. ¿Y el presunto asesino?

—Durmiendo la mona en el calabozo de comisaría.

—Lo someteremos al tercer grado después de comer. —Mi padre me lanzó una mirada impasible—. ¿Estás bien?

Asentí.

—¿Bickford's? —sugirió mi padre.

—¿Lindy's? —repuso su compañero.

—Estoy harto de comer esa mierda —replicó mi padre.

Al final optaron por el George's Cafe, en la Calle Oeste 33; era la primera vez que yo comía en Manhattan. Me pedí un batido de chocolate. Mi padre, un bistec, poco hecho.

—¿No tienes hambre? —me preguntó, con el bistec chorreando sangre en el plato blanco.

Aquel fue mi primer cadáver y no sería el último. Cuerpos que habían quedado atrapados en cepos, abandonados en medio de la selva hasta pudrirse. Adolescentes enfundados en bolsas negras con cremallera y etiquetas colgando de los dedos del pie, a la espera de ser repatriados. Aldeas que eran cementerios de cadáveres y cuyo hedor te alcanzaba antes de divisarlas en lontananza. Y tiempo después: cuando los antiguos colegas de mi padre me llamaron por teléfono para que acudiera a la morgue y reconociera el cadáver desnudo de una mujer tumbada sobre la losa de mármol. «Llevaba tu tarjeta en el bolso, qué casualidad. ¿Te importaría decirnos por qué?» O el caso sin resolver de un desaparecido, un universitario que había dejado los estudios y apareció muerto en los muelles abandonados, donde los estafadores solían hacer sus trapicheos. «Cuando mencionamos dónde lo habíamos encontrado, los padres dijeron que debías identificarlo tú», me dijo el detective de homicidios.

Y, naturalmente, el cadáver de mi padre. Un ataúd abierto, una vigilia a la irlandesa, un bar cerrado al público y lleno de hombres a los que yo había venerado de niño, ya gordos y viejos, esperando a su vez el infarto. Algunos inhabilitados para trabajar en el cuerpo, otros jubilados y otros que continuaban etiquetando con desgana las pruebas de la enésima víctima hallada en el enésimo arrabal pestilente. Los amigos de mi padre me miraban con desdén, como si hubiera traicionado alguna vocación de más altura: no les gustaban los detectives privados. Por aquel entonces H.B. ya estaba tan enfermo que no pudo asistir al funeral, y casi mejor que así fuera.

Después mi madre regresó a County Clare, como si Estados Unidos no hubiera sido más que un sueño en el que había caído de niña y, años más tarde, hubiese despertado, ya anciana, en una casa vacía. Volvió a la casita de piedra donde había nacido y de vez en cuando me escribía cartas sobre asuntos tan ajenos a mí que parecían haber sido escritos por o para un extraño: historias sobre ovejas que nacían muertas, hongos que atacaban la cebada, curas borrachos o adolescentes que una noche se iban del pueblo y caían muertos disparando AR-18 en los adoquines ensangrentados de las calles de Belfast...

...y tú estás disfrutando con estos pequeños retazos biográficos, no eres de los que quieren que su detective sea un completo enigma, tú quieres saber algo de su vida. No demasiado (esta historia no trata de él), pero sí lo suficiente como para despertar tu interés, para comprender qué lo hace distinto del último detective sobre el que leíste. Quizás también te haya dado por pensar en tu primer cadáver, ¿verdad? ¿Era un conocido? ¿Un ser querido? ¿Comprendiste, en aquel momento, la fría y brutal realidad de que la muerte es sinónimo de ausencia? Adiós a la magia. Un burdo telón cae en un teatro de tres al cuarto y, entre bastidores, con aire hastiado, el prestidigitador guarda sus trucos de pega en un baqueteado maletín; el billete de autocar le asoma por el bolsillo de la americana. Al final, piensas, lo único que queda es un diagnóstico mecánico de lo que falló: una válvula que no funcionaba, una pérdida de fluido, una chispa que no llegó a prender.

Lo de Claudia Mayer había sido un suicidio. Cualquier tonto podía deducirlo. Ya me había percatado de que no estaba bien durante nuestra conversación, mientras los carillones tintineaban por encima de nuestras cabezas. El cadáver no mostraba signos aparentes de violencia. Llevaba los bolsillos de la bata cargados de piedras. Oí las murmuraciones de los presentes: «Últimamente estaba peor», «Sabía que estaba deprimida, pero nunca pensé que...», «Me habían dicho que bebía...».

Aun así. El comisario había estado muy pendiente de

Duncan Mayer, demasiado pendiente. Había escudriñado los rincones de la caseta como si buscara algo. Se había quedado contemplando el lago como si sus aguas pudieran devolverle alguna respuesta. Había interrogado brevemente al demacrado viudo, sentado al volante de su camioneta. «No, no dejó ninguna nota», pareció contestar Duncan Mayer. Luego el comisario se marchó y tomó por un camino lateral, alejándose del club.

—En dirección a la casa de Alex Caldwell —dijo Emma Blake.

—Ese comisario...

—¿Qué pasa con él? —me interrumpió Emma Blake.

—Oí que le decía a John Garmond que «Tenéis gafe con el Cuatro de Julio».

—Sí.

—¿Qué ha querido decir con eso?

Emma Blake suspiró.

—Ya te conté lo del accidente. El de Otto Mayer y Trip Caldwell. Trip murió. Ya hace cinco años, fue justo por estas fiestas. Al año exacto, se suicidó su madre, Amanda Caldwell.

—¿Cómo se suicidó? —pregunté, aunque ya lo había adivinado.

—Ahogándose en el lago —dijo Emma Blake.

*

No era mi caso. Una mujer muerta en un lago. Todos los indicios apuntaban a que se trataba de un suicidio. Estaba deprimida, bebía, tomaba pastillas. Lo suyo no guardaba relación con nada. No era mi caso. No me incumbía.

Eso quería yo creer. Sin embargo, mi cliente había hecho hincapié en que prestara atención a todo lo que se saliera de «lo normal». Una mujer muerta en un lago. Dos, para ser exactos. A años de distancia una de otra. Dos casos conectados por la tragedia, el dolor y la rabia. ¿Suicidios ambos? ¿Ninguno de los dos? La noticia de esa muerte ya debía de haber llegado a oídos de mi cliente, y tendría curiosidad por saber si me había suscitado curiosidad, y si no, por qué motivo. Conclusión: tendría que hacer indagaciones.

Todavía estaba en la playa. Los servicios de emergencia habían desaparecido. Unos chiquillos habían arrancado la cinta amarilla policial y jugaban a anudársela en la cabeza y las muñecas contemplando entre risas su reflejo en las ventanas de la caseta. Me recordaron a esos pandilleros neoyorquinos que se disfrazaban con gorras y placas policiales (quién sabe cómo y dónde las obtendrían), y se plantaban en las esquinas de la ciudad haciendo alarde de sus atuendos como si lucieran trofeos de un enemigo derrotado. A veces se oía incluso el crepitar de alguna emisora de banda ciudadana sintonizada en la frecuencia de la comisaría local. A mí en el barrio me tenían por un bicho raro: no era un policía del todo, pero tampoco formaba parte de la tribu, desde luego; era más bien una antigualla, una reliquia, alguien que seguramente debería haber abandonado el vecindario tiempo atrás.

Ramsey Garmond estaba hablando con Emma Blake, le contaba que acababa de estar en casa de los Mayer. Todos eran de la misma generación, pensé: Emma, Ramsey, Otto..., el chico fallecido, Trip. Diez años más jóvenes que yo. Me los imaginé siguiendo con atención las noticias sobre el asesinato de John Fitzgerald Kennedy en el televisor en blanco y negro, la cara llena de granos, perplejos y asustaditos. Sería el primer asesinato al que se enfrentaran, pero no el último.

Al verme, el rostro de Ramsey Garmond se ensombreció. Debió de pensar que le traía mala suerte: primero el perro, luego el accidente de su padre y ahora Claudia Mayer. El principito con el pelo rubio refulgiendo bajo el sol había mudado su despreocupado semblante.

—¿Cómo está Otto? —le preguntó Emma Blake.

—Fatal —dijo Ramsey Garmond—. Aún peor que de costumbre.

—No me extraña —dije yo, sumándome a la conversación.

—Ya.

—Tu padre no parece que esté muy mal —dijo Emma Blake, tanteándolo.

—Está bien —dijo Ramsey Garmond—. Unos cuantos puntos de sutura y listo.

—¿Cómo os ha ido en Urgencias? —pregunté.

—Bien.

Tuve que tirarle un poco de la lengua.

—Una sala de Urgencias es como una cárcel —observé.

—¿En qué sentido? —preguntó Ramsey Garmond con aire receloso.

—Es un reflejo de la comunidad —aclaré—. Para bien y para mal. ¿Has estado alguna vez en Bellevue?

—No.

—Pues, a modo de iniciación, recomiendo dejarse caer por allí un sábado a las dos de la mañana. Toda una experiencia. Balazos. Navajazos. Yonquis que se han metido una dosis de más o de menos de su droga favorita. Borrachos de Bowery muriéndose de deshidratación. Putas apretándose las costillas y escupiendo sangre mientras al lado sus chulos se lamentan por haberse excedido con la última patada. Una vez, vi a un domador, todavía con la vestimenta circense puesta, al que había destrozado una fiera. El hombre estaba tan aterrorizado que no se atrevió a decirme qué animal le había atacado.

—¿De qué tenía miedo? —quiso saber Emma Blake.

—De perder su trabajo.

—¿Y usted qué hacía allí? —preguntó Ramsey Garmond.

—Estaba investigando un caso —respondí—. O sea, que la sala de Urgencias donde estuvisteis vosotros no se parecía a esa, ¿no?

—No, claro —respondió Ramsey Garmond—. Nosotros nos encontramos con un borracho que había dejado el coche para el desguace. Con una mujer que se había caído por las escaleras de su casa. Y un chiquillo, pobre, que había perdido dos dedos jugando con unos petardos.

—¿Habían dado aviso a la policía para que se personara en Urgencias? —pregunté.

—Sí, al ayudante del comisario —dijo Ramsey Garmond—. ¿Cómo lo sabe?

—Es el procedimiento de rigor cuando hay disparos —respondí—. Incluso cuando se trata de un accidente.

Por primera vez en aquel día, una nube se cruzó ante el rostro del sol. Una ráfaga de viento agitó por un instante la superficie del lago, como un aviso de la tormenta que se avecinaba. Emma Blake se estremeció.

—¿El comisario dio la impresión de interesarse? —pregunté.

—No mucho —respondió Ramsey Garmond.

—¿Quiso hablar con Duncan Mayer?

—No.

—¿O sea, que no le dijisteis que había sido Duncan quien había efectuado el disparo?

—A ver —respondió Ramsey Garmond, lanzando una ojeada a Emma Blake—, es que no le contamos lo que había pasado. Al menos no toda la verdad.

—Porque era una batida ilegal.

—Un extraño no lo entendería. Es una tradición familiar

que se hereda de padres a hijos. La mitad de las veces ni siquiera cazamos nada.

—Entonces, ¿qué le dijisteis?

—Mi padre le contó que estaba limpiando la escopeta y se le disparó.

—¿El comisario no sospechó?

—No —contestó Ramsey Garmond con impaciencia—. Mire, la gente de por aquí arriba, la influyente, conoce a mi padre. Al decir él que había sido un accidente, le creyeron.

—¿Y tú?

—¿Yo qué?

—¿Le crees?

Ramsey Garmond se puso tenso. Apretó los puños. Me dio por pensar en la fuerza con que devolverle el golpe si lograba esquivar el primer puñetazo.

—¿Se puede saber qué demonios le pasa? —preguntó por fin.

A esa clase de preguntas hacía mucho tiempo que yo ya no intentaba responder.

*

Emma Blake se quedó observando a Ramsey Garmond mientras el chico se alejaba alicaído por la arena, en dirección a la sede del club. Luego se volvió en redondo hacia mí y me dio un empujón, indignada.

—Bonita manera de tratar a un convaleciente —me espetó.

—Seguramente por eso no soy médico.

—Ramsey no se merecía que lo trataras así.

—¿Ah, no?

—Hemos crecido juntos —dijo Emma Blake—. Ramsey, Otto y yo.

—Y Trip Caldwell —añadí.

Emma volvió a ponerse las gafas.

—Y Trip, sí.

Se volvió hacia el lago. Unos niños habían retomado el juego y se lanzaban al agua agarrados a la cuerda, zambulléndose entre risas.

—¿No crees que habría que impedírselo? —preguntó Emma.

—¿Por qué? —repuse—. ¿Piensas que el agua puede estar contaminada?

—No. Pero es que... no parece muy respetuoso.

—Son niños, déjalos en paz. ¿Cuánto hace que no te lanzas al lago con una cuerda?

—Años.

—A lo mejor ese es tu problema.

Nos quedamos mirando a los niños, que reían y jugaban a salpicarse. Un poco antes, al partir la ambulancia con el cadáver de Claudia Mayer en su interior, algunos de ellos habían echado a correr detrás del vehículo, cantando una canción infantil tradicional a la que le habían cambiado la letra.

Tócate los pies
Tócate la nariz
Nunca te vayas en algo así
Agárrate el cuello
No tragues saliva
Hasta que veas un perro.

—Me voy a dar un paseo —dije.

—¿Por dónde?

—Por donde sea.

—¿Te apetece compañía? —preguntó Emma Blake.

—No —respondí sin animosidad—. Pero luego te busco por ahí.

Emprendí la marcha por el mismo camino lateral que el comisario había tomado un rato antes y, para no extraviarme, saqué del bolsillo de los pantalones el croquis de Ralph Wakefield. Fui siguiendo el sonido de la tala que resonaba entre los árboles, y al poco me encontré con Alex Caldwell: tenía un hacha en la mano, una pila de leña a sus pies y la respiración entrecortada.

*

Adam McAnnis ha empezado a interrogar a Alex Caldwell, pero tus pensamientos regresan a Emma Blake y a ese ofrecimiento de acompañar al detective, sospechas que no por el bien de él, sino por el suyo propio. Porque no quiere quedarse sola. Intuyes que está muy afectada, nerviosa quizás al presentir el peaje que podría suponer para el espíritu de una mujer llevar todo ese tiempo en West Heart, rodeada de gente así. De hecho, en esta novela, como en muchas del género detectivesco, todas las mujeres parecen víctimas, tanto de la vida como del crimen. Emma Blake, que hurta Quaaludes del botiquín de sus padres y los comparte furtivamente con una camarera lugareña. Los ansiolíticos y antidepresivos que le prescriben a su madre. La soledad de Susan Burr. La tristeza de la habitación 302. Las muertes de Amanda Caldwell y Claudia Mayer. Los secretos que puedan o no ocultarse tras las miradas recelosas de Jane Garmond.

Aquí se respira cierta desesperación, piensas; estas mujeres, ya sea por su edad o por su clase social, se han visto forzadas a desempeñar papeles que nunca desearon y de los que ahora ya no saben cómo escapar, atrapadas en ámbar mientras, al otro lado de West Heart, el mundo sigue su curso. Detectas cierto peligro...

...pero ya se han hecho las presentaciones pertinentes: McAnnis ha explicado su presencia allí y Alex Caldwell no deja de hablar y hablar. Es un hombre enjuto, demacrado, con las mejillas hundidas, puro nervio, tenso como un resorte. Parece como si lo hubieran lijado hasta dejarlo en los huesos. Parece un hombre que ha perdido a su mujer y a su hijo.

—O sea, que viene a mí porque es forastero —dijo Alex Caldwell—. Porque no tiene miedo de que lo vean con el paria del lugar.

—¿A qué se refiere? —pregunté.

—A mí nadie me dirige la palabra. Creen que soy un asesino.

—¿De perros o de personas?

Alex Caldwell hizo una pausa.

—¿Ahora viene cuando confieso que no he matado a Claudia Mayer?

—Exacto.

—Yo no he matado a Claudia Mayer.

—¿Se lo ha preguntado el comisario?

—Así es.

—¿Y usted qué le ha contestado?

—Que estoy seguro de que fue un suicidio —respondió Alex Caldwell—. Hablo por experiencia.

—Ya me he enterado. Lo acompaño en el sentimiento. Pero por eso precisamente sospechan de usted. Es curioso que tanto su mujer como Claudia Mayer se suicidaran del mismo modo, en el mismo lugar y prácticamente el mismo día, con solo unos años de diferencia.

—Supongo que la señora Mayer tendría sus motivos.

—Sí, pero ignoramos cuáles eran. Según la policía, no ha dejado ninguna nota. La mayoría de los suicidas lo hacen.

—En mi caso, no fue así —repuso Alex Caldwell sin emoción.

—Y eso puede resultar doloroso. Cuando no lo hacen, suele ser porque el motivo está claro. La muerte de su hijo, por ejemplo. Pero, a veces, los suicidas no dejan ninguna nota porque el motivo, el verdadero motivo, es un secreto o una vergüenza que quieren llevarse a la tumba.

—¿Y usted cree que ese es el caso aquí?

—Yo no creo nada. Por el momento.

—Entonces, ¿lo está investigando?

—El caso de Claudia Mayer se encuentra en buenas manos: las de la comisaría de Suffolk —respondí—. Pero yo soy un hombre curioso de natural. Me gusta hacer preguntas. La gente a veces me las responde. No puedo remediar ser como soy.

—Me sorprende que lo hayan invitado a venir.

—¿Por qué? —pregunté.

—Un hombre de su profesión no conviene mucho por aquí. Hay tantos secretos... Tantas mentiras. Mentiras que nos contamos unos a otros y a nosotros mismos. Maldito club —exclamó Alex Caldwell con vehemencia. Colocó otro leño en el tocón y lo partió en dos de un limpio y certero hachazo—. Hace años que deberíamos habernos marchado de aquí.

—¿Por qué no se va ahora?

—¿Quiere que le diga la verdad? Estoy esperando a que se venda. Si me tengo que ir, que sea con un buen pellizco. Que saque algo de lo que invirtió mi bisabuelo.

—Entonces, ¿está a favor de la venta? —le pregunté.

—Sí.

—¿Diría usted que la mayoría de los socios comparten su opinión?

—No tengo ni idea. Yo soy el paria, ¿recuerda?

—Una última pregunta —le dije—. Me veo obligado a hacérsela.

—Adelante —dijo Alex Caldwell receloso.

—Dice que usted no ha matado a Claudia Mayer, pero yo no iba por ahí.

Alex Caldwell me sostuvo la mirada un buen rato, moviendo inconscientemente el hacha de una mano a la otra.

—Nunca me habían preguntado eso —dijo por fin—. Usted es el primero.

—Lo siento.

—Pero no —contestó—. Tampoco maté a mi mujer.

*

Ahora, en este breve intervalo, en el tiempo que media entre una exhalación y una inhalación, te detienes a considerar un problema que lleva reconcomiéndote desde los párrafos iniciales de esta novela: tienes la impresión de que hay otros personajes acechando en los márgenes de estas páginas, como sombras en el purgatorio. ¿No había dicho James Blake que el club lo integraban unas tres docenas de familias? Si es así, ¿dónde están? ¿El detective no había visto de refilón a unos niños, a otras familias, abajo en la playa? ¿No se ha mencionado que había un nutrido grupo de personas en el porche, dispuestos a celebrar la *soirée* del jueves por la noche? Sin embargo, solo se había nombrado a unos pocos. ¿Quiénes eran los demás? ¿Quién formaba el corrillo en la escena del suicido de Claudia Mayer?

Tienes la impresión de que el autor se encuentra atrapado entre las exigencias reglamentarias del género (limitar los personajes a un número razonable) y las de la verosimilitud (el tamaño probable de un club de caza de esta índole, la ocupación en un fin de semana de fiesta nacional, etcétera).

Al final, decides que en realidad no importa, siempre y cuando el autor juegue limpio, siempre y cuando no haga trampas y, en el último acto, se saque de la manga a un asesino que no nos ha presentado en el primero.

Esas preocupaciones te distraen momentáneamente de la historia, que ya avanza inexorable hacia la escena principal de este segundo día, la hoguera, y hacia una nueva batería de preguntas. ¿Qué es una hoguera antes de arder? (¿Qué es un bailarín antes del baile?) Nada más que una pila de trastos, que un montón de madera. Pura energía en potencia y expectación, los sueños febriles de un espectáculo efímero, el placer de saber que lo que estás viendo existe solo en el presente, que nunca volverá a repetirse de un modo exacto. Llevas esperando con ilusión esa hoguera desde hace ya bastantes páginas y, efectivamente, esa noche, cuando McAnnis llega al lugar donde se va a prender el fuego, en medio de un extenso campo de hierba que está cerca de un viejo granero abandonado, te complace observar que la pira del Cuatro de Julio en West Heart es enorme: unos quince metros de diámetro y siete de altura en su parte central; aún no se ha encendido, por lo que se aprecia su base de leña, pero también los restos de vidas desechadas: sillas y escritorios desvencijados, marcos de cuadros rotos, camastros de madera, un trineo infantil, una mesa de pícnic destrozada, lo que parece un bote de remos... Y para rematar la surreal escena, en lo alto de la pila, como esas estrellas o esos angelitos que coronan el abeto navideño, los restos de un piano vertical al que le faltan las patas, tal vez porque se las han quitado o porque se han roto, y buena parte de sus teclas blancas y negras, que se alza levemente escorado en la cima, incongruente por completo, como un buque de guerra varado en medio de un maizal.

—Le dije a Shiflett que lo subiera ahí arriba con uno de

esos tractores forestales para trasladar troncos —me explicó el doctor Roger Blake, radiante de satisfacción—. Llevaba años desafinado. Los ratones se habían cebado en él.

—Impresionante —exclamé con toda sinceridad—. ¿Siempre montan hogueras así?

—Es la primera vez que quemamos un piano. Un año fue un coche de caballos. Pero, por lo general, sí.

—¿Ha visto *El hombre de mimbre,* doctor? —pregunté, ojeando aquel coloso de madera astillada.

El doctor Blake sonrió con un rictus sardónico.

—Lo siento, Adam. Has descubierto nuestro secreto. Te arrastramos hasta este lugar para quemarte vivo en nuestra ofrenda anual. Cuyo propósito es garantizar una buena cosecha de anualidades y de participaciones en beneficios. ¿Sabes tocar el piano?

—Pues no, la verdad.

—Una lástima, porque hubiera sido una bonita manera de irse de este mundo. Tocando tu propia misa fúnebre como despedida. O quizás un tema de ragtime más movidito. O la comparsa en un cortejo fúnebre a ritmo de jazz. —De pronto, se le ensombreció el rostro; quizás recordó que debía mostrarse apenado por el trágico fallecimiento de su vecina—. Supongo que no corresponde hacer bromitas, después de lo ocurrido hoy.

No supe qué contestar.

—Es complicado —dije por fin.

—John proponía cancelar la fiesta —dijo el doctor Blake—, pero yo insistí para que siguiéramos adelante con ella. ¿Qué íbamos a hacer? ¿Quedarnos solos cada uno en su casa? Mejor estar juntos. Exceptuando a Duncan y Otto Mayer, claro está.

—¿Puedo hacerle una pregunta?

—Claro.

—¿Pesaban mucho esas piedras que llevaba en la bata?

El doctor suspiró.

—Lo suficiente, si te refieres a eso. Aunque, conociendo a Claudia, y después de haber visto un buen número de suicidios a lo largo de mi carrera, sospecho que el alcohol y las pastillas también contribuyeron.

—¿Tenía problemas?

—¿No los tenemos todos? —preguntó—. Pero, sí, los tenía.

—¿Conyugales?

El doctor Blake se encogió de hombros.

—El ser humano tiende por naturaleza a buscar explicaciones y causas subyacentes para todo. Pero yo no creo que estas cosas tengan siempre un motivo. Un «móvil», como diríais en tu jerga. A veces la gente actúa con premeditación, y a veces, no. Tal vez no hubiera motivo alguno. O tal vez un millón de ellos, pero, a fin de cuentas, lo mismo da.

El fondo del campo se estaba llenando de coches y camionetas: McAnnis vio Range Rovers, Harvester Scouts, Land Cruisers, Jeep Wagoneers, Ford Broncos, un AMC Javelin y lo que parecía un Willys MB completamente restaurado. Linda Ronstadt sonaba en la radio. Los pequeños correteaban con bengalas en la mano. Un jovencito iba aferrado a un carcaj lleno de cohetes. Las primeras estrellas de la noche empezaban a despuntar en el cielo, pero aún no se apreciaba señal alguna de la anunciada tormenta.

—Por cierto —dije—, quería darle las gracias por su hospitalidad.

—Para nosotros es un placer, cómo no —contestó el doctor Blake.

—No todos se alegran tanto de tener a un detective privado rondando por casa.

—No tenemos nada que ocultar —dijo el doctor Blake,

restándole importancia—. Además, estaba intrigado con tu visita. Cuando supe por James que ibas a venir, me sorprendió. Después de tanto tiempo...

La pregunta quedó en el aire, pero si no se formulaba, no sería yo quien la respondiera.

*

La cena se sirvió en el exterior; el mismo personal de cocina que había entrevisto por la mañana fue sacando las viandas en unos carritos y disponiéndolas sobre las mesas: bandejas tapadas con papel de aluminio, que al levantarse descubrieron platos todavía humeantes de ternera stroganoff, macarrones gratinados, brócoli..., cuencos repartidos por doquier con palomitas de maíz para los niños y una trémula gelatina gigante con lo que parecían albaricoques, ciruelas y fresas flotando en su interior, como mariposas atrapadas bajo un cristal.

Para los adultos, botellas de vino y una cubeta llena de un espumoso líquido rosa.

—El ponche de ron del doctor Blake —aclaró John Garmond con una sonrisa—. Vaya con cuidado.

Entre el personal estaba la camarera a la que había visto antes en la sede del club. Una chica de aspecto anodino, con el pelo recogido en un moño y un delantal de cocinera. Una joven desempeñando el trabajo de un adulto. Esperé a que la cena estuviera servida, y ella a solas, para abordarla.

—Mary, ¿no es así?

—Así es —dijo ella con recelo.

—¿Eres amiga de Emma?

—¿Se lo ha dicho ella?

—Ha salido en la conversación, ahora no recuerdo por qué. —Hice un ademán en dirección al bufet—. Enhorabuena por tu trabajo, ha quedado todo estupendo. Aunque dudo que alguien lo aprecie.

—Gracias.

—Apuesto a que nadie te ha hecho ningún cumplido.

—No —dijo—. Nadie. De todos modos, me da igual lo que piensen.

—Bien hecho. Mientras paguen... —dije—. ¿Hace mucho que trabajas aquí?

—Un par de años. No mucho.

—Aun así, seguro que habrás visto... cosas interesantes.

Me lanzó una mirada que ya me resultaba familiar.

—¿Es usted policía?

—No.

—Pues habla como un policía.

—Mi padre lo era —dije—. A lo mejor se me ha pegado algo.

—No me gustan los polis.

—Ni a mí —le dije—. Por eso no lo soy. ¿Te imaginas una adolescencia con un padre poli? En fin, siento haberte causado esa impresión. Permíteme que te compense de algún modo.

—¿Cómo?

—Justo iba a fumarme un porro. Me encantaría hacerlo acompañado.

Mary seguía sin tenerlas todas consigo.

—Si es estupa, está obligado a contestarme si se lo pregunto, ¿no?

—Creo que eso dice la ley, sí.

—¿Trabaja para la brigada de estupefacientes?

—No, te lo juro. —Saqué el porro—. Ven, vamos.

Todos los vehículos estaban aparcados al otro extremo del campo, en la hierba. Detrás de una camioneta, semiocultos, compartimos el porro, exhalando el humo en el denso aire del verano. Entre toses y risas. Sondear al servicio: una táctica ya muy manida, y con motivo. Familiaridad, resentimiento, lenguas que se sueltan bajo el efecto de las drogas o el alcohol: una mezcla muy provechosa para sacar trapos sucios.

—¿Las plantas superiores del club siempre están tan vacías? —le pregunté.

—Por lo general, sí. A veces los miembros del club reservan habitaciones para bodas, celebraciones y cosas por el estilo. Y en vacaciones también suelen venir muchos familiares. Y para el día de Acción de Gracias o para Navidad. En Nochevieja se monta una fiesta por todo lo alto.

—¿Y el resto del tiempo?

La chica sonrió con picardía.

—¿Quiere saber si la gente usa esas habitaciones para pegársela a sus parejas?

—Supongo que sí.

—Pues sí. Claro. ¿Dónde iban a ir, si no?

—Lo habitual es ir a un hotel.

—El motel clandestino más cercano está a cuarenta kilómetros. Y es un tugurio de mala muerte. Esta gente es demasiado finolis para esa clase de sitios. Además, el edificio del club es más práctico. Está a un paso. Sales a escondidas, te diviertes un rato y estás de vuelta antes de que nadie se haya despertado. —Mary se interrumpió para dar otra calada—. La habitación 302 es la más solicitada. Por la señora Burr. ¿La ha conocido ya?

—Sí.

—¿Estuvo allí anoche?

—¿Cómo?

—Perdone, era pura curiosidad —dijo Mary—. Anoche estaba ocupada. Y la dejaron más revuelta que de costumbre. También está la 312, al fondo del pasillo.

—¿Y esa se reserva a menudo? —pregunté.

—De vez en cuando. Una de las ventanas da al riachuelo, supongo que eso tiene atractivo para algunos.

—¿Algunos?

—Es que no sé quién la usa. Solo sé de la señora Burr, porque una vez se dejó allí olvidado un pasador. Lo reconocí porque se lo había visto puesto alguna vez.

—¿Se lo devolviste?

—No —dijo Mary, tocándose el pasador que llevaba en el pelo: una serpiente dorada con ojos esmeralda.

—¿Te lo quedaste? —pregunté sorprendido.

—¿Por qué no? —dijo Mary—. Ella no iba a atreverse a pedirme que se lo devolviera. Y su marido fijo que no se iba a dar cuenta. Me figuro que alguna de las otras señoras lo habrá reconocido, pero ninguna ha dicho nada. Tendrán miedo de que aparezca un día con alguna prenda suya.

—Entonces solo esas dos habitaciones..., ¿la 302 y la 312?

—Esas son las únicas que se usan con regularidad, ya me entiende. Las otras también, pero no tan a menudo.

Probé a preguntarle por otras cuestiones: Emma Blake, drogas, situación financiera del club, nuevos socios, pero no logré sonsacarle mucho más.

—Ha sido un placer hablar contigo, Mary —me despedí—. Cuidado en el camino de vuelta a casa; se avecina una tormenta.

De hecho, la tormenta estaba en boca de todos cuando regresé a la zona de la hoguera, que aún no se había encendido; no cabe duda de que el tiempo es un tema mucho más socorrido que el suicidio. Emma Blake estaba sentada a solas, en una silla de plástico con trenzado verde y blanco.

—Otra vez has estado fumando hierba —me dijo con tono acusador.

—Te he buscado antes —protesté—, pero no te he visto.

—¿Y has encontrado a otra?

—A una amiga tuya. Mary.

—Conque acosando al servicio, ¿eh? ¿No está muy visto ya?

—Los trucos, cuanto más viejos, mejor funcionan.

—Supongo —dijo Emma Blake—. En fin, no creo que hayas escogido el mejor fin de semana.

—¿Por qué lo dices?

—Porque parece que la tormenta de esta noche va a ser de órdago.

—Pues entonces tendremos un típico caso de «habitación cerrada» —dije.

—¿Eso qué es?

—En sentido estricto, es cuando se encuentra a la víctima sola en una habitación, normalmente cerrada por dentro, con las ventanas también cerradas a cal y canto y cosas por el estilo. Pero yo lo decía en un sentido más amplio, refiriéndome a cualquier lugar aislado: una isla, un tren atrapado en la nieve, una mansión en los páramos...

—¿Un club de caza remoto?

—Exacto.

—Para entrar y salir de West Heart solo hay dos caminos. Si hay tormenta, no creo que tarden en volverse intransitables —dijo Emma Blake—. Uno es solo una pista de barro y el otro cruza el *kill* por el puente viejo.

—¿El qué? —pregunté.

—El *kill.* Pasasteis por allí al venir. El riachuelo debajo del puente. A él se debe el nombre del club: West Heart Kill. Es una palabra del holandés antiguo —aclaró Emma al reparar en mi confusión—. No tiene nada que ver con «matar», como el *kill* inglés. Significa «arroyo» o «riachuelo».

—Ahora lo entiendo.

—Me han contado que hace cosa de veinte años —prosiguió Emma Blake—, en Nochevieja, cayó tal nevada que la gente se quedó aquí atrapada una semana entera.

—¿Y acabaron comiéndose unos a otros?

—Pues, metafóricamente hablando, puede que sí —dijo Emma Blake—. Sangre extraña.

—¿Cómo?

—De eso acusa el César de Shakespeare a Marco Antonio, de ingerir sangre extraña durante una funesta travesía por los Alpes.

—Sangre extraña —repetí—. Qué curioso. ¿De otros hombres?

—Se supone.

—¿No es un poco contrarrevolucionario leer a Shakespeare hoy día?

Emma Blake lo miró sin inmutarse.

—Tu Shakespeare no tiene nada que ver con mi Shakespeare.

*

Caso práctico: La habitación cerrada

El recurso argumental de «la habitación cerrada» es el más conocido de todo el canon del género policial. Las variantes son infinitas, pero, por regla general, en todas figura una víctima encontrada en una habitación cerrada por dentro a la que, según se le asegura al lector, nadie habría podido acceder. La víctima entra viva en ese espacio, y cuando la descubren, está muerta. El enigma tiende a evocar lo sobrenatural (la frase «cerrada por dentro», pronunciada con pálida consternación por un mayordomo o un agente de policía, hiela la sangre), pero su resolución suele encallar en explicaciones más prosaicas y decepcionantes; a fin de cuentas, se trata de un recurso complejo. Lo mejor que se les ocurrió a Poe y Conan Doyle fue pergeñar unas criaturas (un orangután, una serpiente) que accedían a la habitación por lugares impracticables para cualquier ser humano. Otros escritores han recurrido a soluciones cada vez más rocambolescas e inverosímiles que, seamos francos, suponen un insulto para el lector avezado: pistolas de aire comprimido, dardos envenenados, un revólver atado a un globo, una bala de hielo que se deshace dentro del cuerpo una vez disparada...

Existe un caso, extraído de la vida real, que tipifica a la perfección ese tipo de soluciones descabelladas: en 1936 encontraron el cadáver de una mujer, al parecer muerta por herida de bala, tendido delante de su estufa de carbón. No se había visto a nadie entrando o saliendo del lugar de los hechos. Tampoco hallaron ningún arma en la escena del crimen. En el curso de la investigación, un asesor científico descubrió que la «bala», en realidad, era un proyectil de cobre que había salido disparado de un detonador empleado para volar túneles en las minas. De lo que se dedujo que el proyectil había caído por error dentro de la remesa de carbón que la pobre mujer había recibido para alimentar su estufa y que, al subir la temperatura de esta, había salido propulsado y se le había incrustado en el pecho. Una muerte, pues, harto improbable, pero accidental por completo.

Centrándonos en las escasas soluciones aceptables dentro del terreno de la narrativa, conviene prestar especial atención a la primera persona que entra en ese cuarto, ya que ese hombre o esa mujer suele ser el homicida. El procedimiento es el siguiente: cuando los que supuestamente han acudido en auxilio de la víctima echan abajo la puerta de la habitación, en realidad la víctima todavía está viva (aunque inconsciente, tal vez drogada); después el asesino la mata, fríamente y en presencia de testigos, que están ensimismados contemplando el supuesto cadáver. Lo idóneo es que ese tipo de crimen lo lleve a cabo un médico, un juez de instrucción o un veterinario; para no levantar sospechas, debe tratarse de alguien que, por lógica, fuera el primero en examinar el cadáver. Se requieren también ciertos conocimientos anatómicos, de manera que el asesinato se cometa con destreza y sin que nadie se dé cuenta, agachándose sobre la víctima, ocultándola de los demás: por ejemplo, un punzón para picar hielo que entre por la oreja y llegue hasta el cerebro podría perfectamente cumplir esa función. Lo más inteligente es emplear un objeto que no destaque en esa habitación cerrada, pero que la víctima pueda haber sustraído previamente del lugar: el abrecartas favorito del finado, quizás, un delgado estilete de plata que el coronel atesora como recuerdo de alguna desdichada aventura colonial, y que el homicida desliza a través de la axila izquierda, directo al corazón... Mientras el asesino finge estar comprobando las constantes vitales con una mano, con la otra ejecuta disimuladamente el crimen.

El autor que ha empleado y explicado el procedimiento de la habitación cerrada con más asiduidad es John Dickson Carr, cuyas novelas giraban casi exclusivamente en torno a este recurso. En su novela de 1935 *El hombre hueco* (publicada en Gran Bretaña con el título *The Hollow Man* y en Estados Unidos con el de *The Three Coffins),* Carr dedicó todo un capítulo a la famosa «Conferencia sobre la habitación cerrada», en la que su detective, el doctor Gideon Fell, esboza siete posibles categorías de hipótesis, cada una con infinitas variantes. La conferencia causó sensación en el mundo de la novela de misterio; pocos años después, el novelista y crítico literario Anthony Boucher haría que el perplejo inspector de policía de su *Nine Times Nine* (1940) estudiara el libro de Carr con la esperanza de resolver el caso de la habitación cerrada que su protagonista estaba investigando en la «vida real». El inspector, finalmente, decide que ninguna de esas soluciones encaja en su caso, aunque el lector sagaz de la novela de Boucher captará la que se deja entrever en la categoría número cinco: «Es un asesinato cuyo problema deriva del ilusionismo y la suplantación...».

Una apostilla: aparte de otros muchos intereses, Anthony Boucher fue un promotor entusiasta de narraciones detectivescas procedentes de todas partes del globo. Boucher dominaba varios idiomas, entre ellos el español, por lo que no es de extrañar que convenciera a los editores de *Ellery Queen's Mystery Magazine* para que publicaran su traducción de un poeta y ensayista argentino, apenas conocido en Estados Unidos, en una edición especial de la revista que incluiría relatos de misterio de todo el mundo. Así fue como, en aquel decisivo ejemplar de agosto de 1948, bajo una cubierta típicamente estridente que mostraba a una mujer con un vestido de gala verde disparando por la espalda a otra enfundada en unos largos guantes negros, los lectores descubrirían, entre otras historias como «Killer in Khaki» y «Being a Murderer Myself», un relato policiaco de tintes surrealistas titulado «El jardín de los senderos que se bifurcan»: la primerísima publicación en lengua inglesa firmada por Jorge Luis Borges.

*

Empezaba a anochecer. Las luciérnagas emitían sus intermitentes destellos perseguidas entre risas por los niños. El juego del lanzamiento del huevo ya había concluido, y el ganador, un hombre al que no había visto antes, se llevó el premio pese al rumor de que había hecho trampa utilizando huevos duros como proyectiles. Todos prorrumpieron en vítores cuando sacó a los escépticos de su error rompiéndose un huevo en la cabeza y se pimpló una aflautada copa de champán para celebrarlo mientras la yema le resbalaba por la sien.

Me había propuesto tantear a Reginald Talbot, el tesorero, así que fui en su busca. Me lo encontré al lado de la cubeta de ponche del doctor Blake, un tanto nervioso.

—¿Le ocurre algo? —le pregunté.

—¿Qué? —dijo sobresaltado—. No. ¿Por qué lo pregunta?

—Parece... preocupado.

—Es la cara que tengo.

—Debe de ser difícil ser tesorero de un tesoro en declive.

—¿Qué sabe al respecto? —preguntó receloso.

—Oí que lo mencionaban anoche en la cena. Tengo entendido que las inversiones del club no han sido precisamente un filón.

—La coyuntura económica —aclaró Reginald Talbot—. Todo va mal. Los rendimientos son escasos, o más bien nulos. Las finanzas del club se han visto muy afectadas. Todo el mundo quiere mantener el mismo nivel de servicios, pero nadie quiere que le suban la cuota.

—A mí también me afecta —dije—. La situación económica, me refiero.

—¿Ah, sí?

—Contratar a un detective es un lujo —le dije—. No nos engañemos, no somos necesarios. Cuando el dinero escasea, o bien aprendes a vivir con tus sospechas, o te ocupas personalmente de ellas.

—¿Cómo?

—Pues, por lo general, liándote a tiros o estrangulando a

quien toque —respondí—. El veneno también es una opción. Los maridos estrangulan a sus mujeres. Las mujeres envenenan a sus maridos. Y tiros los pega todo el mundo. Según como se mire, los detectives desempeñan un servicio valioso para la sociedad.

—¿Cuál?

—Estorbar.

—Brindo por eso —dijo Reginald Talbot, levantando un vaso de plástico con ponche. Nos quedamos en silencio un momento, mirando cómo los niños arrojaban palos a la pila de madera. Un tapón de corcho saltó ruidosamente de una botella de champán. «No ha sido un pedo de monja precisamente», pensé.

»Pero hay una solución, ¿sabe? —dijo Reginald Talbot.

—¿Para qué?

—Para las finanzas del club. Para la economía.

—¿Vender?

—Bueno, sí, pero no basta con eso —dijo Reginald Talbot—. Tienes que encontrar al comprador adecuado. ¿Ha estado alguna vez en un casino?

—Claro.

—¿Le parece un buen modelo de negocio?

—Parece serlo.

—Es perfecto, per-fec-to —afirmó Reginald Talbot, parpadeando entusiasmado—. Los casinos son fábricas de hacer dinero. Por cada jugador bueno como yo, hay cientos de mentecatos haciendo cola para regalar prácticamente su dinero. Sea cual sea su situación laboral, por mal que vaya la economía, allí están esos majaderos, bajando de los autocares billetera en mano. No falla. Eso, como negocio, tiene un valor incalculable.

—Entiendo por dónde va —le dije—. O eso creo, porque no sé mucho de negocios.

—¿A qué sitio fue? —preguntó Reginald Talbot.

—¿Cómo?

—Cuando estuvo en el casino, ¿adónde fue?

—A Las Vegas, obviamente.

—Es decir, que era su única opción.

—Ahora no sé si entiendo por dónde va.

—Las Vegas es la única ciudad del país dedicada al juego. El noventa y nueve coma noventa y nueve por ciento de la población vive a más de ciento sesenta kilómetros de Las Vegas. Hay que cubrir una distancia para llegar hasta allí, planear todo un viaje. Pero ¿y si le dijera —añadió, cada vez más ilusionado con su teoría— que, en lugar de llevar a la gente a los casinos, podríamos llevar los casinos a la gente?

—¿En tren o en camión?

—Hablo en serio. En noviembre se someterá a votación un referéndum para la legalización del juego en Nueva Jersey, y es posible que esta vez se apruebe. Pero hay una opción mejor. ¿Ha oído hablar de la tribu de los seminola, en Florida?

—¿Los indios?

—Sí, los indios. Tengo un amigo allí que trabaja en el departamento de Hacienda. Está convencido de que, en pocos años, la tribu de los seminola abrirá su propio casino en su propia reserva. ¿Entiende por dónde voy? Los terrenos son propiedad de su tribu. Tienen soberanía sobre ellos. Están al margen de la legislación estadounidense.

—No sé si eso es cierto —dije con cautela.

—Es complicado, pero, en fin, de eso no me cabe la menor duda. Los indios abrirán su propio casino. Y la cosa no acabará ahí. Una vez que lo hayan abierto, todas las tribus indígenas del país querrán apuntarse al carro. Ya lo verá, y si no, tiempo al tiempo, acuérdese de lo que le digo.

El ponche de ron le había teñido los labios de rosa. Reginald Talbot, sin saberlo, estaba aportando datos a mi dosier sobre el club: confirmando ciertos detalles, añadiendo otros e incluyendo algunos, pensé, que tal vez mi cliente habría preferido que yo ignorara.

—¿Puedo contarle un secreto? —preguntó.

—Por supuesto.

—Esta finca, West Heart, está en territorio indio.

—¡No me joda!

—Como lo oye. Cuando los patriarcas crearon este lugar...

—¿Patriarcas?

—Como en la Biblia. Así llamamos a las familias fundadoras: los Blake, Garmond, Talbot, Burr. Cuando compraron estas tierras, formaban parte del territorio oneida original.

—Ahora me entero.

—Aquello era como una especie de mosaico. Las tierras que se consideraban parte de la reserva oneida estaban diseminadas por todo el estado. Las más remotas, como esta, no les importó venderlas.

—¿A cambio de abalorios por valor de veinte dólares?

—Algo más, pero no mucho. El caso es que, en teoría, los oneida podrían volver a adquirir estas tierras, y luego cederlas en usufructo, por un término de noventa y nueve años, a alguien, a nosotros mismamente, para que monte aquí su negocio.

—¿Un casino?

—Exacto.

—Lo veo bastante improbable.

—Hágame caso —insistió Reginald Talbot con vehemencia—, dentro de veinte años, todos los bosques de Nueva Inglaterra se habrán poblado de casinos propiedad de tribus indias de las que nunca ha oído hablar. Los primeros en llegar se pondrán las botas.

—¿Y con eso resolverá todos sus problemas?

—La mayoría —respondió.

—¿Y el resto? —pregunté.

Levantó el vaso de papel y dio un trago del ponche.

*

John Garmond encendió una bengala, y las rojas chispas chisporrotearon y crepitaron en su mano; luego la arrojó hacia la hoguera, y por el modo en que las llamas cobraron vida al instante, sospeché que debía de ser pura leña impregnada de gasolina. El fuego se extendió con una rapidez asombrosa: en apenas unos minutos, las llamas ya se habían propagado por toda la madera a la vista.

De pronto se oyó una rápida serie de estallidos: ¡POP POP POP POP! Mientras los presentes agachaban la cabeza dando chillidos, yo metí la mano de forma instintiva por debajo de la camisa para sacar la pistola, que había dejado inútilmente guardada en un cajón, bajo una pila de ropa interior.

—M-80 —exclamó malhumorado John Garmond—. Estúpidos críos. Les advertí que este año esos petardos estaban prohibidos.

—Son un peligro —afirmé.

—Hace unos años un idiota escondió un par de proyectiles de siete centímetros en lo hondo de la pira y saltaron astillas por todas partes. Fue un milagro que no hubiera víctimas.

Las llamas habían alcanzado el piano, que coronaba la pila, y las cuerdas empezaron a crujir y expandirse con el calor. Una de ellas se partió con un fuerte y violento tañido; los que estaban más cerca del fuego retrocedieron dando un salto automáticamente. Luego se rompió otra, y otra más. Fue como presenciar la agonía de un animal moribundo.

Al otro lado de la hoguera, se alzó la voz de una mujer, cantando un aria a todo pulmón: Jane Garmond.

—Fue suplente en la Metropolitan Opera House —dijo su marido en voz baja—. Antes de que nos casáramos.

—Puccini —aclaró Meredith Blake a mi lado—. *Madame Butterfly*.

—No la he visto —dije—. Nunca he ido a la ópera.

—Trata de una geisha, Butterfly, que se casa con un oficial de la Marina estadounidense llamado Pinkerton.

—Como la agencia de detectives.

—Si tú lo dices —contestó Meredith Blake sin saber de qué le hablaba. Prosiguió—: Después de la boda, Pinkerton se ausenta de Japón durante tres años, y entretanto Butterfly cría al hijo de ambos. Cuando Pinkerton regresa, lo hace acompañado de su nueva esposa estadounidense, que ha aceptado adoptar al niño. Y Butterfly, al darse cuenta de que ha perdido tanto a su marido como a su hijo, se suicida.

—Vaya..., un final feliz.

—Dentro de lo que son las óperas.

Escuchamos el aria. No entendía la letra, pero reconocí la famosa melodía, su tono melancólico, romántico, trágico. En las inmediaciones de la hoguera, vi a Susan Burr apartarse sigilosamente de su marido y encaminarse hacia la arboleda que bordeaba el campo. Al rato, quizás no el suficiente para evitar levantar sospechas, pero incapaz de contener mi impaciencia por más tiempo, seguí sus pasos.

*

—¿Medianoche? —pregunté—. ¿Habitación 302?

—Me encantaría —dijo Susan Burr—. Pero será mejor que no nos veamos. Se avecina una auténtica tempestad. Solo faltaría que nos quedáramos allí atrapados.

—¿Por qué no?

Habíamos estado besándonos como adolescentes, apoyados contra un árbol. Al abrigo de la arboleda, alejados del murmullo de la gente y del crepitar del fuego, distinguíamos los sonidos nocturnos del bosque: las cigarras, el viento entre las copas de los árboles, el chasquido de criaturas invisibles entre las ramas que se alzaban sobre nuestras cabezas.

—Cuando yo era joven a esto lo llamábamos «darse el lote» —dijo Susan Burr—. Hace siglos de eso.

—Es un arte olvidado.

—Ahora preferimos gratificaciones instantáneas —observó—. Al menos, yo.

—También yo.

—Pero cuando todo está permitido, se pierde algo. La expectación. El goce del placer postergado. La lenta progresión del suspense.

—¿Te apetece un porro? —pregunté.

Compartimos el cigarrillo. Desde donde estábamos, los socios de West Heart no eran más que siluetas recortadas contra la hoguera.

—Hay mucha gente infeliz aquí —observé.

—Aquí y en todas partes —repuso Susan Burr—. Da igual donde estés. La Edad de la tristeza, puede que así acaben llamando los historiadores a esta época. La Edad de la embriaguez. Del llanto sordo y desesperado.

—¿Te ha sorprendido lo de hoy?

—¿A lo de Claudia te refieres? Supongo. No la conocía mucho. Era una mujer reservada, ensimismada. De las que tienen demasiadas cosas en la cabeza y no dejan de darles vueltas.

—¿Tú y Duncan Mayer alguna vez habéis...?

Siguió un breve silencio. La punta incandescente del

cigarrillo de marihuana se iluminó y luego se fue apagando.

—No —respondió por fin.

—¿Por falta de ocasión o de interés?

—Digamos simplemente que ya estaba pillado. Ahora me toca a mí preguntar.

—Adelante.

—¿Quién te ha contratado?

—¿Quién ha dicho que me hayan contratado?

—No te hagas el interesante, que aquí todo se sabe —repuso Susan—. Has estado sonsacando a todo el club.

—Forma parte de mi naturaleza.

—Tonterías. Pero bueno. ¿Y yo qué pinto en todo esto? ¿Seducirme entraba en el plan?

—¿Yo seducirte a ti? Creía que había sido al revés.

—¿Le tienes echado el ojo a alguien más? —preguntó.

—¿De West Heart?

—Sí.

—No —respondí.

—¿Y qué hay de Emma Blake?

—¿Quién?

—¿No es el tipo de chica que tienta a los mayorcitos?

En lugar de contestar, volví a besarla.

Al cabo de unos minutos, cuando nos dimos un respiro para contener la tentación de regresar a la 302, Susan Burr reanudó el interrogatorio.

—Cuéntame tu historia, Adam McAnnis, natural de la antaño gran ciudad de Nueva York.

—¿A qué te refieres?

—¿De dónde sales? —preguntó Susan Burr—. ¿Quién eres? ¿Cómo es que te hiciste detective?

—¿Buscas la génesis del personaje? ¿Y si no la hubiera?

—Invéntatela.

—De acuerdo —respondí—. Mi padre era policía. De la brigada de homicidios. Él quería que su hijo continuara en el negocio familiar...

—¿Te refieres al negocio del crimen?

—Exacto —respondí—. Pero me matriculé en la universidad.

—Bien hecho.

—Luego abandoné los estudios.

—¿Con idea de hacer algo en particular?

—Al principio no sabía por dónde tirar. Estuve dando bandazos durante un tiempo. Luego me alisté en el ejército y me enviaron a Vietnam.

—¿Cómo se te ocurrió hacer eso? —saltó Susan Burr con incredulidad.

La miré en la oscuridad.

—¿Cuál es la tontería más grande que has hecho en tu vida?

—No sabría decirte. Tendría que pensarlo.

—Pues yo no tengo que pensarlo —repuse.

—¿Por qué mentiste sobre eso anoche? —preguntó—. En la cena.

Alcé los hombros.

—Suelo hacerlo.

—¿Mentir?

—Sí.

—¿Sobre la guerra?

—Y sobre otras cosas. Pero sí, sobre la guerra. No necesito que se apiaden de mí, ni quiero tampoco. Soy un héroe. Soy un criminal de guerra. Un imperialista. Un guerrillero. Debería haber desertado a Canadá. Debería haberme enrolado otra vez.

—Los hijos de West Heart no estuvieron en primera línea de fuego —dijo Susan Burr.

—No, ya me lo figuro.

—¿Y qué hiciste a la vuelta de Vietnam?

—Necesitaba un trabajo, así que me asocié con el antiguo compañero de fatigas de mi padre, que entonces regentaba una agencia de detectives privada. Mi padre nunca me lo perdonó. Allí hice mi aprendizaje.

—Curtiéndote en el oficio.

—Así es. Horas y horas encerrado en un coche matando el tiempo. O aguantando bajo la lluvia como un desgraciado, viendo cómo unas siluetas al trasluz de una ventana faltaban a la fidelidad conyugal. Disputas por herencias. Fraudes entre socios. Personas desaparecidas. A un marido se lo traga la tierra: al cabo de los años, lo encuentro con una nueva familia. Una señora se esfuma: sus padres sospechan (y con razón) que el marido la ha asesinado.

—¿Cómo era tu jefe? ¿Fue una especie de mentor para ti?

—Se llamaba Horatio Brown. Era un hombre chapado a la antigua —dije, sonriendo al evocarlo—. De esos que siempre guardaban una botella de whisky en el escritorio del despacho. Se fumaba tres cajetillas al día. A veces te lo encontrabas hojeando un grueso archivo de fotos porno que había ido tomando y recopilando en su trabajo. Creía, como si fuera una regla fundamental del universo, que no había cliente que no mintiera. En eso, por lo que he ido comprobando, no iba del todo errado.

—¿Qué ha sido de él?

—Un derrame cerebral. Después de su muerte, probé suerte por mi cuenta.

—¿Qué estudiaste en la universidad?

—Filosofía.

—¿De verdad? —preguntó.

—De verdad.

—¿Y te ha sido útil? —preguntó, reprimiendo la risa.

—En cuanto estudio de cómo deberían vivir, teóricamente, los seres humanos, no me ha servido de nada —respondí—. Pero sí es útil para reflexionar sobre el cómo y el porqué de la conducta humana. Para pensar sobre si de verdad sabemos lo que creemos saber. O sobre las trampas que nos gasta el cerebro estableciendo conexiones falsas entre acontecimientos que no guardan relación. ¿Qué es la «verdad», a fin de cuentas? ¿Y cómo deberíamos definir conceptos como el conocimiento, la culpabilidad, la inocencia...?

—Vaya, señor McAnnis, me sorprende usted —dijo ella en tono burlón.

—¿Por qué?

—La metafísica es cosa de la juventud. A medida que nos hacemos mayores, solo los ingenuos se aferran a ella.

—Lo mío son gajes del oficio —repuse—. Tantas horas a solas, encerrado en ti mismo, sin dejar de darles vueltas y vueltas a los mismos pensamientos. Contemplando las trampas y callejones sin salida a los que te aboca el universo, mientras esperas a que esos adúlteros se den prisa para poder ir a echar una meada.

—Mucho te angustia si la verdad existe o no —prosiguió Susan Burr—, pero ¿tu trabajo no consiste en encontrarla?

—Una vez acepté el caso de una mujer cuyo marido había sido condenado por asesinato. Ella estaba convencida de que era inocente.

—¿Y lo era?

—Mis pesquisas no fueron concluyentes. No descubrí nada nuevo; lo único que conseguí fueron testigos que, al cabo de los años, demostraron ser aún menos fiables que en el momento de los hechos. No había ninguna prueba física que vinculara al marido con el crimen. No había coartada. Ni ninguna prueba irrefutable en ningún sentido. Tampoco otros sospechosos. Los indicios con los que contaba la policía no eran suficientes, pero, teóricamente al menos, las sospechas apuntaban hacia él. El fiscal probó suerte con el jurado y ganó. Caso cerrado. Todo muy turbio y nada satisfactorio. Yo no tenía respuestas, pero un hombre cumplía cadena perpetua en la cárcel y su mujer se había quedado sola, dudando de si lo conocía tan bien como pensaba.

—¿Y cuánto le cobraste por tus servicios?

—Un caballero nunca desvela esa información.

Lo cierto es que no le había cobrado nada. Brown siempre me decía que era demasiado blando para ser detective.

*

Definición

Misterio: del griego *mysterion* (μυστήριον). Los legendarios setenta traductores de la primera biblia griega, la Septuaginta, empleaban dicho término para aludir a un secreto divino que solo podía vislumbrarse mediante una revelación. La palabra se usaba también en un contexto pagano, para describir los rituales esotéricos de los cultos mistéricos que se celebraban en la antigua Grecia. Siglos después, en los «misterios» teatrales de la Inglaterra medieval, se representaban escenas clave de la Biblia, desde el Génesis hasta el Juicio Final (los académicos afirman que esas obras influyeron en Shakespeare y sus contemporáneos; por ejemplo, la escena del guardián del castillo en *Macbeth* evoca supuestamente el patético intento de los porteros del Hades de detener a Cristo en el *Descenso a los infiernos).* En inglés antiguo el término también se asociaba con las «artes» o los «oficios»; muchas veces, la representación de esos misterios corría a cargo de un gremio relacionado con la temática en cuestión (por ejemplo, los constructores de barcos podían representar la historia del Arca de Noé; los viticultores, la transformación del agua en vino; los orfebres, los obsequios de los Magos de Oriente, etcétera). Esos gremios medievales se inspiraban en los cultos mistéricos de los antiguos griegos y protegían a sus miembros con gestos y símbolos secretos que permitían a los miembros de un gremio reconocer, secretamente, a otros adeptos afines.

Los estudiosos saben que el término «misterio» siempre se ha asociado a lo oculto, al descubrimiento o la revelación de aquello que se ha ocultado, o que tal vez debería ocultarse. Guarda conexiones obvias con los místicos y el misticismo, un vínculo que sin duda enriqueció las múltiples sesiones espiritistas del célebre espiritualista Sir Arthur Conan Doyle.

*

John Garmond consultaba su reloj de pulsera mientras departía con Reginald Talbot; los dos miraban nerviosos hacia el lago, entre el boscaje.

—¿Qué pasa? —le pregunté a James Blake.

—Van a empezar los fuegos artificiales —respondió—. Con un poco de retraso, la verdad.

—¿Quién los lanza?

—Fred Shiflett, desde la playa. Hace años que se encarga de lanzarlos. Se ha hecho experto en pirotecnia.

Yo había salido del bosque minutos después que Susan Burr, procurando aparentar normalidad, aunque al sumarme de nuevo al grupo que rodeaba la hoguera me sentí un tanto ridículo. Emma Blake me lanzó una miradita que pasé por alto.

La concurrencia llevaba largo rato esperando. Parecía haber surgido un contratiempo. Pensé en Fred Shiflett e imaginé su cadáver tirado como un fardo en la playa (¿se podía matar a una persona con un artefacto pirotécnico, de ser preciso?), pero de pronto oímos el lejano ¡fiiiuuuu! de un proyectil, al que siguieron un par de segundos de silencio; si forzaba la vista podía distinguir, pero solo a duras penas, el diminuto punto de luz destellando en el cielo nocturno, y a continuación el estallido de rojo, dorado y verde.

Mientras los socios de West Heart charlan alrededor de las llamas, disfrutando del calor que enciende sus mejillas, se te ocurre que un escritor sagaz podría explotar esa hoguera para el desarrollo de la trama. Un asesino con ánimo efectista podría encontrar placer en el ardid secreto de quemar sus pruebas a la vista de los presentes, sabiendo que la prueba definitiva necesaria para demostrar su culpabilidad había sido inmolada ante un centenar de testigos incautos. O tal vez no lo impulsara la fanfarronería sino la necesidad, suponiendo que el asesino no hubiera tenido oportunidad de deshacerse de las pruebas anteriormente: si, por ejemplo, necesitara quemar la nota suicida de despedida, cuya existencia se había negado a la policía.

Se te ocurre también que, mientras el detective y los demás contemplan el espectáculo nocturno, la cabeza echada hacia atrás, el reflejo de los estallidos en los cristales de las gafas y en los parabrisas de los vehículos aparcados al fondo del campo, esos fuegos artificiales podrían ser una tapadera perfecta para disparar contra alguien. Al fin y al cabo, piensas, el sonido se camuflaría entre la algarabía del festejo, ¿no? De hecho, ¿sería posible cronometrar ese impacto de la bala en la nuca para que coincidiera exactamente con la detonación de un cohete? La víctima se desploma, sin que nadie repare en su caída y, entretanto, tú arrojas el arma a esa pira tan cercana y socorrida. ¿Alguno de los presentes habrá pensado en esa posibilidad? ¿Alguien habrá urdido ese plan? ¿Tendrá arrestos para llevarlo a cabo?

Así procederías tú de ser un asesino o un autor de novelas de misterio. Sin embargo, no parece que sea lo previsto en este libro. Reconoces, en cambio, las señales reveladoras de uno de esos episodios que los novelistas o los críticos consideran necesarios para la creación de un «tempo», un «ritmo», para modular la tensión antes de la siguiente vuelta de tuerca, en este caso, la calma antes de la tempestad, literalmente. Y en estas frases los personajes parecen más apagados, más ensimismados, con el rostro levantado hacia el cielo, recordando que, cuando eran niños, cada explosión suscitaba exclamaciones de asombro y regocijo, una ilusión ya imposible de recobrar: pasada la infancia, los fuegos artificiales se tiñen de melancolía. Llegado este momento, tienes la impresión de que la historia está haciendo un descanso para tomar aliento. John Garmond ha cogido de la mano a Jane Garmond. Susan Burr está sola. James Blake le sirve otra copa a Ramsey Garmond en el vaso de plástico. Warren Burr masculla algo al oído de Reginald Talbot. Jonathan Gold está junto a Emma Blake, señalando al cielo. Adam McAnnis, al fondo, solo, observa y observa...

Deduces que te están concediendo un atisbo final de cada posible asesino o posible víctima antes de que el crimen se lleve a cabo.

El cielo nocturno se ha cargado de electricidad, de premonición. El humo del último artefacto pirotécnico flota entre los árboles cuando, a lo lejos, un relámpago ilumina el cielo y descarga por detrás de las borrascosas nubes. Segundos después, resuena el trueno.

Cae una gota. Y luego otra.

—Será mejor que salgamos de aquí —advierte John Garmond.

En pocos minutos, a medida que la lluvia arrecia, el campo se vacía por completo. Abandonadas quedan las mesas, que se recogerán al día siguiente, o al otro. Y las bolsas de basura, llenas de botellas vacías y bandejas todavía con comida. La gente corre hacia los vehículos, tapándose la cabeza con las chaquetas. Los neumáticos ya empiezan a hundirse en el barro. Los faros cortan la penumbra con sus haces de luz; solo faltaba que atropellaran accidentalmente a alguien, en medio de esa oscuridad y esa lluvia.

Detrás queda, sin nadie presente para apreciarlo, una suerte de milagro. La hoguera sigue ardiendo bajo el diluvio, abrasando con furia, como si la lluvia torrencial no le afectara lo más mínimo. Pero de existir algún mensaje en este momento trascendente, no hay nadie que lo reciba: los hombres y mujeres que están secándose con las toallas en el interior de sus vehículos prestan tan poca atención al ardor de la hoguera como los testigos de la leyenda de Ícaro a aquel chico que estaba cayendo del cielo. Los seres humanos viven sedientos de epifanías, piensas, claman por ellas, pero ¿quién de nosotros es capaz de reconocerlas cuando se producen? ¿O de actuar, en caso de advertirlas?

*

Y a continuación: los últimos momentos en la vida de una persona. En estos párrafos con los que se cierra el día, la perspectiva cambia, emulando de modo transparente el lenguaje cinematográfico, y un ojo despiadado y omnisciente vaga por West Heart mostrándonos los estragos de la tormenta. Una tromba de agua entra a borbotones en el sótano de la sede del club. Un cable del tendido eléctrico, derribado en la carretera, chisporrotea, se retuerce y se enrosca sobre sí mismo como una serpiente. Una pista de tenis anegada, la red medio sumergida en el agua. La cámara discurre por un canal enfangado que antes había sido un camino, hasta enfocar un enorme roble centenario que empieza a doblegarse por primera vez en siglos de vida, traicionado no por el viento sino por el agua; sus raíces empiezan a desgajarse del suelo. De pronto, el árbol se viene abajo, cae con calamitoso estruendo y queda atravesado en la vía.

Ahora la cámara llega a un viejo puente de madera. El riachuelo sobre el que cruza es ya un río tumultuoso de aguas desbordantes. El puente empieza a combarse por un extremo. Los tablones de madera, podridos y empapados, se resquebrajan. Lentamente primero, y luego de golpe, como un animal viejo y exhausto al que se le vencieran las patas, el puente se desliza en el agua.

Ahora la cámara se sitúa delante del edificio del club y observa desde el aparcamiento de grava. De pronto..., ¡ahí está! Un brevísimo fogonazo en una ventana de la planta baja, que se esfuma al instante.

Relámpagos. Rugido de truenos. El jarreo implacable de la lluvia.

Entre esa algarabía, ¿quién sería capaz de reconocer el chasquido de un solitario disparo en la noche?

*

CUESTIONARIO

1) ¿Crees que la muerte de Claudia Mayer fue un suicidio?
   SÍ
   NO

2) ¿Crees que la muerte del perro de los Mayer fue un accidente?
   SÍ
   NO

3) Rodea con un círculo los nombres de la(s) probable(s) víctima(s). Selecciona todas las que correspondan.

A. JANE GARMOND
B. JOHN GARMOND
C. DUNCAN MAYER
D. ALEX CALDWELL
E. SUSAN BURR
F. WARREN BURR
G. EMMA BLAKE
H. DR. ROGER BLAKE
I. REGINALD TALBOT
J. JONATHAN GOLD
K. ADAM MCANNIS

4) Rodea con un círculo los nombres de el/los probable(s) asesino(s). Selecciona todos los que correspondan.

A. JANE GARMOND
B. JOHN GARMOND
C. DUNCAN MAYER
D. ALEX CALDWELL
E. SUSAN BURR
F. WARREN BURR
G. EMMA BLAKE
H. DR. ROGER BLAKE
I. REGINALD TALBOT
J. JONATHAN GOLD
K. ADAM MCANNIS

5) ¿Quién contrató al detective y por qué?

____

____

6) ¿Crees que nuestra fascinación cultural por el crimen refleja una tendencia innata, tal vez evolutiva, a la violencia? ¿Y que la lectura compulsiva sobre el acto de matar es una forma, aceptable para nuestra sociedad, de dar salida a esas pasiones?

SÍ

NO

7) ¿Qué sentimiento tendría más probabilidades de llevarte a matar? (Elige solo uno.)

AMOR

ODIO

8) ¿Has mirado alguna vez a tu cónyuge o amante, en momentos cuando no era consciente de tu mirada (quizás mientras lee un libro como este, por ejemplo), y has hecho recuento de las cosas que lamentas? ¿Alguna vez has imaginado una vida sin esa persona y te has planteado qué estarías dispuesto a hacer para que eso sucediese? ¿Te has preguntado alguna vez si esa persona estaría pensando lo mismo sobre ti?

«... una banda de Watsons, todos al acecho con redondos ojos de búho...»

Sábado

Seguía lloviendo cuando despertamos, ya en un país con otro año más a sus espaldas; sin saber, todavía, que las carreteras estaban cortadas, ignorando, todavía, que uno de nosotros era un asesino. ¿Acaso ese hombre o esa mujer se habría pasado la noche desvelado por la furia de la tormenta y por el temor al inexorable descubrimiento del cadáver a la mañana siguiente? ¿Habría trabajado su papel? ¿Habría ensayado cómo reflejar en su semblante la sorpresa y consternación del inocente? ¿Habría estudiado las posibles fallas en su coartada?

A decir verdad, es muy probable que esa noche los inocentes hubieran dormido tan mal como los culpables, entre los truenos, los relámpagos y el pavoroso silencio que se impuso tras el apagón de la luz. Fueron unos segundos preciosos de vacío, salvo por el goteo incesante de la lluvia en el exterior, antes de que los chasquidos anunciaran la rugiente puesta en marcha de los generadores y, uno tras otro, todos los sonidos de la casa (el zumbido sordo de la nevera, el tictac del reloj de la cocina, el lenguaje de los consabidos objetos inanimados) regresaran, como el aliento vuelve a un cuerpo.

En una mañana así, lo normal hubiera sido lanzarse a los teléfonos para chismorrear, para regodearse con la desgracia ajena y averiguar qué sótano se había inundado, qué tejado se había hundido como un cráter bajo el peso de un árbol..., pero esa mañana no nos fue posible. Las manos levantaron los auriculares, pero en vano: no había tono de llamada, la línea estaba cortada. De manera que nos calzamos los chanclos, nos pusimos los impermeables y salimos a la intemperie, desafiando la lluvia. Jane Garmond apareció dando traspiés por el sendero enfangado. Bastó una incógnita —«No sé dónde está, no lo he visto desde anoche»— para que se emprendiera una búsqueda en toda regla.

Meredith y Emma Blake fueron quienes lo encontraron, tirado en el salón principal del edificio del club, delante de la sobria chimenea gris. Con los ojos abiertos, fijos en el vacío. Un charco de sangre solidificada, casi negra, bajo la cabeza. Y el detalle macabro que, una vez comprendido, nos asediaría con más insistencia: una mancha de alguna alimaña, tal vez una rata salida de la bodega, que había pisado la sangre todavía húmeda y dejado un espeluznante rastro que llevaba hasta la cocina.

Y tú te imaginas a esa rata, manchada con la sangre de John Garmond, arrastrando su vientre por las vituallas de la despensa, mientras reflexionas sobre esta nueva estratagema del autor, que ha saltado del «nosotros» de la primera persona del plural, una forma con la que rara vez te has topado en las novelas de misterio, y con razón, ya que el «nosotros» oculta eficazmente el «quién», lo que, caes en la cuenta, quizás sea el motivo de esa deriva, ahora que ese «quién» avanza hacia el meollo de la historia, una táctica que permite esconder la identidad individual del asesino entre el «nosotros», como una hoja escondida en un bosque o un cadáver en un campo de batalla. Además, tienes la impresión de que esa primera persona del plural pretende evocar un coro griego, así como también, quizás, la culpa colectiva de los no tan inocentes, la voz de un *dramatis personae* en el que todos son víctimas o sospechosos.

*

—¿Alguien tiene un transistor de onda corta? ¿No? Pues hasta que despejen las carreteras y se restablezca el servicio telefónico, estamos solos. Si queremos descubrir al asesino, el tiempo juega en nuestra contra. Ahora mismo el homicida tiene el pulso acelerado. No ha dormido, está aturullado. Pero no tardará en recobrar la compostura, repasará su coartada, cubrirá las lagunas que pudiera haber en su historia y conseguirá hacerse pasar por inocente. Digo asesino, en masculino, por pura conveniencia —añadió Adam McAnnis—, pero también podría tratarse de una mujer, naturalmente. Propongo que empecemos a investigar ahora mismo. ¿Alguien tiene algo que objetar?

Estábamos reunidos en la salita contigua al salón principal, donde aún yacía el cadáver de John Garmond, tapado con una sábana. Fred Shiflett, en su todoterreno, se había acercado bajo la lluvia hasta West Heart Road y Greenfield Road, donde había confirmado nuestro aislamiento. El viejo puente de West Heart Kill provocó cierta disputa: ¿no hacía años que se hablaba de lo precario de su estado? Pero nadie había querido gastarse el dinero para arreglarlo. Eso sacó a flote, brevemente, las antiguas desavenencias sobre inversiones fallidas y subidas de cuotas, hasta que el doctor Blake nos llamó a capítulo recordándonos a John, de cuerpo presente en la habitación contigua.

Meredith Blake, con mucho acierto, había mencionado que necesitábamos un café —«o algo más fuerte», gruñó Warren Burr, siempre predecible— y, con ayuda de su hijo, había traído de la cocina un par de bandejas con café y pastas. Hasta que ambos regresaron, nos quedamos sentados en silencio, temiendo abrir la boca, evaluando con miradas de soslayo la intensidad de las resacas respectivas, un malestar consabido al que había que sumar la falta de sueño y la cruda realidad, apenas perfilada, de que West Heart se había convertido en el escenario de un crimen. Todos mirábamos al detective con recelo.

—¿Por qué habríamos de acatar sus órdenes? —le preguntó Warren Burr.

McAnnis cruzó los brazos y nos pasó revista a todos, uno tras otro, mientras nos rebullíamos en los sofás y los sillones orejeros de piel color caoba repartidos por la salita.

—Porque fue el propio John Garmond quien me contrató —respondió.

Un murmullo de sorpresa recorrió la habitación. Se intercambiaron miradas. Intentamos detectar si nuestros respectivos semblantes reflejaban asombro o alarma. ¿Había en ellos mera sorpresa o desconfianza mutua o algo distinto por completo? ¿Quién estaba en ese momento recalculando hasta dónde alcanzarían las sospechas del pobre John? ¿Cuál de nosotros estaba preguntándose qué sabría exactamente ese detective?

El doctor Blake rompió el silencio.

—¿Y John por qué iba a hacer eso?

—Tenía motivos para creer que su vida corría peligro —respondió McAnnis—. Me contrató para que estuviera al acecho por si detectaba cualquier tipo de amenaza.

—Si tu misión era protegerlo —señaló Meredith Blake—, salta a la vista que has fracasado.

—No se me contrató en calidad de guardaespaldas —aclaró McAnnis—. John creía poder protegerse a sí mismo, y a su familia. Su intención era que yo corroborara o refutara sus sospechas.

—¿Y lo ha hecho?

—Descubrí que existía una amenaza, sí.

—¿Le importaría ser un poco más explícito? —exigió Warren Burr.

—Creo que no sería prudente.

Silencio de nuevo. El tictac del reloj sobre la chimenea. Fuera, la lluvia incesante.

—A ver —dijo Reginald Talbot—. El alcance de su investigación me trae sin cuidado. El hecho es que su cliente está muerto. Así que ¿por qué habríamos de confiar en usted para llevar a cabo este interrogatorio?

—Porque soy la única persona en esta sala que está libre de sospecha —respondió McAnnis.

Nos quedamos callados, intentando asimilar ese nuevo dato. La paranoia se adensaba por momentos en el enrarecido aire de la salita, cuyas ventanas seguían cerradas para que no entrara la lluvia. Además, todos éramos muy conscientes de que oponerse a esa investigación podría de por sí suscitar sospechas.

—Entonces, ¿qué propones? —preguntó Meredith Blake por fin.

—Interrogar a todos individualmente, uno por uno. A solas. Incluyendo a Duncan Mayer.

—Está desolado. ¿No podríamos dejarlo al margen?

—Por desgracia, no —contestó McAnnis—. También tendré que hablar con Jane Garmond. Supongo que habrá vuelto a su casa, ¿no?

—Sí, con Emma —dijo Meredith Blake—. ¿De verdad es necesario? Si ni siquiera hace...

—Sí, lo siento. —McAnnis recorrió la salita con la mirada—. Y al otro invitado también. Jonathan Gold. ¿Dónde se aloja?

—En la cabaña desocupada que está al lado de la de los Talbot.

—¿Podrían pedirle que se pase por aquí? Gracias —dijo McAnnis—. También sería conveniente echar un vistazo al estado de las cuentas del club. Señor Talbot, ¿sería tan amable de proporcionarme los libros de contabilidad?

—No estoy seguro de que sea apropiado...

—Ambos libros, si es tan amable.

Silencio.

—Reginald, ¿se puede saber de qué está hablando? —preguntó Meredith Blake.

—De nada. —Reginald Talbot parpadeaba con furia.

—A mí también me interesa esa pregunta —intervino el doctor Blake—. ¿Qué ha querido decir con eso, Reg? ¿Cómo que ambos libros?

—No ha querido decir nada —replicó Reginald Talbot—. No sabe de qué está hablando.

—Ha llegado a mi conocimiento que en West Heart se llevan dos registros contables distintos —aclaró McAnnis—. Quizás esa práctica le preceda como tesorero; no lo sé. Aunque sospecho que algunos sí lo saben. El dinero puede ser un móvil muy poderoso por el que asesinar a una persona. Necesito echar un vistazo a esos libros.

—Reg... —dijo el doctor Blake.

—Está bien —respondió Reginald Talbot—. Iré a por ellos. Pero me gustaría saber con quién demonios ha estado usted hablando.

McAnnis pasó por alto el comentario.

—Bien, y ahora, todos: habrá que poner manos a la obra de inmediato.

—¿Y qué hacemos con...? —preguntó en voz baja Susan Burr, que no había abierto la boca hasta ese momento, señalando con un gesto hacia el salón principal.

—No podemos dejarlo ahí, obviamente. Podríamos quedarnos aislados durante días. ¿Alguien tiene una cámara?

¿James? Ve a por ella, haz el favor. Tomaremos todas las fotos que podamos del lugar de los hechos. —McAnnis se interrumpió antes de lanzar su inquietante proposición—. Luego, si da usted su aprobación, doctor Blake, habrá que trasladarlo a la cámara frigorífica de la cocina.

Meredith Blake sofocó una exclamación. Susan Burr ahogó un sollozo. James Blake se quedó blanco como la cera. El estupor y la sospecha se apoderaron de todos los presentes, pues allí todos éramos asesinos en potencia o testigos que acusaban la conmoción posterior al crimen: la triste celeridad con que un ser vivo, que antes respiraba, amaba y reía, podía convertirse en cadáver.

—Creo que sería lo mejor —dijo el doctor Blake con gravedad.

*

Adam McAnnis, de pie, se inclinó hacia el cadáver, y lo mismo hicieron el doctor Blake y James Blake. La sangre había empapado la sábana blanca y dejado un gran manchurrón bajo la cabeza de la víctima. Los habíamos abandonado a su suerte con el pobre John, y nos estremecimos al pasar por el salón principal, aliviados también de habernos ahorrado la desagradable tarea a la que se enfrentaban. A fin de cuentas, había desayunos que preparar, resacas que atender, perros a los que alimentar. La vida sigue, pensamos. He ahí el íntimo e ignominioso triunfo de los vivos sobre los muertos.

McAnnis agarró una esquina de la sábana, y el doctor Blake la otra. A una señal, levantaron lentamente la sábana del cuerpo, en un involuntario y macabro remedo del descubrimiento de una escultura en una inauguración.

—Qué horror —exclamó James Blake.

—¿Estás bien? —le preguntó su padre.

—Sí.

—No tienes por qué quedarte —le dijo McAnnis.

—No es la primera vez que veo un muerto —repuso James Blake. Y en respuesta a las cejas enarcadas del detective, añadió—: Yo fui quien encontró a Trip Caldwell y Otto Mayer en el coche.

Los tres examinaron el cadáver a sus pies. John Garmond tenía un boquete enorme detrás de la cabeza y el pelo de alrededor apelmazado por la sangre coagulada. La piel cerúlea; los labios retraídos sobre los dientes, en un rictus terrorífico.

—¿Murió con dolor? —preguntó James Blake.

—Ese rictus se debe al estiramiento de la piel durante el *rigor mortis* —aclaró su padre—. Es falso que sea consecuencia de una muerte violenta. Huelga decir que tampoco es cierto eso que dicen de que en las pupilas de la víctima se refleja la última imagen del asesino.

—¿Qué cámara tienes, James? —preguntó McAnnis—. ¿Una Polaroid? Perfecto. Saquemos esas fotos cuanto antes.

—¿De todo?

—De todo.

Los tres se sumieron en un silencio solo interrumpido por el clic clic y el runrún de la Polaroid. James Blake le pasaba las fotos a McAnnis y el detective las iba sacudiendo una por una unos segundos antes de desplegarlas sobre el hogar de la chimenea, donde las imágenes fueron cobrando vida como esculturas inacabadas emergiendo de un bloque de mármol.

—Le dispararon por detrás —observó James Blake—. El asesino lo atacó por sorpresa.

—No necesariamente —repuso McAnnis—. Puede que

le exigiera que se diera la vuelta, a punta de pistola. Quizás porque el asesino, o la asesina, no quería encontrarse con su mirada en el momento de apretar el gatillo. Eso nos daría una pista. O puede que John se percatara de que iban a dispararle e intentase huir. O que se volviera por instinto simplemente. O que confiara en el asesino y le diera la espalda porque no sospechaba que fuera a dispararle.

James Blake dejó de sacar fotos.

—Se acabó —dijo—. Me he quedado sin carrete.

—Tenemos fotos de sobra —dijo McAnnis—. ¿Doctor?

El doctor Blake se hincó de rodillas para examinar el cadáver; lo primero que hizo fue cerrarle suavemente los párpados.

—No hay nada debajo de las uñas —observó, tras bajar con delicadeza los brazos del difunto y colocárselos a los lados—. No hay señales de que intentara defenderse. Es probable que no tocara en ningún momento al asesino.

—¿Y el disparo? —preguntó McAnnis.

—Vaya usted a saber. Aunque yo diría que se efectuó de cerca. No a bocajarro, pero tampoco desde el otro extremo de la habitación.

—¿Hora de la muerte?

—No soy forense, obviamente. Mis conclusiones solo sirven para hacerse una idea general de lo ocurrido, pero nada más.

—Entendido.

—Bien. Ahora mismo son justo las diez pasadas —dijo el doctor Blake tras echar un vistazo al reloj—. El *rigor mortis* no se ha instalado del todo aún, pero le falta poco. Yo diría que la muerte se produjo entre medianoche y las dos de la madrugada.

—Concuerda. Además, la chaqueta y las botas están secas.

—Podría determinarlo con más precisión si comprobara la temperatura corporal —dijo el doctor Blake—, pero, para ser sinceros, no creo estar preparado para eso.

—Claro —dijo McAnnis—. Yo ya tengo suficiente con esto, usted verá si necesita algún dato más, doctor.

—¿Ahora qué? —preguntó James Blake.

—Ahora lo trasladamos —indicó McAnnis. El hedor a heces y orina se había extendido por la habitación, y el detective le señaló a James la ventana más cercana—. Ábrela, haz el favor.

Los tres estaban sudando. James Blake levantó la ventana de guillotina, y el ruido de la lluvia torrencial, antes amortiguado, invadió el salón junto con una oleada de aire fresco.

Extendieron la sábana junto al cadáver y luego se detuvieron un momento, dudando.

—¿Lo levantamos?

—Quizás sería mejor hacerlo rodar.

Una vez tuvieron el cadáver tendido sobre la sábana, la agarraron por las esquinas, los Blake en un extremo y McAnnis en el otro.

—Deberíamos haberle pedido a uno de los hombres que se quedara a ayudarnos —dijo McAnnis—. ¿Preparados? Una, dos, tres...

Levantaron el cadáver, resoplando por el esfuerzo, y cargaron torpemente con él en dirección a la puerta.

—Dios santo, miren abajo —dijo el detective. La sangre que manaba del boquete en la cabeza había empapado la sábana y caía goteando en el suelo—. Como carguemos con él así, dejará un reguero de sangre por todo el camino.

—En la cocina hay un carro de esos grandes para transportar comida —recordó James Blake—. Dejadlo en el suelo, e iré a por él.

James regresó con el carro y una loneta azul impermeabilizada que se usaba para las meriendas en el lago.

—No sé cómo no se me ha ocurrido antes —dijo McAnnis, visiblemente enfadado consigo mismo—. Venga, ¿preparados? Vamos allá otra vez. Uno, dos y tres...

Cargaron el cadáver en el carro y lo envolvieron en la loneta. Tú te detienes a pensar en lo surreal de la escena, mientras los tres avanzan por los silenciosos pasillos del edificio del club empujando ese carro, sudando la gota gorda, resacosos, y reparas en la comicidad macabra del momento, en la violenta farsa de trasladar un cadáver. ¿Acaso gozamos con estos episodios porque nos permiten enfrentarnos a las verdades incómodas de nuestro cuerpo? (¿Cómo venimos al mundo? ¿Cómo partimos de él?) ¿Nos reímos de la torpeza con que esos tres individuos trasladan un cadáver porque es un reflejo de tareas más prosaicas? ¿El colchón ingobernable que pesa como un muerto, el esfuerzo entre blasfemias de subir un frigorífico salvando tres peldaños imposibles? Estas preguntas, piensas, nos remiten al inefable enigma del momento de la muerte, un tránsito tan impreciso pero absoluto como el momento en que una niña vuelve el rostro hacia los plomizos cielos y repara en que la lluvia se ha transformado en nieve.

Frente a la cámara frigorífica de la cocina, los tres se quedan dudando.

—¿De verdad os parece lo más indicado? —pregunta James Blake.

—En este momento debemos de estar a unos diecisiete grados de temperatura —contestó su padre—. Si no lo metemos ahí dentro, la cosa se pondrá fea dentro de nada. Y las carreteras podrían seguir cortadas durante días.

—¿No deberíamos avisar con un letrero al menos? —sugirió su hijo—. Por si a alguien de pronto se le ocurre abrir la cámara frigorífica.

—¿Y qué quieres poner? —preguntó McAnnis con cierta irritación—. ¿PROHIBIDO EL PASO: MUERTO EN EL INTERIOR?

—A veces los críos se cuelan ahí, buscando helados —repuso el doctor Blake.

—Si yo fuera un niño y me encontrara ante un letrero así, aún me entrarían más ganas de abrir la puerta —repuso McAnnis, recordando al tropel de chiquillos absortos en el cadáver de Claudia Mayer abajo en el lago—. Metámoslo dentro y ya nos preocuparemos del resto después.

No era una cámara frigorífica de grandes dimensiones y tuvieron que estar un rato recolocando las cajas para hacer sitio. Varios paquetes de carne fueron a parar debajo del carrito. Al final, optaron por un mero PROHIBIDO EL PASO, que pegaron con cinta adhesiva en la puerta de la cámara.

—¿Y si rezáramos una oración por él? —sugirió James Blake.

—¿Y si nos tomáramos una copa? —repuso McAnnis.

*

Métodos homicidas

Disparos. Puñaladas. Ahogamientos. Fuego. Objeto punzante. Veneno. Puños. Patadas. Dentelladas. Estrangulamientos. Asfixia. Defenestración. Explosión. También aquello que los romanos denominaban *damnatio ad bestias* («condena a las fieras»), así como otros métodos menos directos: denegar una medicación, provocar un infarto o una embolia o un suicidio...

El cuerpo humano es frágil, y hay múltiples maneras de morir.

Las novelas de misterio tienden a ser comedidas en lo que respecta al acto mortal en sí: una simple y limpia puñalada, una única herida de bala o, la mejor de todas, un discreto veneno que no deja marcas llamativas en el cuerpo; esas son las técnicas preferidas de la novela policiaca de buen gusto, una tradición que mantuvo la novela negra *hard-boiled* de décadas posteriores. Sin embargo, las «hermanas» de la novela de misterio rara vez son tan parcas en sangre. El narrador del relato «El corazón delator», de Edgar Allan Poe, mata a un anciano y luego oculta el cadáver bajo el entarimado de la habitación, sobre el que mantiene aquella calamitosa conversación final con la policía («¡Arranquen las tablas! ¡Aquí, aquí! ¡Es el latido de su malvado corazón!»). En el relato de Roald Dahl «Cordero al horno», una mujer asesina a su marido golpeándole en la cabeza con una pata de cordero congelada que luego sirve de cena a los policías que investigan el caso, logrando con ello hacerlos cómplices en la eliminación del arma homicida. En «A merced del viento», de Patricia Highsmith, un granjero mata a su vecino y disfraza el cadáver de espantapájaros para esconderlo entre sus campos, donde luego lo descubrirán unos niños el día de Halloween.

Los cuadernos de Agatha Christie nos presentan un verdadero taller forense del crimen, con múltiples propuestas de métodos que, tras ser evaluados en función de su novedad y eficacia, se aceptan o descartan. Christie había trabajado como farmacéutica, por lo que no es de extrañar que el veneno se contara entre sus métodos favoritos. En Estados Unidos el FBI publica regularmente un informe sobre técnicas homicidas, con interminables tablas de estadísticas truculentas que parecen un catálogo de crueldades (la sección «Otras» ofrece un registro particularmente espeluznante de inventiva misántropa). Esas estadísticas confirman algo que Agatha Christie sabía de manera intuitiva: que el envenenamiento, en líneas generales, es un arma femenina. Parejamente, sin embargo, aportan otro dato estremecedor: que el estrangulamiento es una muerte muy común entre mujeres (víctimas, muy a menudo, de un marido o un amante). La discrepancia entre esos dos datos objetivos pone de manifiesto la brutal realidad de la vida doméstica en cuanto a relaciones de género, poder y violencia física, el duro secretismo de la intimidad tras la que los hombres han amado, odiado y asesinado a las mujeres durante siglos.

El asesinato más poético del canon detectivesco podría atribuirse a Dorothy Sayers, que descubrió un ingenioso método homicida valiéndose exclusivamente del repique de campanas, campanas, campanas...

*

Después del desayuno llegaron los interrogatorios. Nos convocaron en la sede del club, y el detective, arrellanado en una butaca de la biblioteca y rodeado de libros y artefactos pertenecientes al pasado de West Heart, nos fue interrogando a uno tras otro. Dado que la línea telefónica estaba cortada, no nos quedó otra forma de compadecernos que calzarnos los chanclos, ponernos el impermeable y arrostrar las lluviosas y deprimentes postrimerías de la tormenta —«Se me ha ocurrido pasar a tomar un café, ¿te importa? Es que estas últimas veinticuatro horas han sido tremendas»—, pero no cabe duda de que en realidad el propósito de esas visitas era averiguar cómo le había ido al otro, qué le había preguntado McAnnis y qué le había contestado. Todos manteníamos la farsa de que nuestro interlocutor no podía ser el asesino, por supuesto que no, tenía que ser otro, y, por supuesto, todos los demás pensaban lo mismo.

La primera fue Jane Garmond.

*

Jane Garmond

P: Siento mucho tener que hacer esto.

R: [...]

P: ¿Cuándo vio a su marido con vida por última vez?

R: Sobre las doce de la noche. Lo llamaron por teléfono y dijo que tenía que acercarse al edificio del club.

P: ¿Quién lo llamó?

R: No lo sé. No lo mencionó.

P: ¿Y usted no le preguntó?

R: No.

P: La tormenta ya estaba en todo su apogeo en ese momento. ¿Le extrañó que John saliera de casa a esas horas?

R: Me dijo que había pasado algo en el edificio del club y que tenía que ir a echar un vistazo. Pensé que sería una filtración de agua o que se habría caído un árbol o algo por el estilo.

P: ¿Y ya no regresó a casa?

R: No. Yo me acosté al poco de que él se fuera.

P: ¿Qué hizo al despertar y ver que John no estaba?

R: Me preocupé, lógicamente. Salí a buscarlo.

P: Su hijo también se encontraba en casa, ¿no es cierto? ¿No la acompañó?

R: Ramsey seguía dormido. No quise despertarlo, aunque debería haberlo hecho. Supongo que estaba aturdida.

P: ¿Por dónde lo buscó?

R: Por todas partes.

P: ¿Miró aquí? ¿En la sede del club?

R: Sí.

P: ¿Ah, sí? ¿Pero no vio... nada?

R: No. Desde nuestra casa, la puerta más cercana para acceder al edificio es la de atrás. La que está cerca de la cocina, lejos del salón principal.

P: ¿Lo buscó por todo el edificio?

R: Sí.

P: Pero en ningún momento miró en el salón principal, ¿no?

R: No.

P: ¿Estaba...? ¿Buscó en las habitaciones de la planta superior?

R: Sí.

P: ¿Porque pensó que podría estar allí?

R: Sí.

P: ¿Lo buscó en alguna habitación en particular?

R: Miré en todas las habitaciones.

P: La persona que llamó por teléfono a John, ¿era un hombre o una mujer?

R: No lo sé.

P: Siento verme obligado a hacer estas preguntas.

R: Lo entiendo.

P: ¿No despertó a su hijo para que la acompañara a buscar a John porque pensó que su marido podría estar con otra mujer?

R: En parte, sí.

P: ¿Con quién?

R: [...]

P: ¿Quién sospechaba que era la otra mujer? Insisto, si pregunto estas cosas es porque considero que son pertinentes.

R: Creo que dada la deriva que ha tomado esta conversación, debo apelar a mis derechos como apenada viuda que acaba de perder a su marido, y rogarle que, si es tan amable, pase a la puñetera pregunta siguiente.

P: Entendido. Descuide. ¿Quiere que le traiga algo? ¿Un vaso de agua?

R: Un café no me vendría mal.

P: ¿Con un chorro de algo?

R: De lo más fuerte que tenga.

P: ¿... discusión sobre West Heart?

R: No, John no solía hablar mucho de sus funciones en el club. Como ya le dije, no tiene mucha ciencia. Papeleo. Reuniones.

P: ¿Había hecho algo, en calidad de presidente del club, que pudiera haber molestado a alguien?

R: Nadie iba a matar a John porque vetara la apertura de otra pista para el senderismo.

P: Por supuesto que no. Pero puede que hubiera tiranteces por otros motivos, ¿no? Esa posible venta del club, sin ir más lejos.

R: Mentiría si le dijera que no había cierto malestar. No todo el mundo ha sabido gestionar igual de bien su dinero. Algunos necesitan liquidez.

P: Interesante respuesta.

R: Comprendo que le interese.

P: Aquí parecen todos tan... acomodados.

R: Esto es como un pueblo Potemkin. Nada es real. La gente habla y se comporta como si le sobrara el dinero, mientras por detrás está vendiendo las joyas de la abuela.

P: Deduzco, pues, que usted y John no tienen apuros económicos, ¿no?

R: Somos austeros. Y más listos. O, al menos, más reacios a correr riesgos. No invertimos en negocios turbios. No perdemos dinero en el juego.

P: ¿En West Heart se juega?

R: Claro.

P: ¿Quién?

R: Hay partidas de póquer, de madrugada. Y se apuesta alto, por lo que tengo entendido. Solo los hombres, aunque sospecho que Susan participa de vez en cuando.

P: ¿Su hermano juega?

R: ¿Por qué lo pregunta?

P: Hemos hablado del tema. Tiene proyectos en mente, para West Heart.

R: Estoy al tanto, sí.

P: ¿Y?

R: Reg piensa mucho. Demasiado. Para mí que solo ve el dineral que se mueve en Las Vegas, y piensa que por qué no va a poder él hacer lo mismo.

P: ¿Va a Las Vegas a menudo?

R: Va. No sé lo que usted entenderá por «a menudo».

P: ¿Y Reginald invierte también en «negocios turbios»?

R: ¿Qué relevancia tiene todo esto?

P: Seguro que ninguna. Disculpe.

P: ¿John parecía preocupado por algo últimamente? ¿Se comportaba de un modo distinto?

R: No.

P: ¿Qué le contó sobre su percance durante la batida?

R: Estaba bastante afectado, cómo no. Al fin y al cabo, le habían pegado un tiro. Y, cómo no, Duncan se sentía muy culpable.

P: ¿Lo acompañó usted al hospital?

R: Sí, fuimos Ramsey y yo. Lo llevamos al servicio de Urgencias de Middletown. Conduje yo. Ocho puntos y listo. Pero tardamos una eternidad. Pero claro que cazar en esta época del año es de tontos, además de ilegal. Es una especie de tradición para los Garmond. Al decir John que había sido un accidente sin importancia, el ayudante del comisario lo creyó, cómo no.

P: ¿John estaba resentido con Duncan por algo?

R: No. ¿Por qué habría de estarlo? Fue un accidente.

P: ¿Eran amigos?

R: Sí, íntimos. De toda la vida, en realidad. Venían aquí desde pequeños.

P: Igual que usted.

R: [¿...?]

P: La cicatriz.

R: Claro. No recordaba habérselo contado.

P: ¿Le importa si le pregunto por Claudia Mayer?

R: No. Aunque no veo qué relación puede tener con lo de John.

P: Ninguna, probablemente. Pero tanta coincidencia me escama. Dos tragedias, tan seguidas... Merece la pena indagar un poco.

R: Claro.

P: ¿Conocía usted bien a Claudia Mayer?

R: Bastante bien, diría yo. Hace años que nos conocemos, desde que se casaron, aunque en realidad solo nos veíamos en verano y por fiestas.

P: ¿Le sorprendió que se suicidara?

R: [...]

P: Lo siento, pero es mi deber preguntar.

R: Supongo que no me sorprendió. No mucho, la verdad.

P: ¿Por qué?

R: Parecía lógico. Todo el asunto con los Caldwell..., Claudia nunca llegó a superarlo. Y, claro, encima ver a su hijo cojeando por ahí, día tras día, como un recordatorio permanente... Además...

P: ¿Sí?

R: Claudia tenía problemas con el alcohol y las pastillas. Como todos, por otra parte.

P: ¿Su matrimonio iba bien?

R: Ni mejor ni peor que el de cualquiera, probablemente.

P: ¿Y el de usted cómo iba?

R: [...]

R: Qué rápido pasamos al pretérito, ¿no?

P: Perdone.

R: Yo quería a John, si se refiere a eso.

P: No es lo mismo.

R: No, no lo es. También nosotros habíamos tenido nuestras crisis, a lo largo de los años. Pero siempre las superamos.

P: ¿Puedo preguntarle por Ramsey?

R: ¿Qué quiere saber de él?

P: ¿Se quedó levantado cuando usted se acostó? ¿O se fue a dormir a la misma hora que usted?

R: ¿Quiere saber si mi hijo puede corroborar mi coartada en el asesinato de mi marido?

P: Si prefiere verlo así...

R: ¿Por qué no le pregunta usted mismo?

P: Tendré que hacerlo, por supuesto. Otra pregunta: ¿dónde estuvo usted el jueves por la noche?

R: En ningún sitio. En casa.

P: ¿Toda la noche?

R: Sí.

P: Ah, ya para terminar...

R: ¿Sí?

P: Anoche, junto a la hoguera..., cuando rompió a cantar. Fue muy bonito.

R: Gracias. No suelo hacerlo a menudo, ya no.

P: ¿Y por qué anoche sí?

R: No sabría decirle, francamente. Me dio por ahí. A lo mejor me inspiró el fuego. O la tormenta que estaba al caer.

P: ¿O la tragedia ocurrida en el lago?

R: Sí. Eso también.

P: Puccini era, ¿no es cierto?

R: Sí. Era el aria «Un bel dì», que quiere decir «Un bonito día».

P: ¿Por qué eligió esa pieza en particular?

R: Quién sabe por qué hace uno las cosas. Seguí el dictado de mi corazón.

P: Hemos terminado, señora Garmond.

*

Reginald Talbot

R: Ahí tiene.

P: ¿Qué es esto?

R: Los registros contables. Los libros. Ambos.

P: ¿Qué quiere que haga con ellos?

R: ¡Si me los pidió usted!

P: Yo no soy contable. No sé interpretarlos. Para mí sería un galimatías.

R: Entonces, ¿para qué me los pidió?

P: En realidad no necesitaba verlos físicamente. Solo quería que usted me confirmara que existían.

R: [...]

P: ¿Cómo ha dicho?

R: Que es un cabrón, no sé si lo sabe.

P: Empecemos por el incidente durante la batida. Usted formaba parte de la cuadrilla, ¿no es cierto?

R: Sí, junto con Ramsey Garmond y Duncan Mayer.

P: ¿Estaba usted con John?

R: Estaba cerca. Oí el disparo, seguido de unas voces.

P: ¿Voces o gritos?

R: Creo entender por dónde va. Voces. No de pánico y tal. No sé. En ese momento estaba distraído, acababa de ojear un ciervo.

P: ¿Las parejas de caza son siempre las mismas o se van mezclando?

R: Nos mezclamos, según quién ande por el club. Cambian cada año. John siempre participa, claro. Y Ramsey, cuando está por aquí.

P: ¿Y ese día? ¿Quién eligió las parejas?

R: ¿Qué quiere decir?

P: Quiero decir que... que si Duncan le pidió a John que fuera de pareja con él.

R: ¿Insinúa que Duncan planeó ir con John para poder dispararle? ¿No hubiera resultado demasiado obvio?

P: La caza es un deporte peligroso. Los accidentes deben de estar a la orden del día. En fin, ¿Duncan solicitó ir de pareja con él?

R: No lo recuerdo. Creo que sí. Sí.

P: ¿Duncan tiene buena puntería?

R: Puntería tenemos todos. Esto es un club de caza.

P: Se lo diré de otro modo: ¿diría usted que por lo general acierta en el blanco?

R: Supongo, sí.

P: ¿Qué aspecto tiene John Garmond?

R: ¿Cómo?

P: ¿Tiene aspecto de ciervo?

R: ¿Qué demonios...?

P: ¿O de oso?

R: No, no lo tiene.

P: ¿No le parece mucha casualidad que dispararan dos veces contra la misma persona en días sucesivos?

R: Sí, evidentemente.

P: Es posible que un asesino novato necesitara un día para «practicar», para saber qué se experimenta, para poner a prueba sus arrestos antes de comprometerse al disparo mortal, ¿no?

R: No lo sé. Usted es el experto. Aunque no considero a Duncan Mayer capaz de planear un asesinato a sangre fría.

P: O sea, ¿que en caliente sí sería capaz? ¿Presa de un arrebato? ¿Si llevara una escopeta en la mano y su enemigo se cruzara por casualidad en su mira?

R: No lo sé.

P: Otra hipótesis. Supongamos que el homicida perpetrara el crimen porque se le presentó la oportunidad, porque cayó en la cuenta de que ese primer disparo crearía un sospechoso inmediato para el segundo. Y que, muy posiblemente, le echarían la culpa a Duncan Mayer.

R: ¿Y destrozar con ello la vida de un inocente? Qué horror.

P: También lo es asesinar. Aunque es evidente que solo un necio mataría a alguien a escondidas después de haber errado el tiro en público el día anterior. A menos que corriera ese riesgo por desesperación. Si Duncan Mayer no es el asesino, dudo que el verdadero homicida pensara que esta trama se sostendría. Aunque crea confusión, desde luego.

P: ¿Dónde estuvo anoche, después de los fuegos artificiales?

R: Me fui a casa. Pasé toda la noche allí.

P: Está usted casado, ¿verdad?

R: Sí. Pero Julia no ha venido. Se fue a pasar el fin de semana a casa de su madre. Puede que sea la última vez que vaya a verla antes de dar a luz.

P: Entonces, ¿nadie puede confirmarnos dónde estaba?

R: Supongo que no. ¿Es un problema?

P: No tiene por qué.

R: Yo no maté a John Garmond.

P: No le he preguntado si lo hizo. ¿La cabaña vecina a la suya está libre en este momento?

R: Sí.

P: Pero este fin de semana la ocupa el señor Gold.

R: Sí. Es lo que suelen hacer los socios aspirantes, siempre hay alguna libre en el recinto. La gente se mueve de un lado para otro, vende sus propiedades y demás.

P: ¿Vio algo anoche en esa cabaña que le llamara la atención?

R: No.

P: Si el señor Gold hubiera salido de ella en algún momento, ¿se hubiera percatado?

R: No creo. No me entretuve mirando por la ventana; no había nada que ver. La tormenta iba de mal en peor.

P: Esto es todo, señor Talbot. Por el momento. Ah, y pensándolo bien, mejor si deja aquí esos libros.

*

Duncan Mayer

P: Gracias por venir. No puedo ni imaginar lo duro que todo esto tiene que ser para usted.

R: No se preocupe.

P: Perder a su mujer y a su mejor amigo en un mismo fin de semana; una auténtica tragedia. Y una coincidencia casi increíble.

R: ¿Insinúa que no se lo cree?

P: Yo solo digo que no todo el mundo tendría la entereza suficiente para hablar conmigo hoy.

R: ¿Acaso tenía alternativa?

P: Siempre tenemos alternativas, doctor Mayer. Todos.

R: ¿Ah, sí? Si me hubiera negado a venir, ¿qué impresión habría dado? ¿Qué habría pensado Jane? ¿Y Ramsey? ¿Y Otto?

P: No lo sé. ¿Qué habrían pensado?

R: Vaya usted al grano, detective.

P: Empecemos por la mañana de ayer.

R: Pero a John lo mataron anoche.

P: Solo pretendo averiguar los movimientos de todos hasta el momento de los hechos.

R: [...]

P: ¿Cómo empezó el día para usted?

R: Me desperté temprano, antes del amanecer. Para salir de caza, como ya sabe.

P: ¿No reparó en que su esposa no estaba en la cama?

R: Dormimos en habitaciones separadas.

P: ¿Desde cuándo?

R: No hace mucho.

P: ¿Días? ¿Semanas? ¿Años?

R: Solo unos meses.

P: ¿Y por qué motivo?

R: [...]

P: [...]

R: No lo sé.

P: Yo creo que sí lo sabe.

R: ¿Ha estado casado alguna vez?

P: No.

R: Puedes llevar mucho tiempo casado y no conocer a tu pareja. Conocerla de verdad.

P: Declaró ante el comisario que no había encontrado ninguna nota de despedida.

R: Así es.

P: ¿Era verdad?

R: Sí.

P: Perdone la pregunta, pero... ¿fue una sorpresa?

R: Fue un shock, pero no una sorpresa.

P: ¿Y eso por qué?

R: Claudia siempre había sido... problemática.

P: Emocionalmente.

R: Sí. No llegué a comprender el alcance de su trastorno hasta que nació Otto. Era incapaz de cuidar de él. No lo cogía en brazos, no le daba de comer. Se pasaba el día llorando, más que Otto si cabe. Así durante meses y meses.

P: Tiene que haber sido difícil.

R: Mucho. Claudia fue mejorando, con el tiempo. Nunca llegamos a hablarlo de verdad. Pero, a partir de entonces, empezó a sufrir episodios de..., no sé cómo describirlos. Entraba en una especie de catatonia que podía durar horas e incluso días. Así año tras año, durante toda la vida de Otto. Pero fue a peor después del accidente.

P: El accidente en el que Trip Caldwell perdió la vida.

R: Sí. Y para colmo la muerte de Amanda... Se le cayó el mundo encima, como es lógico.

P: ¿Buscó ayuda en algún momento?

R: Fue a ver a montones de psiquiatras. Tomaba pastillas, de todo tipo. Incluso encontró la fe, por un tiempo. Nada surtía efecto. Al final, acabó dándose a la bebida.

P: Tiene que haber sido muy duro para su hijo. De niño.

R: Otto tenía una vaga idea de que su madre no era como las demás. Pero es increíble lo ensimismados que viven los niños. No ven a sus padres como personas de carne y hueso. Hasta después de la universidad, del accidente, no cayó en la cuenta de lo mal que estaba su madre. Por otra parte, él y yo siempre estuvimos muy unidos. Supongo que algo bueno salió de todo eso.

P: ¿Claudia había mencionado alguna vez que... que quisiera poner fin a todo?

R: No.

P: Es sorprendente.

R: ¿Ah, sí?

P: Las personas que toman esta determinación... suelen darle vueltas a la idea durante mucho tiempo, antes de dar el paso. Se obsesionan con ello. Aunque la decisión, cuando llega, puede ser muy repentina.

R: Para alguien que al parecer está investigando un asesinato, pregunta usted mucho por un suicidio.

P: Cuando Claudia encontró la fe, ¿por qué religión se decantó?

R: Volvió a hacerse católica. Se había criado en el catolicismo. Le gustaba la solemnidad de los rituales. Creo que todo lo que tiene de lúgubre y esotérico iba mucho con ella.

P: Si su mujer se hubiera pasado al budismo, tal vez hubiese conocido la parábola de los ciegos y el elefante. Cada ciego pone la mano en una parte diferente del animal: la trompa, el costado, la cola, etcétera. Y, evidentemente, cada uno describe a un animal distinto.

R: ¿Qué pretende decir con eso?

P: Que todo detective es susceptible de ser engañado si su investigación se centra en una sola parte del misterio.

R: ¿Y por eso me pregunta tanto sobre Claudia?

P: ¿Cuándo fue la última vez que la vio con vida?

R: La noche anterior. Me acosté temprano, porque tenía que madrugar. Estaba en el porche.

P: ¿Qué estaba haciendo?

R: Beber. Y contemplar el lago.

P: ¿Pasó usted toda la noche en casa?

R: Sí.

P: ¿Dónde estaba su hijo?

R: No estoy seguro. Había salido. Cuando estamos de fiestas, por las noches siempre hay alguna juerga o alguna timba en casa de alguien.

P: ¿Cree usted posible que no se tratara de un suicidio?

R: ¿A qué viene esa pregunta?

P: Mi deber es preguntarlo todo. Sé lo de los Caldwell. El accidente de coche, la tragedia con la mujer. Presencié el incidente con Alex Caldwell cuando lo de su perro. El hombre tiene motivos fundados para odiarles, tanto a usted como a su esposa, ¿no le parece?

R: Sí. Pero... no lo veo. De verdad que no lo veo.

P: Volvamos a ayer por la mañana. A la cacería. Le ruego que me cuente todo lo que sucedió antes de que nos encontráramos en la sede del club.

R: Quedamos junto al puente.

P: Los cuatro.

R: Sí. John, Ramsey, Reg y yo. A unos cuatrocientos metros del puente, adentrándote en el bosque, hay campos llenos de bayas. Las plantó allí el propio club, hace ya años, para atraer a osos y ciervos. Una vez allí, nos dividimos en parejas y empezamos la batida.

P: ¿Cómo se decidieron las parejas?

R: No lo recuerdo.

P: Continúe.

R: John se detuvo en un puesto de observación de ciervos, y yo decidí ir bordeando el campo. Unos veinte minutos después, vi que algo se movía entre los arbustos y...

P: Disparó.

R: Sí.

P: ¿Cuándo se dio cuenta de que era John?

R: Casi al instante. Se puso a dar voces y corrí hacia allí. Al minuto aparecieron los otros dos. Lo ayudamos entre todos a volver a la camioneta, y luego salimos zumbando hacia la sede del club. Donde nos encontramos con usted.

P: ¿Por qué no llevarlo directamente al hospital?

R: Está lejos. A más de treinta kilómetros de distancia. John necesitaba una cura urgente. Y ya vi que la cosa no era grave, que se recuperaría. Él no dejaba de disculparse.

P: ¿Disculparse por qué?

R: Salió del puesto de observación sin avisar. Luego se adentró en la zona de tiro, buscándome.

P: Pues tuvo usted suerte de tener mala suerte.

R: Desde luego.

P: Y John también. También tuvo suerte, quiero decir. Al menos por unas horas. ¿Está seguro de que fue usted quien efectuó ese disparo?

R: Sí.

P: ¿Es posible que le disparara alguno de sus dos compañeros?

R: No estoy seguro, pero no creo.

P: ¿No oyó otro disparo?

R: No lo recuerdo.

P: ¿Dónde estuvo usted anoche?

R: En casa, con Otto.

P: ¿Solos los dos?

R: Sí. Antes tuvimos visitas. John y Jane. Meredith Blake. Y algunos más. Venían a traernos comida. Y a darnos el pésame. Al final, les pedí a todos que se fueran a su casa.

P: ¿Qué hicieron el resto de la noche?

R: ¿Qué íbamos a hacer? Estuvimos charlando un poco. Bebimos, lloramos. Los demás estaban todos en la hoguera. Al rato, ni siquiera soportábamos nuestra respectiva compañía y nos retiramos cada uno a su cuarto. Luego cayó la tormenta.

P: ¿Y se quedaron en casa toda la noche?

R: Sí.

P: ¿Hizo alguna llamada? Antes de que se cortara la línea telefónica.

R: No.

P: ¿Se le ocurre algún motivo por el que alguien quisiera matar a John Garmond?

R: No.

P: ¿Lo mató usted?

R: No.

P: ¿Mató usted a su mujer?

R: No.

*

Alex Caldwell

P: Anoche no vino usted a la hoguera.

R: No.

P: ¿Dónde estuvo?

R: En mi casa.

P: ¿Hay alguien que pueda corroborarlo?

R: Vivo solo, como ya sabe.

P: Cierto. ¿Y la noche anterior?

R: ¿El jueves? Fui a Middletown. A la taberna de Jake.

P: ¿Para qué?

R: No me apetecía beber solo.

P: ¿A qué hora salió de aquí?

R: A medianoche.

P: ¿Hay alguien que pueda confirmarlo?

R: Jake, probablemente. ¿Por qué me pregunta por la noche del jueves? A John lo mataron anoche.

P: Lo más probable es que Claudia Mayer falleciera la noche del jueves.

R: [...]

R: Alguien capaz de matar un perro, también podría matar a una persona. ¿Es eso lo que insinúa?

P: ¿Estaba usted resentido con los Mayer, por lo del accidente?

R: Sí.

P: ¿Los culpaba de la muerte de su hijo?

R: Culpaba a Otto, que era quien iba al volante.

P: ¿Y a quién habría que culpar del suicidio de su mujer?

R: A ella. A mí. A ellos. Si quiere que le diga la verdad, a toda la maldita raza humana. ¿Puedo irme ya? ¿Necesita algo más?

P: Solo unas preguntas más. Volviendo a John Garmond: ¿se le ocurre algún motivo por el que alguien pudiera desear su muerte?

R: Quizás algo relacionado con la venta del club. Suponiendo que él se opusiera y otros quisieran o necesitaran vender. O puede que algún marido celoso.

P: ¿John tenía una aventura amorosa?

R: Qué forma tan grandilocuente de decirlo. Es probable. No dispongo de información de primera mano.

P: ¿No le preocupa difamar con tanta ligereza a los muertos?

R: Yo apreciaba a John. Siempre fue franco conmigo. Pero él también se había contagiado del espíritu de la época, como todos nosotros. Todos hemos levado anclas. Ahora ya solo navegamos a la deriva, sin rumbo. Y para colmo se nos ha echado encima la tempestad, ¿no?

*

Vimos al detective a eso de las doce del mediodía, guarecido de la lluvia bajo el alero del porche, fumando un cigarrillo entre un interrogatorio y otro. Al pasar, todos lo saludamos con un gesto dubitativo de la mano; luego comparamos opiniones. ¿Qué aspecto tenía? ¿Se le veía preocupado? ¿Seguro? Emma Blake fue la única que interrumpió su soledad, para gorronearle un cigarrillo con toda desfachatez.

—No es exactamente lo que esperabas, ¿verdad? —le preguntó.

—¿A qué te refieres?

—Cuando James te invitó a venir.

—No —dijo McAnnis—. No exactamente.

—Sabes que, en realidad, no tienes por qué hacerlo.

—Alguien tendrá que hacerlo.

—¿Y tienes que ser tú?

—Alguien.

—¿De verdad crees que uno de nosotros es el asesino?

—Eso parece, sí. Y quizás reincidente.

—¿Por lo de Claudia lo dices? ¿Guarda alguna relación con lo de John?

—Es posible.

—¿Has averiguado algo?

—Sí. Creo que sí. Los datos se acumulan. Hay pistas que se atraen como imanes, y otras que se resisten a la interpretación. Todavía no he acabado de atar todos los cabos. La experiencia me dice que hay que andar con pies de plomo para no establecer falsas conexiones. A veces las coincidencias no son más que eso, coincidencias. La mente humana anhela hasta tal punto el orden que a veces se lo inventa, pero, en realidad, solo existe el caos. E incluso cuando ya dispones de la información al completo, resulta difícil distinguir al culpable del inocente.

—¿Qué quieres decir?

—Te voy a plantear un viejo enigma —dijo McAnnis—. Es una especie de parábola.

—¿Una parábola? —repitió Emma Blake escéptica—. Pero ¿tú qué eres, un cura o qué?

—Solo un aprendiz de filósofo, o un filósofo convaleciente —dijo McAnnis—. En fin, escucha: supongamos que un individuo llamado White está a punto de emprender una travesía por el desierto. Su enemigo, Black, le envenena la cantimplora que lleva en la mochila. Después, otro enemigo, Blue, le roba dicha cantimplora, sin saber que el agua que contiene está envenenada. ¿Me sigues?

—Te sigo.

—White descubre el robo ya en pleno desierto y muere de sed. Mi pregunta es la siguiente: ¿quién es el culpable de la muerte de White? ¿Blue? ¿O Black? ¿Ambos? ¿O ninguno?

—Tiene que ser Blue —respondió Emma Blake—. Él fue quien le robó la cantimplora. White murió de sed.

—Pero ¿no crees que, a fin de cuentas, lo que hizo Blue fue postergar la muerte de White? Si no le hubiera robado esa cantimplora, seguro que White habría dado un sorbo del agua que Black había envenenado mucho antes, y habría muerto de eso.

—Entonces el culpable es Black.

—Black utilizó el veneno como arma homicida; sin embargo, White murió de sed.

—Entonces, ¿ninguno de los dos?

—Veamos: la conexión de Black con la muerte se vio cercenada por el hurto de Blue. En cuanto a Blue, ¿podemos calificar de homicidio el hecho de evitar que alguien beba un veneno?

—Pero ambos tenían intención de matarlo.

—En efecto. Sin embargo, una «tentativa» de homicidio lleva implícita la idea de fracaso —arguye McAnnis—. Existe un superviviente del acto. White, sin embargo, está muerto.

—Entonces, ¿quién mató a White?

—Ese es el enigma. Tenemos un asesinato, pero no un asesino.

Emma Blake se quedó pensando un momento.

—Ya sé quién mató a White —dijo por fin, tras exhalar una bocanada de humo.

—¿Quién?

—El propio White. ¡Fue culpa suya, por tener tantos enemigos!

McAnnis sonrió con aire fatigado.

—Someteré esa solución a la academia.

Emma Blake apagó el cigarrillo en los barrotes del porche. A través de los árboles y la lluvia, se divisaba un parque infantil, con su balancín, sus columpios y su tobogán, todos ellos medio hundidos en el fango, y más allá, West Heart Kill, todavía agitado y turbulento, un manso riachuelo de pronto desbocado. Escucharon el tamborileo de la lluvia sobre las hojas y el agudo repiqueteo del agua que caía sobre las tapaderas metálicas de los cubos de basura en la parte trasera del edificio.

—Curiosa tu parábola, pero muy abstracta —dijo Emma Blake finalmente—. La vida real es otra cosa. Al fin y al cabo, alguien tuvo que disparar contra John Garmond. Y si estás en lo cierto, alguien tuvo que ahogar a Claudia Mayer.

—Ya se verá —dijo McAnnis.

*

«La parábola de Flitcraft», de Dashiell Hammett

A la mitad de *El halcón maltés,* Dashiell Hammett interrumpe la narración para que Sam Spade le cuente a la mujer fatal de la novela, Brigid O'Shaughnessy, una breve y peculiar historia que se ha dado en llamar «La parábola de Flitcraft». La historia, en resumen, es la siguiente: una mujer contrata a Spade para que busque a su marido, Charles Flitcraft, desaparecido hacía cinco años tras salir de su agencia inmobiliaria en la ciudad de Tacoma. Detrás dejaba esposa, dos hijos y un negocio boyante. No se le conocían problemas económicos ni aventuras extraconyugales. Había sido, según los estándares estadounidenses, un hombre feliz. Hammett dice por boca de Spade: «Desapareció sin dejar rastro, como un puño al abrir la mano». El detective finalmente localiza a Flitcraft, instalado en Spokane con otra mujer, otro hijo, otro negocio y otro nombre: Charles Pierce. Spade lo aborda y Flitcraft le explica que un día, visitando unas obras en Tacoma, había estado a punto de perecer aplastado por una viga. Ese roce con la muerte produjo una revelación: Flitcraft comprendió que la vida, que él creía regida por la lógica y el orden, en realidad estaba completamente dominada por el azar. Él quería a su familia, pero no podía continuar viviendo como había hecho hasta el momento, fingiendo que el universo no era un ente absurdo y arbitrario. Convencido de la sensatez de su decisión, había deambulado durante varios años por la costa del Pacífico antes de instalarse en Spokane, donde al final había terminado por estancarse en el mismo tipo de vida. Hammett escribe, con la voz de Spade: «... esa es la parte que siempre me gustó. Se adaptó a las vigas que caían, y cuando dejaron de caer, se adaptó a que no cayeran».

Sam Spade concede mucha importancia a esa historia. La cuenta con precisión, repitiendo ciertos detalles para no dejar ningún cabo suelto, sin preámbulos ni explicaciones de ningún tipo sobre la relevancia que pudiera tener en el conjunto de la novela. Finalizado el relato, ni Spade ni Brigid O'Shaughnessy vuelven a mencionarla.

Los reseñistas han elucubrado sobre la clase de mensaje que Spade intentaba transmitirle a su mujer fatal, si es que lo había; otros han querido ver en él posibles guiños a la obra del filósofo Charles Peirce; los estilistas han apreciado su tono seco y fatalista, así como la perfección de sus detalles (las ciudades mencionadas, ambas en el estado de Washington, podrían ser intercambiables); la crítica literaria se ha empeñado en demostrar que la historia recuerda o prefigura otros giros inesperados de la novela. Nada de todo ello parece convincente. Tal vez no demos crédito a esas respuestas porque no se han formulado las preguntas adecuadas.

El misterio de esta parábola no es el motivo por el que Sam Spade le concedió tanta importancia, sino por qué se la concedió Dashiell Hammett.

En 1930, cuando publicó *El halcón maltés,* la carrera de Hammett como novelista ya casi había tocado a su fin. Bebía desde hacía años, y su salud estaba bastante deteriorada a consecuencia de la tuberculosis, que había contraído en Europa mientras prestaba servicio como conductor de ambulancias en la Primera Guerra Mundial; la enfermedad lo dejó tan debilitado que, a la vuelta, no pudo retomar su empleo en la agencia de detectives Pinkerton. Su educación formal había concluido a los trece años. Tiempo después, pasaría cinco meses en la cárcel por su vinculación con los comunistas. En las últimas décadas de su vida, Hammett, mujeriego empedernido y propenso a infecciones recurrentes de gonorrea, vivió un *affaire* tempestuoso (nunca contrajeron matrimonio) con la dramaturga Lillian Hellman (de quien Mary McCarthy dijo en una ocasión, con célebre displicencia, que no había escrito una palabra en su vida que no fuera mentira, incluyendo conjunciones y artículos). La última novela de Hammett, *El hombre delgado,* publicada en 1934, cuenta la historia de una pareja de detectives, marido y mujer, cuyas características predominantes son el ingenio y una adicción al alcohol tan frívola como devastadora (la de Hammett no tardó en derivar en impotencia). Malvivió durante años, sumido en la pobreza e instalado durante un tiempo en una cabaña rural del estado de Nueva York. Finalmente, fue un cáncer de pulmón lo que se cobró su vida en 1961, a la edad de sesenta y seis años.

Obviamente, Hammett ignoraba todo lo anterior cuando se inventó la figura de Charles Flitcraft. Aun así, debió de presentir su suerte. Él ya había rechazado la vida en la que Flitcraft había nacido y a la que había regresado. Los estragos de la guerra, la enfermedad y la cárcel ya le habían enseñado las lecciones que Flitcraft aprendió gracias a aquella viga que había estado a punto de matarlo.

Se podría conjeturar que Hammett concibió esa parábola para justificarse a sí mismo. El personaje de Charles Flitcraft encarna la crítica de todo lo que Hammett había rechazado en su vida y en su obra. Su abandono cruel y despreocupado del hogar, así como la igualmente cruel y despreocupada creación de otra familia, representan la censura del autor contra esos seres en apariencia satisfechos a los que él observaba a diario, yendo y viniendo de casa al trabajo y del trabajo a casa, desde los ventanales de la taberna.

Esta explicación puede tener su lógica, pero no parece del todo satisfactoria. No nos queda, pues, sino seguir aventurando hipótesis y proponer que la historia era un misterio incluso para el propio Dashiell Hammett. Charles Flitcraft le fascinaba por razones que no alcanzaba a comprender. Bajo la parábola late un pulso anhelante: Hammett escribe sobre un hombre que vislumbró la aterradora indiferencia del universo, su burla cósmica de la insignificante vida humana, pero que, con el correr del tiempo, logró recuperar la felicidad. Y esa angustia, viniendo de un escritor que, apenas alcanzada su cuarta década de vida, ya estaba enfermo, viejo y desahuciado, es lo que da vigor a la parábola.

No hay respuestas para un misterio de esta índole, solo preguntas. En última instancia, nos queda la duda de si Dashiell Hammett no inventaría a Charles Flitcraft movido más por la envidia que por la ira o el rencor.

*

Adam McAnnis avanza por el pasillo vacío y silencioso de la planta superior del club, fumando un cigarrillo de marihuana; a su paso va abriendo las puertas que no tienen la llave echada. Cuando llega a la habitación 302 se detiene para contemplar la cama, con las sábanas ya limpias, cambiadas y remetidas por Mary, la camarera. Da una calada y continúa pasillo adelante; deja a un lado una gotera en el techo que ha empezado a formar un pequeño charco en la moqueta —alguna filtración en el tejado— y entra en la habitación 312. Sus ventanas dan al *kill*, ese riachuelo por el que solo suele fluir un hilo de agua y que ahora corre sucio y turbulento. Esa cama tampoco revela nada. ¿Qué va buscando? No lo sabes, y él tampoco, al parecer. Abre cajones sin ton ni son, husmea en la papelera, corre la cortina de la ducha... Quienquiera que hubiera estado allí el jueves por la noche no dejó ninguna pista, o si la dejó, Mary, la camarera, cuenta ya con una nueva prenda en su armario; y quizás, piensas tú, también con una nueva arma para el chantaje.

El detective estira las piernas e intenta despejarse después de una mañana de interrogatorios y de romperse la cabeza dándole vueltas al caso. Por el momento, lo más interesante que tiene, piensas, es esa llamada a medianoche que había recibido John Garmond. Supuestamente, quien llamaba era el asesino o el cómplice de este, para arrastrarlo a la sede del club. Esa persona, por otra parte, debía de confiar en que John no le contaría a su mujer quién llamaba. Lo que sugiere que compartían un secreto. Cuando descubriera quién había sido, tendría al asesino.

Otra hipótesis: puede que no se efectuara ninguna llamada y que Jane Garmond mintiera. Pero ¿por qué iba a hacerlo? Y en ese caso, ¿por qué, entonces, se presentó John Garmond en la sede del club? ¿Acaso fue allí a esas horas, en plena tormenta, porque su mujer lo engatusó? ¿O porque se inventó algún recado urgente que requería la presencia de ambos? Imaginas la escena: John Garmond entra en el salón principal del club y no encuentra lo que se supone que va buscando; confundido, va a darse la vuelta, pero en ese momento la bala le vuela la parte trasera de la cabeza; muere sin saber que ha sido su mujer quien ha apretado el gatillo...

O: Jane Garmond espera a que su marido salga de casa, con la linterna en la mano, arrostrando la lluvia, y luego levanta el auricular del teléfono. «Va hacia allí», puede que dijera. «No pierdas los nervios.»

O:

O:

O:

Y: luego está el asunto de Claudia Mayer. ¿Fue un suicidio o un homicidio? ¿La mató su marido, por razones que desconocemos? No le habría sido muy difícil. Todo el mundo sabía que la señora Mayer abusaba de las pastillas y el alcohol; puede que Duncan Mayer esperara a que se quedara amodorrada, que luego cargara con su cuerpo inconsciente hasta la camioneta y, aprovechando la oscuridad, lo trasladara a la caseta del lago, donde le esperaba una pila de piedras con las que llenarle los bolsillos de la bata, y luego le diera un empujoncito hacia la leve corriente que la arrastraría hasta la presa... O puede que, de ser un hombre con peores entrañas todavía, le sumergiera la cabeza en el agua primero, para rematar la jugada.

O: la mató Alex Caldwell, por lástima y por venganza. En ese caso, la logística es más complicada. Habría tenido que convencerla para encontrarse con ella de noche en el lago, quizás con la promesa de un acercamiento, de sanar viejas heridas: ¿habría bastado con eso? ¿Y cómo habría hecho para cerciorarse de que Claudia no se lo contaba a su marido?

O: Claudia Mayer se suicidó a consecuencia de algún ultraje del que todavía no hemos tenido conocimiento.

O: Claudia Mayer se mató por los mismos motivos, no por sabidos menos incomprensibles, que han desembocado en el suicidio desde hace milenios: la depresión, la tristeza, la desesperanza, la desesperación.

O:

O:

O:

Tú sabes que este es el momento de la novela en que todas las semillitas empiezan a brotar y florecer: pues bien, parafraseando a Mao, que mil móviles florezcan...

Es mucha información que asimilar. Supones que los lectores de más edad harán anotaciones al margen o incluso llevarán un registro aparte de las pistas y predicciones. Tú no eres esa clase de lector. Sin embargo, disfrutas con el enigma. Dicen que las novelas de misterio solo se leen una vez, pero no es tu caso. La segunda lectura ofrece sus propios placeres y trampas: la satisfacción de reconocer esa pista arteramente colocada, la sorpresa al descubrir algo que pasaste por alto la primera vez, la decepción tardía por la obviedad excesiva de esa clave o esa insinuación. Evidentemente, existe otra emoción posible: la exasperación, ya mediada la lectura de un libro que te has encontrado en una casa de veraneo o en un aeropuerto, al caer en la cuenta de que ya lo habías leído, pero no recuerdas ni el quién ni el qué ni el cómo ni el porqué, solo que es probable que el culpable sea el Coronel X o el Profesor Y, pero nunca, jamás, el mayordomo.

Adam McAnnis ha ido a la planta baja y entra en la cocina vacía. Supones que estará buscando pistas, pero de pronto empieza a sacar cosas de un frigorífico. Se sirve un vaso de limonada, se prepara un sándwich —reprimes un escalofrío— con el cadáver, ya congelado por completo en el interior de la cámara frigorífica, a solo unos pasos de distancia.

Está comiendo solo, sentado en un taburete delante de la encimera metálica de la cocina. Echa un vistazo al reloj. Se bebe la limonada de un trago. Termina de comer deprisa y corriendo. La próxima ronda de interrogatorios debe de estar a punto de comenzar.

*

Susan Burr

R: ¿Te violenta tener que hacer esto?

P: Eso mismo iba a preguntarte yo. ¿Estás bien?

R: Sí. No. La verdad es que no. Es un shock, lógicamente.

P: ¿Que haya habido un asesinato o que la víctima fuera John Garmond en particular?

R: Ambas cosas.

P: ¿John era una persona querida?

R: Yo diría que sí.

P: Hace un par de noches, hablando conmigo, bromeaste con que tu marido era un asesino. Pero quizás no fuera una broma.

R: Lo dije solo por... por añadir algo más de peligrosidad a la situación. Por avivar el deseo.

P: Y surtió efecto.

R: Sé que es de locos, pero...

P: Pero ¿qué?

R: Estamos solos en el edificio, ¿verdad?

P: No podemos.

R: Lo sé, pero aun así...

P: De verdad que no podemos. Pero te comprendo, yo siento la misma necesidad. La muerte tiene ese efecto. Una vez, en el refrigerio posterior a un funeral, abrí la puerta de lo que supuse que era el cuarto de baño y me encontré a la viuda tumbada encima del organizador del *catering*.

R: Yo no soy la viuda de nadie.

P: No, ya, claro. Me refiero a que los motivos psicológicos que provocan reacciones así están bien estudiados.

R: Quieres decir que la muerte nos pone cachondos, ¿no?

P: Sí. Pero estamos desviándonos del tema.

R: Perdona.

P: ¿Dónde estuviste anoche?

R: En mi casa. Toda la noche. Con Warren.

P: ¿Compartisteis la misma cama?

R: Sí.

P: ¿A qué hora te dormiste?

R: No estoy segura. ¿Sobre la una quizás? Cuando llegamos nos tomamos un par de copas, al volver de los fuegos artificiales.

P: ¿Tienes el sueño ligero?

R: ¿Te refieres a si me habría percatado de que Warren se había levantado sigilosamente para ir al club y matar a John? ¿Es eso lo que preguntas?

P: [...]

R: Supongo que, con tus grandes dotes de observación,

te habrás fijado en que mi marido es un borracho. En su caso, quedarse dormido o perder el sentido viene a ser lo mismo. Y cuando se encuentra en ese estado, por lo general tarda en salir del trance. A Dios gracias.

P: Hablemos de Claudia Mayer. Ahora me veo obligado a considerar la posibilidad de que lo suyo no fuera un suicidio.

R: Seguro que lo fue.

P: ¿Por qué estás tan segura?

R: No... no estoy segura, solo que parece lógico.

P: ¿Claudia Mayer era una persona dada al sentimentalismo o al dramatismo?

R: ¿A qué te refieres?

P: Su amiga Amanda Caldwell se suicidó ahogándose en el lago. Teniendo en cuenta las opciones posibles, es un modo romántico de quitarse la vida. Pero suicidarse al cabo de unos años, del mismo modo y exactamente el mismo día, aún lo es más.

R: Claudia era un poco así, sí.

P: ¿Se sentía culpable del daño que le había causado a su amiga? ¿De que su hijo hubiera sobrevivido al accidente y el de Amanda no? ¿Y de que Amanda no hubiera sido capaz de seguir viviendo con ese dolor?

R: De eso sin duda.

P: ¿Tan culpable como para quitarse la vida?

R: No lo sé. Sí. Supongo. Y todo lo demás, encima.

P: ¿Todo lo demás? ¿Como qué en particular?

R: Yo qué sé. La vida. El paso del tiempo. El dinero. El matrimonio. La política. La situación económica. En fin, todo lo que se va a la mierda. A ese «todo lo demás» me refiero.

P: Volvamos a considerar la otra posibilidad: que no hubiera sido un suicidio.

R: ¿Tú crees que no lo fue?

P: Yo no creo nada. Por el momento.

R: Claudia era una persona inofensiva. Dudo mucho que tuviera enemigos.

P: Esa es la pregunta que solemos hacer, si la víctima tenía enemigos. Pero, en realidad, no está bien formulada; de hecho, lo que se debería preguntar es si había algún motivo por el que alguien pudiera querer matarla. No es lo mismo.

R: ¿A mí me lo preguntas?

P: Sí.

R: No se me ocurre ningún motivo.

P: ¿Era un obstáculo para alguien? ¿Estorbaba por alguna razón? ¿Por una razón económica, pongamos, o sexual?

R: Vuelvo a decirte que no lo sé.

P: Cuando se desconocen los motivos, hay que centrarse en el método. ¿Es posible que alguien que conociera a Claudia, que supiera de su pasado y de su temperamento, hubiera caído en la cuenta de que si se suicidaba en esta fecha, coincidiendo con la muerte de su amiga y de la del hijo de su amiga, su acto pudiera parecer «lógico» como tú dices? ¿Que pudiera no «extrañar»?

R: Supongo que es posible. Aquí todos nos conocemos bastante bien.

P: ¿Tanto como para planear un asesinato?

R: No lo sé.

P: Cuando se simula un suicidio, el asesino casi siempre es el cónyuge. O algún otro ser querido.

R: No creo que Duncan Mayer matara a su mujer.

P: Es que me llama la atención que en las últimas veinticuatro horas se hayan producido dos muertes y que Duncan Mayer tenga conexión con ambas.

R: ¿Cuál es su conexión con John?

P: Duncan Mayer le disparó en el hombro ayer por la mañana. Un accidente de caza, al parecer.

R: Ah. Eso. Ya me contaron.

P: ¿Pensabas que me refería a otra cosa?

R: No, qué va.

P: Pero no te parece significativo.

R: Qué quieres que te diga, los hombres de este club son bastante negados para moverse por el monte. Yo creo que estas cacerías no son más que otra excusa para darle a la bebida. Seguro que algunas mañanas vuelan balas perdidas por todas partes.

P: Anoche me dijiste que Duncan Mayer ya estaba «pillado».

R: ¿Eso dije?

P: Sí. ¿Pillado por quién?

R: [...]

P: Podría ser un dato importante.

R: Creo que otra vez nos hemos desviado del tema.

P: Esta mañana me ha parecido verte un poco triste.

R: ¿Cuándo?

P: En el club.

R: Normal. Con un asesinato de por medio...

P: ¿Qué relación tenías con John Garmond?

R: ¿Si era mi amante? ¿Es eso lo que preguntas?

P: Sí.

R: Lo era, sí.

P: [...]

P: [...]

P: ¿Desde cuándo?

R: Es difícil responder a esa pregunta. Estas cosas van y vienen, sobre todo cuando eres mayor. La primera vez fue ya hace muchos años. Después, de vez en cuando. Cuando nos apetecía. Éramos adultos los dos. Tú deberías entenderlo mejor que nadie.

P: ¿Y en fechas recientes?

R: Más a menudo.

P: ¿Por algún motivo en particular?

R: Pues no, la verdad. ¿No dicen que los seres humanos somos como bolas de billar, impulsadas por la inercia? John y yo nos entrechocamos de vez en cuando. Es todo muy arbitrario.

P: ¿Tu marido está al corriente?

R: No lo sé. Probablemente. Él no hace preguntas, ni yo tampoco.

P: ¿Warren tiene aventuras?

R: Supongo que sí. Vuelvo a decirte que no es un tema del que hablemos. Pero a veces viaja, por trabajo. Regresa a Nueva York solo, bastante a menudo, y yo me quedo aquí.

P: ¿Ha tenido alguna aventura con alguien de West Heart?

R: Que yo sepa, no.

P: ¿John quería a su mujer? ¿Y viceversa?

R: Si te soy sincera, no me siento capacitada para responder o comprender siquiera esa pregunta.

P: ¿John te había comentado algo alguna vez sobre la situación del club? Sobre el estado de las cuentas o cosas por el estilo.

R: No, Dios me libre. Y de haberlo intentado, no se lo habría permitido. La vida es demasiado corta. Bastante tengo con aguantar las monsergas económicas que me suelta mi marido. Se supone que un amante debería ahorrarte esas historias.

P: Has sido muy franca.

R: ¿Estás celoso?

P: No. ¿Debería estarlo?

R: Por supuesto que no.

P: ¿Me haces el favor de pedirle a tu marido que baje? Le toca después del doctor Blake.

*

Dr. Roger Blake

P: Gracias por su ayuda con lo de antes.

R: De nada. Era mi deber. He estado dándole vueltas a lo de la temperatura corporal, podría ser un dato importante. Ojalá me hubiera visto con agallas para tomársela.

P: No se preocupe.

R: Lo correcto es hacerlo por vía rectal o bien practicando una incisión en el abdomen por la que se introduce el termómetro. Ninguno de los dos métodos me pareció...

P: ¿Respetuoso?

R: Yo soy un materialista, no abrigo ideas románticas sobre el cuerpo, ni siquiera el de mis amigos. Pero, aun así. El caso es que no me vi capaz.

P: Lo siento. ¿Conocía a John Garmond desde hace mucho tiempo?

R: De toda la vida. John era mucho más joven que yo. Recuerdo que, cuando me fui a estudiar medicina, él todavía era un chiquillo esmirriado como esos que se tiran al lago con la cuerda. John, Jane Talbot y Duncan Mayer eran inseparables.

P: ¿Buenos amigos?

R: Sí.

P: ¿Algo más que amigos?

R: [...]

P: Podría ser un dato importante, doctor.

R: Cuando eran adolescentes, y creo que de universitarios también, tenían... tenían montado una especie de triángulo amoroso. Jane estuvo saliendo con John, después con Duncan y luego con ninguno de los dos. Más adelante, puede que con los dos a la vez, no lo sé.

P: Pero Jane se casó con John.

R: Sí.

P: Y John y Duncan continuaron siendo amigos.

R: Sí.

P: ¿Sí? ¿O sí, pero...?

R: «Sí, pero», supongo. No ha sido fácil. ¿Cuántos años hará de aquello? ¿Veinticinco, treinta? Aunque no sé si uno llega a superar nunca la ruptura de su primer amor. ¿No cree?

P: Tal vez no sea usted un romántico, pero yo, como detective privado, me veo más o menos obligado a serlo. Romántico, pero con coraza, obviamente. Y coincido con usted. Aunque un amor tardío que te haga sentir como un primer amor también tiene su qué... ¿Ha sido usted presidente del club alguna vez? Como su padre.

R: Mi padre nunca fue presidente del club.

P: Disculpe. Debo de haberme confundido. ¿Y usted lo ha sido?

R: Sí, me tocó una vez. Hará quince años más o menos.

P: ¿Cómo se elige al presidente?

R: Por votación. Un voto por vivienda.

P: Pura cuestión de pasar la caracola de mano en mano frente al fuego, ¿verdad?

R: ¿Qué quiere decir con eso?

P: No importa. ¿Cómo describiría usted sus funciones?

R: Pues un montón de tareas rutinarias, la verdad. Todo de lo más prosaico. El presidente asume el proceso de selección de nuevos socios. Y tiene derecho a veto en algunas circunstancias, aunque rara vez se hace uso de él.

P: ¿Qué clase de circunstancias?

R: Solicitudes de admisión. Permisos para tala de árboles. La disposición del club.

P: ¿Se refiere a si se vende o no?

R: Eso creo. Sí.

P: Respecto a esa cuestión de vender el club, John no estaba a favor, ¿no es cierto?

R: Cierto.

P: ¿Y los demás socios?

R: Me figuro que la mayoría apoyaría la venta. Algunos piensan que esto está ya caduco. Otros necesitan el dinero.

P: ¿John habría hecho uso de su derecho a vetar la venta? ¿Aunque la mayoría estuviera a favor?

R: No lo sé.

P: ¿Van a admitir a Jonathan Gold en el club?

R: Eso creo.

P: ¿Aunque sea judío?

R: Ya nadie tiene en cuenta esas cosas.

P: ¿Antes sí se tenían en cuenta?

R: No más que en otros lugares.

P: ¿Diría usted que los socios de este club tienen una afiliación política determinada?

R: Bueno, votan, si se refiere a eso. Comentan elecciones, asuntos fiscales.

P: La mayoría son conservadores, ¿no es cierto?

R: Creo que esa descripción se ajustaría a la realidad, sí.

P: ¿Nixon, Reagan, Buckley? De esa facción, ¿no?

R: Así es.

P: ¿Siempre ha sido así?

R: Eso creo.

P: Anticomunistas, entonces, ¿verdad?

R: Por supuesto.

P: ¿Y antes de la guerra? ¿Opuestos a Roosevelt, al *New Deal*?

R: Probablemente.

P: ¿A la intervención en Europa?

R: No estoy seguro. ¿Qué importancia tiene eso?

P: Probablemente ninguna. Gracias, doctor.

*

Warren Burr

R: Así que ya ha interrogado a mi mujer, ¿no?

P: Sí. Mi intención es hablar con todos.

R: Seguro que ha sido... concienzudo.

P: ¿Le parece que empecemos por la noche de ayer?

R: Adelante.

P: ¿Dónde estuvo usted entre medianoche y las dos de la mañana?

R: Emborrachándome.

P: Eso no es un lugar.

R: Por supuesto que sí. Es un Estado nación, con sus propias leyes y tradiciones. Bien poblado. Yo mismo he sido ciudadano destacado de él durante muchos años.

P: ¿Estuvo en su casa?

R: Sí. Seguro que Susan ya se lo ha dicho.

P: Sí. Me ha dicho que... se quedó dormido después de tomar unos cócteles.

R: Más bien le diría que perdí el sentido.

P: La situación, entonces, es un tanto delicada. Ella es su coartada, pero usted no puede ser la de ella.

R: Vaya, qué mala pata para Susan. Espero sinceramente que no cometiera la torpeza de dispararle a alguien en la nuca.

P: ¿No le tenía mucho aprecio al señor Garmond?

R: Ni más ni menos que a cualquiera.

P: Entonces, ¿no tenía usted ningún motivo en particular para sentir animadversión hacia él?

R: ¿Tengo algún motivo en particular para sentirla hacia usted?

P: [...]

P: ¿A qué se dedica profesionalmente?

R: ¿Es una pregunta relevante?

P: Podría serlo.

R: Me dedico a los transportes.

P: Tenía entendido que se dedicaba a las finanzas.

R: Transporto riqueza de un punto a otro.

P: ¿Es un servicio necesario?

R: Atesorar dinero está al alcance de cualquiera, pero para moverlo se precisa un alto grado de capacitación. Sobre todo, si la intención es pasar inadvertido.

P: ¿Y el negocio va bien?

R: No va mal.

P: Tengo entendido que está muy interesado en vender West Heart. Y que la mayoría de los que comparten su opinión necesitan el dinero.

R: No es lo mismo necesitar dinero que quererlo.

P: Los Burr fueron una de las familias fundadoras. ¿No tiene usted reparos en poner fin a la tradición?

R: Ninguno.

P: ¿Posee usted un arma de fuego, señor Burr?

R: Por supuesto.

P: ¿Más de una?

R: Esto es un club de caza.

P: ¿Cuándo fue la última vez que disparó un arma?

R: No lo recuerdo.

P: Es decir que, una vez que amaine la tormenta, si las autoridades decidieran inspeccionar las armas que tiene en su posesión, descubrirían que ninguna de ellas se ha disparado recientemente, ¿cierto?

R: Que inspeccionen lo que gusten.

P: ¿Es usted un hombre violento?

R: ¿A qué viene esa pregunta?

P: La otra noche me amenazó. Y lanzar amenazas sin pretender llevarlas a cabo es de tontos. Pero no me da usted la impresión de ser ningún tonto.

R: No sé qué le diría la otra noche, pero ya lo he olvidado... Digo muchas cosas a lo largo del día.

P: Dijo que mi insolencia podría acarrearme disgustos.

R: Y es cierto, ¿no? Apuesto a que usted habrá dicho cosas en su vida, en el curso de su trabajo, que provocaron..., no sé. ¿Que un chulo sacara una navaja o una pistola? ¿Que alguien en la trastienda de un bar decidiera enviar a sus matones para que le «dieran una lección»?

P: ¿Eso es lo que usted haría?

R: Por supuesto que no. Yo solo soy un hombre de negocios.

P: En caso de que la venta de West Heart no llegara a producirse, ¿aceptaría como socio a Jonathan Gold?

R: Claro. ¿Por qué no?

P: ¿Qué piensa de él?

R: Yo no pienso nada.

P: ¿No se conocían antes de que solicitara su ingreso en el club?

R: No. Solo nos hemos visto un par de veces, cuando ha venido por aquí para promover su solicitud. Ignoro sus motivos para querer entrar, pero una cara nueva, dinero nuevo..., bienvenidos sean.

P: Como le decía antes, su coartada es Susan, pero usted no es la suya. ¿Tenía ella algún motivo para sentir animadversión hacia John Garmond?

R: ¿Si John lo había superado? ¿Es eso lo que me está preguntando?

P: Entonces, ¿estaba usted al corriente?

R: ¿Al corriente de qué?

P: ¿No le importaba?

R: Me ha preguntado si John lo había superado, detective.

P: Sí.

R: Y si Susan se sentía despechada...

P: ¿Se sentía despechada?

R: Si conociera a Susan tan bien como yo...

P: [...]

R: [...]

P: ¿He dicho algo gracioso?

R: No, qué va. Pero Susan no es una romántica. No se hace falsas ilusiones. Cuando se cansa de sus juguetes, los desecha sin miramientos y se busca otros nuevos. ¿Ha estado usted casado alguna vez, señor McAnnis?

P: No.

R: Entonces seguro que no lo entenderá. Pero se lo explicaré de todos modos. Todo matrimonio es un universo aislado, que se rige por sus propias leyes físicas. En su centro hay un agujero negro, inaprehensible desde el exterior. No se ve lo que hay dentro. No emite luz. Pero las fuerzas en su interior pueden llegar a despedazarte.

P: ¿Otra amenaza?

R: Si quiere verlo así...

P: [...]

R: Va haciendo progresos, ¿no?

P: Poco a poco. Pero tengo confianza. El asesino siempre acaba saliendo a la luz.

R: Qué interesante. ¿Eso dicen?

*

El término inglés *murder* [asesinato] es de origen teutónico; entre sus formas arcaicas se encuentran *«morphor», «murthur»* y *«mourdre».* El *Oxford English Dictionary* registra su primer uso en *Beowulf (c.* 750), y entre los pasajes en los que figura el término encontramos las líneas que describen a Grendel, el «adversario de Dios», y a su madre: *«mordres scyldig on his módor éac»* [«culpable de asesinato, y su madre también»]. Varios siglos después, en «El cuento del capellán de monjas» *(c.* 1386) de Chaucer, nos encontramos con la cita *«Mordre wol out, that se we day by day»,* de donde procede al parecer la expresión inglesa *«murder will out»:* el asesinato, es decir, el asesino, siempre termina saliendo a la luz.

También es relevante la mención a *«the murder game»,* el juego del asesinato, extraída de una edición del *Oxford English Dictionary* publicada en la década de 1930 y definida como un juego de salón en el que uno de los invitados a la velada representaba el papel del «cadáver» y otro el de «asesino», así como la referencia a dicho juego en novelas policiacas de autores como Ngaio Marsh o Cecil Day-Lewis. Es evidente que esos juegos se inspiraron en el carácter lúdico de la denominada *«puzzle mystery»* o novela con enigma; el siguiente paso para algunos novelistas, lógicamente, sería sacrificar la novela, por así decirlo, y centrarse solo en el enigma. En el magistral estudio sobre el género llevado a cabo por Julian Symons en *Bloody Murder* (traducida al español en 1982 bajo el título de *Historia del relato policial),* el autor observa que cierto escritor empezó a crear «dosieres de asesinatos» en lugar de novelas, que constituían, básicamente, una caja con pistas: «pelo, cerillas, píldoras envenenadas..., fotografías de los personajes..., telegramas, cartas...». Los aficionados (ya no se les podía considerar propiamente «lectores») debían estudiar esas pistas y deducir la solución. Obviamente, de ahí no habría más que un pequeño salto a los juegos de mesa tipo Cluedo o Clue, como se le conoce en Estados Unidos, inventado en 1943 por un músico británico que dijo haberse inspirado en los aristócratas que «jugaban a los asesinatos» durante las escapadas de fines de semana a las que lo invitaban para que amenizara al piano sus veladas.

El *Oxford English Dictionary* también contiene una entrada dedicada al nombre colectivo, deliciosamente morboso, *murder of crows («morther of crowys», c.* 1475) o «asesinato de cuervos», que al parecer remite a la naturaleza carroñera de los córvidos y su tendencia a cebarse sobre todo en los cadáveres que yacían en los campos de batalla. Lamentablemente, sin embargo, existen sobradas pruebas de que tales sustantivos colectivos no fueron sino meras invenciones ingeniosas ideadas para su inclusión en glosarios medievales como *El libro de Saint Albans* (1486), una iniciativa que, siglos después, reavivaría James Lipton en su *An Exaltation of Larks* (1968) [Una exaltación de alondras]. Eso no quita, por supuesto, que los logófilos recurran a la licencia poética y sigan deleitándose con hallazgos tan maravillosos como «un sigilo de ladrones», «una pobreza de gaiteros» o «la impiedad de los cuervos».

*

¿Cómo se supone que debíamos entretenernos en un día de lluvia después de que se hubiera cometido un asesinato? ¿Qué se esperaba que hiciéramos? Nos quedamos en nuestras cabañas, fumando, leyendo, intentando leer, aceptando una invitación a jugar a cartas, pese a luego lamentarlo casi al instante e inventarnos una excusa y al final acabar acudiendo de todos modos.

No sabíamos en qué hora vivíamos: los relojes apenas parecían moverse, y costaba creer que hubiera transcurrido menos de un minuto desde la última vez que lo habías consultado. La luz, escasa, parecía la misma mañana, tarde y noche. Apartábamos la mirada de las puertas de los dormitorios, detrás de las que quizás nos oyeran llorar a alguno, por las víctimas o, lo más seguro, por nosotros mismos.

Durante esas horas de tedio y pesadumbre, una idea cobró forma, una idea que, una vez contemplada, no hubo forma de soltar, una idea que desoyó escrúpulos como «Pero ¿no será una falta de respeto?» y saltó directamente a consideraciones de tipo más práctico, como «¿Dónde nos reunimos?», pues se nos metió en la cabeza celebrar una *soirée* de las seis como solución, como único remedio para tan triste soledad. En definitiva, que a todos nos asaltó la necesidad urgente de pagarlo con la bebida.

Algunos domicilios quedaban descartados por razones obvias, así que optamos por la casa de los Blake como nuestro *lieu de fête;* no era el lugar más idóneo, desde luego, ya que hacía las veces de residencia temporal para nuestro detective visitante, cuya implacable curiosidad empezaba a resultar fastidiosa (para la mayoría) y amenazante (para algunos). De todos modos, serviría para un par de horas, al menos para permitirnos brindar en memoria del pobre John.

Curiosamente, en los párrafos que siguen se repasa la historia del consumo de alcohol en el club: *soirées* de infausta memoria, fiestas de Nochevieja que más valía relegar al olvido, narices ensangrentadas y corazones rotos, el breve pero ilustre papel de West Heart como estación de paso en el transporte de whisky canadiense hasta la ciudad de Nueva York y otros puntos del sur durante la época de la Prohibición..., todo esto te interesa solo vagamente, pero te brinda espacio y tiempo para reflexionar sobre las mentiras que han ido saliendo a la luz, mentiras sobre mentiras, como esas milagrosas rentas a las que estos ricos de toda la vida fían sin duda su fortuna. ¿Cómo separar lo trivial de lo trascendental? Reginald Talbot miente sobre la situación económica del club. Warren Burr miente al decir que no conocía a Jonathan Gold («Procuro evitar a los socios de mi marido», le había dicho Susan Burr al detective). El doctor Blake miente negando que su padre hubiera sido presidente del club (¿qué interés podía tener esa mentira?). Y, por supuesto, la mentira de Uno o varios Unos que aseguran no haber salido de casa las dos últimas noches. ¿Quién estaba en la habitación 312? ¿Quién era la persona a la que oyeron merodear por el pasillo? ¿Quién había disparado la bala que acabó con la vida de John Garmond?

*

Al regresar al interior del edificio, después de fumarse un cigarrillo en el porche, Adam McAnnis se encontró a Jonathan Gold sentado en un sofá de cuero de la biblioteca, hojeando un grueso libro.

—*West Heart: Los primeros 50 años* —dijo Gold, mostrándole la cubierta—. Tiene gracia eso de «los primeros». Es un detalle que denota una ingenuidad casi infantil. Un optimismo desbordante. Cómo no va a haber otros cincuenta, ¿verdad? Y otros cincuenta más a continuación. Porque, claro, a gente como nosotros nunca se le va a cruzar nada malo por delante. —Jonathan Gold cerró el libro—. Santa inocencia.

—Tenemos que hablar seriamente —dijo McAnnis—. Sobre el asesinato.

—Porque usted lo diga.

Jonathan Gold se levantó del sofá y se paseó por delante de las estanterías, acariciando los lomos con las yemas de los dedos. Casi con delicadeza, entresacó un libro y lo dejó tambaleando en el filo del estante hasta que cayó al suelo ante su mirada impasible. Luego repitió la operación con otro. Y con otro más.

McAnnis no hizo ningún comentario.

—Conque fue el difunto quien lo contrató, ¿no? —dijo por fin Jonathan Gold.

—Algo tenía que inventarme —contestó McAnnis.

—Muy hábil.

—He ganado un poco de tiempo.

—Desde luego. Admiro su astucia. El difunto no estaba allí para rebatírselo. De todos modos, ha sonado perfectamente verosímil. Además, no cabe duda de que más de uno de los que estaban en esa habitación tenía motivos para temer que lo hubieran contratado para investigarlo. —Jonathan Gold se cruzó de brazos—. No le creía capaz de una estratagema así.

—Le agradezco el voto de confianza —dijo McAnnis con sequedad.

—No estoy aquí para transmitirle mi confianza —repuso Jonathan Gold—. Estas desgracias recientes han puesto trabas a nuestro empeño.

—La investigación va avanzando.

—¿Ah, sí?

—Tengo unas cuentas que me gustaría que revisara.

—Ah, ya. La dichosa doble contabilidad. Echaré un vistazo a esos libros, descuide, pero los números se pueden amañar a conveniencia. Trabajo con magos capaces de hacer aparecer y desaparecer propiedades enteras con solo cambiar los símbolos de una página.

—¿De eso conoce a Warren Burr?

Jonathan Gold apretó los labios y amagó una sonrisa forzada.

—Bravo, señor McAnnis. Puede que lo haya subestimado, al fin y al cabo.

—Sonó la flauta.

—No me molestaré en preguntarle cómo lo ha averiguado. Seguro que no habrá sido por boca de mi socio, por muy curda que estuviera, para variar. Una debilidad —añadió Jonathan Gold— que el enemigo pudiera intentar explotar.

—¿El señor Burr tiene enemigos? ¿Los tiene usted?

Gold hizo un ademán desdeñoso con la mano.

—Enemigos, amigos, a veces es difícil distinguir a unos de otros. Se puede ser ambas cosas al mismo tiempo. —Miró fijamente a McAnnis—. Espero que estas desgracias no lo hayan distraído demasiado de su verdadero cometido.

—Al contrario —repuso McAnnis—. Podrían guardar relación.

—¿En qué sentido?

—Ya sabe cómo son estas investigaciones. Por el momento, aún no barajo ninguna hipótesis clara, pero pronto...

—Tengo mis dudas —replicó Jonathan Gold—. La verdad es que me gusta dar rienda suelta a mis sabuesos, pero no sé, no me haga mucho caso, puede que la resolución del asesinato sea lo de menos.

—¿A qué se refiere?

—La culpabilidad es un asunto complejo. ¿Conoce la historia de David y Betsabé?

—Solo vagamente. Las monjas de Saint Thomas eran unas mojigatas que se saltaban las partes escabrosas de la Biblia.

—Pues permítame que cubra esas lagunas en su educación —dijo Jonathan Gold—. Un día, estando en la azotea de su palacio, el rey David ve a la hermosa Betsabé bañándose desnuda. Ejerce entonces su prerrogativa real y la convoca a palacio para poseerla. Pero Betsabé es una mujer casada, así que, cuando queda encinta, el rey David, temiendo que el adulterio salga a la luz, urde el plan de destinar a su marido a primera línea de fuego, donde el combate es más encarnizado. El plan surte efecto: el marido de Betsabé perece en el frente, y David toma a Betsabé por esposa.

—Y vivieron felices y comieron perdices.

—Eso ya lo veremos. Desde un punto de vista legal, sería difícil procesar a David por asesinato: fue una espada enemiga la que mató al marido. La lucha era una batalla legítima, que se habría librado de todos modos. Además, el rey se encontraba a muchos kilómetros de distancia en el momento de los hechos. Legalmente, por tanto, David era inocente.

—¿Pero?

—Pero, aunque ese sea el juicio de los hombres, no es el juicio divino. Para escarmentar a David, Dios envía a un profeta que cuenta una parábola sobre un hombre rico que roba y sacrifica la oveja de un hombre pobre. David, escandalizado ante el delito de ese rico, lo condena a muerte; sin embargo, el profeta revela que el único culpable no es sino el propio rey David. «¡Tú eres ese hombre!», lo amonesta a voz en grito, y debo confesar que esa escena, para un jovencito de Brooklyn como yo, cuyo destino a ojos de todo el mundo era terminar siendo rabino como su padre, impactaba por su dramatismo.

Jonathan Gold se interrumpió, recreándose en el recuerdo con sonrisa sardónica. McAnnis guardó silencio.

—El profeta deja claro también —prosiguió Gold— que Dios no acepta el intento de David de desentenderse del crimen ordenando que sean manos ajenas las que den muerte al marido. Un asesinato es un asesinato. Así que Dios maldice la casa de David, y su reino se desmorona, acosada su estirpe por el incesto, la violación, el fratricidio y la guerra civil.

—¿A qué viene todo esto?

—Viene a que, en ausencia de Dios, no nos queda sino confiar en la ley. Y la ley es una herramienta muy rudimentaria con la que hacer justicia. Lo digo como abogado que soy. Intuitivamente, sabemos que David es culpable; en una conversación, incluso podríamos decir que David lo mató o incluso que lo asesinó. La ley, sin embargo, lo considera inocente.

—¿Y?

—Y nada —dijo Jonathan Gold—. Solo estoy formulando hipótesis.

En la planta de abajo se oyó el crujido de una puerta y pisadas sobre la tarima.

—¿Hola? ¿Hola? —dijo luego la voz de un niño.

McAnnis miró al abogado con la cabeza ladeada.

—No quisiera retenerlo, tiene muchas pesquisas pendientes —dijo Jonathan Gold—. De todo tipo.

—No olvide echar un vistazo a esos libros.

—Descuide —dijo Jonathan Gold, recogiendo los registros que Reginald Talbot le había entregado—. Ya hablaremos dentro de poco.

Al bajar, McAnnis se encontró a Ralph Wakefield en el umbral del salón principal, evitando mirar hacia el manchurrón que se extendía junto al hogar de la chimenea. El niño llevaba un impermeable infantil y unas botas de agua de un amarillo fosforescente que estaban poniendo el suelo perdido de agua. Del cuello le colgaban unos prismáticos.

—¿Qué querías, Ralph?

—Me dijo que me fijara por si veía algo raro o fuera de lo normal.

—Así es.

—Es que he visto algo raro y fuera de lo normal. Una cabaña en el bosque.

McAnnis suspiró.

—En estos bosques abundan las cabañas, Ralph.

—Pero es que en esta había un hombre. Estaba escondiendo algo en el suelo.

—¿Quién era ese hombre?

—El que nos invitó a su casa a cenar.

—¿El doctor Blake?

—Sí.

*

La cabaña se encontraba bosque adentro, a casi un kilómetro de distancia. Demasiado lejos para ir andando a esas horas del día, pero, evidentemente, McAnnis no podía pedirle a James ni a Emma Blake que los acercaran en coche, así que el chico y el detective emprendieron la marcha bajo la lluvia.

—¿Dónde están tus padres, Ralph?

—No lo sé.

—¿En Europa?

—Sí —dijo Ralph—. Mamá en París y papá en Roma.

—¿No me acabas de decir que no lo sabías?

—Es que siempre digo eso cuando no quiero contestar.

McAnnis sonrió.

—Igual que los adultos.

El detective se había puesto unas botas de bombero, compradas en una tienda de segunda mano del barrio, pero no contaba con más prenda impermeable que un poncho que había cogido del armario del club. Los pantalones se le habían empapado. El dosel de árboles los guarecía un poco de la lluvia, pero a esas alturas del verano los helechos ya alcanzaban tamaños prehistóricos —a McAnnis le llegaban a la cintura y a Ralph al cuello—, por lo que, tras un breve tramo abriéndose paso a manotazos entre una maleza tan densa que apenas veían lo que tenían delante, ya estaban calados hasta los huesos.

—¿Seguro que sabes por dónde vas?

—Soy un experto en West Heart —contestó Ralph muy orgulloso—. Me lo he pateado todo.

—Supongo que no conocerás otro camino para salir del recinto —masculló McAnnis.

—Claro que sí.

McAnnis se detuvo en seco.

—¿Cómo? ¿Lo dices en serio?

—Creo que sí. He visto al hombre ese que siempre va tan sucio..., ¿cómo se llama?

—¿El encargado de mantenimiento? ¿Fred Shiflett?

—Ese. Lo he visto bajar con la camioneta por una pista que está cerca de su cabaña y luego volver con bolsas de comida.

—¿Estás seguro?

—Lo vi con mis prismáticos.

—¿Dónde está esa cabaña?

—En lo hondo del bosque, apartada.

—¿Le has contado eso a alguien más?

—No. ¿Debería? ¿He hecho algo malo?

—No, Ralph, qué va. Lo estás haciendo fenomenal. —Caminaron en silencio unos minutos más, y luego McAnnis le preguntó—: La otra noche, cuando nos vimos, ¿habías estado de ronda por ahí? ¿A lo mejor después de la cena en casa de los Blake?

—Yo después de cenar tengo que acostarme —replicó Ralph.

—Claro. Normal —dijo McAnnis—, aunque yo de niño odiaba tener que acostarme a la fuerza. Tanto que a veces me quedaba despierto en la cama, esperando a que mis padres se durmieran, y luego salía a hurtadillas de casa. ¿Tú haces eso alguna vez, Ralph?

—No lo sé.

—Pues yo salía a escondidas y me recorría todo el barrio. Claro que yo vivía en Nueva York, aquí no es lo mismo. Una vez me metí por debajo de un puente gigantesco, el puente de Brooklyn, y trepé para escribir mi nombre en un ladrillo donde nadie lo viera nunca. Nadie salvo yo sabría que estaba allí.

—¿Y sigue allí ahora?

—Pues no estoy seguro. Ahora ya estoy muy mayor para trepar por ese puente. Puede que algún otro niño haya grabado su nombre en el mismo sitio. A lo mejor tu nombre precisamente.

—¡Yo nunca he estado en el puente de Brooklyn!

—Hay muchos Ralphs en el mundo. Y Adams también.

—¿Quién es Adam?

—Yo.

—Mi tío lo llamó otra cosa —dijo Ralph—. Un nombre feo.

—Ya me imagino —dijo McAnnis—. Y tu tía, ¿me puso algún mote?

—No.

—En fin, Ralph —prosiguió McAnnis—, suponiendo que fueras como yo y te diera por salir de casa a hurtadillas una noche, y vieras algo y no supieras a quién contárselo..., que sepas que a mí me lo puedes contar.

El niño se quedó en silencio.

—Vi al hombre de la pata mala.

—¿A qué hombre? ¿Al chico?

—A mí me parece un hombre mayor. El hombre que cojea.

—¿Dónde lo viste? ¿Cerca del edificio del club?

—No, en el bosque. En un sendero.

—¿A qué hora?

—Tarde.

—¿Y él te vio a ti?

—No.

—¿Viste a alguien más? ¿A la señora del mechón blanco?

—No.

La penumbra del bosque empezaba a tenderse sobre ellos como una manta. A McAnnis no se le había ocurrido coger una linterna. Quizás deberían haber esperado a la mañana siguiente.

—Sabes que anoche mataron a un hombre, ¿verdad, Ralph? —le preguntó McAnnis con delicadeza.

—Sí.

—Era uno de los invitados a la cena.

—Sé quién era. Mi tía lo conoce —dijo Ralph—. ¿Está intentando descubrir al que lo hizo?

—Sí.

—¿Era alguien de aquí? ¿Alguien que yo conozco?

—Me temo que sí —dijo McAnnis—. ¿Tienes miedo, Ralph?

—No lo sé.

La cabaña era más pequeña de lo que McAnnis había imaginado, casi un cobertizo en comparación con las viviendas que ocupaban la zona principal del club. A consecuencia de la tormenta, una gran rama se había desplomado sobre su techumbre inclinada. No había luz en las ventanas. De los aleros colgaban telas de araña, y de los ganchos del porche, unas herramientas oxidadas —una sierra de arco y varios cuchillos de distintos tamaños, uno de ellos con una hoja ganchuda de aspecto bastante siniestro— que debían de utilizar los cazadores para descuartizar sus presas, supuso el detective. Llamó con los nudillos, esperó un momento y luego probó a girar el pomo. La puerta se abrió.

McAnnis y el niño pasaron al interior y atravesaron el tosco suelo de madera. La cabaña consistía en una única habitación, con una mesita de juego vacía, unas sillas, una lámpara de propano y una nevera mugrienta en la esquina. McAnnis no vio ni fregadero ni interruptores: carecía de luz y agua corriente. Sobre la chimenea colgaba una cabeza de ciervo con una cornamenta de ocho puntos que ocupaba prácticamente toda la pared. Sobre la repisa de la chimenea, una foto del doctor Blake con James de adolescente, antes de trabar amistad con McAnnis, ambos agachados sobre un ciervo muerto. También una foto del doctor Blake algo más joven, con el brazo echado sobre los hombros de alguien que el detective reconoció gracias a los viejos recortes de prensa de West Heart: el padre del doctor Blake.

—¿Dónde está ese escondite? —preguntó McAnnis.

Ralph señaló hacia una alfombra trenzada que estaba junto a la mesita de juego. McAnnis tiró de ella y debajo distinguió el tenue contorno de una trampilla. El niño, sin decir palabra, le tendió una navajita de *boy scout* que llevaba enganchada al cinturón.

—Gracias.

Debajo de la trampilla había una caja metálica, como las que suelen vender en las tiendas de excedentes del ejército. El detective miró de soslayo a Ralph —¿sería prudente que el niño viera lo que se ocultaba allí dentro?—; luego hizo palanca en el cerrojo y abrió la tapa.

Recortes de periódico, papeles sueltos, telas. McAnnis hurgó con los dedos en el contenido. Una insignia con una cruz de hierro. Otra con las siglas SS, en letras grandes y picudas. Un alfiler con un águila agarrada a una corona que enmarcaba una esvástica.

—¿Qué es todo eso? —preguntó Ralph.

—No estoy seguro —contestó McAnnis—. Recuerdos de la guerra.

Todos los artículos de periódico, que ya amarilleaban y se desintegraban entre los dedos, estaban escritos en alemán. Pero uno de ellos, fechado en 1933, incluía una foto: McAnnis reconoció en ella al doctor Theodore Blake, de pie junto a un dignatario, gordo y risueño, vestido de uniforme. El pie de foto indicaba el lugar, Berlín, y un nombre: «Reichsstatthalter Hermann Göring».

—¿He hecho bien en ir a decírselo? —preguntó Ralph—. ¿Es algo fuera de lo normal?

—Sí —dijo McAnnis—. Bastante fuera de lo normal.

El detective inclinó la caja y se oyó un ruido metálico. Sacó una pistola.

—¿Qué es eso? —preguntó Ralph.

—Una Luger.

—¿Es alemana?

—Sí. De la guerra.

—¿De Vietnam?

—No, de otra guerra.

—¿Y qué hace aquí?

—Muy buena pregunta, Ralph.

McAnnis olfateó el cañón de la pistola, pero no supo detectar si se había disparado recientemente. Colocó todo en su sitio de nuevo, cerró la trampilla y volvió a taparla con la alfombra. Echó un vistazo alrededor. No había nada más que llamara la atención.

—¿Y ahora qué?

—Ahora —respondió McAnnis— volvemos a casa de los Blake. ¿Tienes hambre?

—Estoy muerto de hambre.

Emprendieron el camino de vuelta en silencio. McAnnis

se sorprendió cuando, de pronto, el niño lo agarró de la mano sin mediar una palabra.

Mientras hombre y niño atraviesan el bosque repleto de helechos, tú te preguntas por primera vez sobre la inevitable autopsia de John Garmond, y sobre qué tipo de bala extraerá de su cráneo el equipo forense. ¿Podrán determinar, por ejemplo, si el disparo se efectuó con un arma extranjera, recibida como obsequio de un nuevo e importante amigo décadas atrás? ¿O tal vez se adquirió en una tienda de empeños, en ese tipo de establecimientos donde los *souvenirs* verdaderamente estrambóticos relacionados con el odio y la violencia se guardan en la trastienda, para que el entendido se deleite con ellos a puerta cerrada? Te preguntas también si un hombre así se alegraría de que esa pistola, con su simbolismo personal y secreto, estuviera disponible para su primera incursión en el crimen.

*

Nos habíamos reunido en casa de los Blake para celebrar la *soirée* de las seis. A solas, bajo la deprimente lluvia de media tarde, la idea nos había parecido excelente, pero al atardecer, bajo la luz claustrofóbica de las lámparas, ya no lo parecía tanto. Formamos pequeños corrillos, aferrados a nuestras copas como si fueran salvavidas, y observamos con disimulo los ojos enrojecidos y la pálida tez de unos y otros, la ceniza de los cigarrillos cayendo en la moqueta, las manos temblorosas, cada uno sumido en su propio pozo de sufrimiento, pensando: «Dios mío, ¿tendré yo también tan mal aspecto?».

El detective llegó tarde, con aquel crío a la zaga, el que estaba alojado en casa de los Burr. Llevábamos viéndolo todo el verano, rondando solo por el club. Teníamos intención de comentárselo a Susan, aunque ¿para qué? No era hijo suyo, y los niños no le hacían mucha gracia. Pero la verdad es que resultaba bastante molesto tenerlo siempre merodeando por ahí, «metiendo las narices donde no debía», como se había quejado alguno más de una vez. Los prismáticos, sospechábamos, debía de haberlos birlado de la galería de caza del club, la vitrina donde también se exhibían algunas brújulas antiguas, un viejo cepo para osos manchado de sangre, una flauta hecha con astas de ciervo..., una irresistible miscelánea de tentaciones para un jovencito con los dedos largos. Pero ¿qué íbamos a hacer? Por otra parte, el joven Ralph Wakefield parecía algo rarito, ¿no?

—Me siento como un apestado —dijo McAnnis. Por fin se había agenciado una copa, un gin-tónic, y estaba charlando con el doctor, hacia el que, según advertimos algunos, pareció enfilar en cuanto lo vio entrar por la puerta.

—No será para tanto.

—Veo sospechosos por dondequiera que miro —masculló el detective, amorrado a la copa.

—Supongo que lo dirás en teoría —repuso el doctor Blake—. Porque habrá algunos sospechosos más probables que otros, ¿no?

—No me hable de teorías —dijo McAnnis—. Lo único que tengo son teorías. Aunque incluso las falsas pueden resultar útiles.

—¿En qué sentido?

—Se trata de una cuestión de verosimilitud.

—Me temo que tendrás que explicarte.

—En la ficción, la dificultad estriba en darle apariencia de realidad a la historia. En la filosofía, sin embargo, la verosimilitud conlleva la idea de que hay teorías falsas que pueden acercarse más a la verdad que otras teorías falsas, y de explicar cómo se lleva a cabo tal distinción.

—Como médico, o sea, como hombre de ciencia —repuso el doctor Blake—, debo decir que todo eso suena absurdo. Las cosas o son verdad, o no lo son.

—Bueno, yo entiendo que hay que contar más bien con un espectro de verdad —dijo McAnnis—. Aunque en realidad sea imposible llegar a la verdad, *per se,* nuestras tentativas fracasadas pueden arrojar cierta luz.

—O sea que un filósofo diría que incluso las teorías falsas pueden ser útiles.

—Y también un detective.

Los dos se quedaron callados y dieron un trago de sus copas respectivas, como de mutuo acuerdo. Luego McAnnis, con desenfado, desviando adrede la conversación hacia temas más intrascendentes, le preguntó:

—¿Alguna vez reciben visitas de gente famosa en West Heart?

—¿Famosos? ¿Aquí? Por supuesto —dijo el doctor Blake, y se echó a reír—. El otro día sin ir más lejos Warren Beatty y Faye Dunaway se dejaron caer para la *soirée* de las seis. Jack Nicholson ha venido alguna vez a zambullirse en el lago. Es muy aficionado a la natación, no mucha gente lo sabe. Y a Pacino le gusta cazar. Tiene una puntería estupenda. Él fue quien abatió al oso que está expuesto en la sede del club.

—¿Y en el pasado?

—¿Por qué lo pregunta?

—En uno de los archivos antiguos de la biblioteca, vi que Henry Ford y Charles Lindbergh estuvieron aquí en una ocasión. Hace ya mucho tiempo. En la década de los treinta, creo.

—¿Ah, sí? No lo recuerdo. Claro que yo era un jovencito entonces.

—Conocieron a su padre.

—Yo debía de estar fuera. Sería cuando estudiaba medicina.

—¿Su padre no se lo mencionó? Eran dos de los personajes más célebres de la época. ¿No sabe a qué vinieron?

—Ni idea, lo siento.

—¿Decidió estudiar medicina por influencia de su padre?

—Supongo. Él era médico generalista. Trataba a niños, sobre todo. Urticarias, rinitis. —Inhaló sonoramente por la nariz—. Yo soy cardiólogo.

—¿Él dónde hizo la carrera?

—En Harvard —respondió el doctor Blake—. Como yo.

—¿Nunca estudió en el extranjero?

—No, no creo.

—He encontrado una especie de diploma arrumbado en el armario de mi dormitorio. No entendí nada, porque estaba escrito en alemán, pero reconocí su nombre.

—Sería algún título honorífico. —El doctor Blake alzó los hombros—. Tenía unos cuantos de esos. Dices que lo has encontrado guardado en una caja, ¿no?

—¿Nunca viajó al extranjero? ¿Antes de la guerra quizás?

El doctor Blake sonrió, como queriendo mostrar una afable confusión.

—¿A qué vienen estas preguntas, detective?

—No, a nada.

McAnnis levantó la copa vacía, con ese gesto universalmente conocido para indicar «Disculpe, tengo que servirme otra», y se dirigió a la barra con la sensación de que el doctor le clavaba la mirada en la espalda.

McAnnis se demoró cerca de la barra el tiempo suficiente como para dar cuenta del siguiente gin-tónic y servirse un tercero. Nadie, reparó, parecía ansioso por entablar conversación con él. Salió a tomar el aire y se encontró con Emma

Blake, sentada bajo el alero que cubría parte de la terraza, fumando un cigarrillo liado cuyo contenido le era familiar.

—Me has tenido engañado —la reprendió McAnnis—. Si tan bien pertrechada estabas desde un buen principio, ¿por qué tanta insistencia en pedirme?

—Una chica nunca se paga las copas ni fuma de su propia maría —respondió Emma Blake—. Siempre que pueda evitarlo.

—¿Y esa chica comparte?

—Esta, sí.

Emma le pasó el canuto. McAnnis tosió y ella se echó a reír. La hierba de Emma Blake era más potente, de mejor calidad, que la que él solía fumar en el Lower East Side.

—Te he visto interrogando a mi padre.

—Conversábamos amablemente —dijo McAnnis, todavía lagrimeando.

—No me vengas con cuentos —replicó Emma Blake—. ¿Qué? ¿Es él el asesino?

—Lo dudo.

—¿Entonces?

—Tenía curiosidad por saber de tu abuelo.

—¿Aquel viejo despreciable? ¿En serio?

—¿No era de tu agrado?

—Ni del mío ni del de nadie.

—¿Por qué?

—El aliento le olía a alimaña putrefacta. Y aquellos dientes amarillentos y retorcidos que tenía... Una vez lo vi sacarse comida de la barba y metérsela en la boca. ¿Sabes que trataba a niños? ¿Te imaginas las pesadillas que provocaría aquel hombre?

—Pobres razones son esas para odiar a alguien, Emma.

—Es que encima era mala persona. Y una vergüenza.

—¿Para el club?

—Eso tengo entendido, aunque la verdad es que no sé exactamente por qué. Murió cuando yo todavía era una niña.

—*I was so much older then, I'm younger than that now* —citó McAnnis.

—¿Cómo dices?

—Bob Dylan.

—¿Quién?

—Será broma, ¿no?

—A medias solo. ¿Tú escuchas a Fleetwood Mac?

La lluvia había cesado, aunque dentro nadie parecía haberse dado cuenta. Desde la terraza, McAnnis distinguió una figura en la carretera y la brasa intermitente de un cigarrillo. Luego la figura dio unos pasos titubeantes, y el detective supo quién acechaba por allí abajo en la noche, y por qué no podía acercarse a la casa.

—Vuelvo enseguida —le dijo a Emma Blake.

Cuando McAnnis le dio alcance, la misteriosa figura se había encendido otro cigarrillo.

—He oído que va por ahí curioseando sobre mi madre —dijo Otto Mayer.

—El club me ha pedido que investigue.

—La policía ya ha estado aquí —replicó Otto Mayer—. ¿Usted qué busca?

—Yo me limito a hacer preguntas. Tanto para descartar cosas como para descubrirlas.

Otto dio una patada a la grava del camino.

—¿Le ha preguntado a mi padre si fue él quien la mató?

—Sí, se lo he preguntado.

—¿Y qué le ha contestado?

—Que no.

—Eso cree él.

—¿Tú no?

—Depende de cómo definamos la palabra.

—Tengo entendido que tu madre no estaba... que no estaba bien desde hace tiempo.

—Desde toda la vida. O al menos, toda la mía. Mejoraba, empeoraba, y así una y otra vez, año tras año.

—Debe de haber sido muy doloroso.

—Pues sí.

—¿Crees que se suicidó?

—Sin duda.

—Si me permites la pregunta, ¿qué te hace estar tan seguro?

—Estaba pasando por una de sus malas rachas... Así las llamaba ella: «rachas». Estos últimos años no levantaba cabeza.

—Desde el accidente.

Otto Mayer asintió.

—Sí. Y aún peor desde que Amanda Caldwell...

—Ya me han contado.

—Me siento culpable de lo que pasó, cómo no. Aunque quizás no debería. Quizás lo de Trip fue mala suerte. Yo también podría haber muerto en el accidente. Tampoco es que saliera ileso precisamente —dijo dándose unos toquecitos en la pierna.

—A mí no tienes que convencerme de nada —dijo McAnnis—. No estoy aquí para determinar si eres culpable o inocente.

—Pues yo tenía la impresión de que eso es justo lo que lo había traído por aquí —replicó Otto Mayer.

McAnnis lo negó con la cabeza.

—Concluido un caso, presento un informe con datos y números. Con fechas y declaraciones de unos y otros. Nada más.

—Olvida usted mencionar los sobres con fotos escabrosas.

McAnnis hizo caso omiso.

—¿Tu madre sabía lo de tu padre?

—Sí. Algo sabía. Al final, todo.

—¿Y tú?

—Todo, no. Hasta ayer. —Otto Mayer se encendió otro cigarrillo. Los consumía hasta el filtro, encendiendo uno con otro, y los apagaba aplastándolos en el barro. McAnnis notó que le temblaban un poco los dedos—. ¿Sabía que el mes pasado desapareció?

—No, no lo sabía. Tu padre no me lo ha mencionado.

—Estuvo dos semanas desaparecida.

—¿Adónde fue?

—No lo sabemos.

—¿Quizás a casa de algún amigo? —sugirió McAnnis—. ¿O de algún familiar?

—Ni una cosa ni la otra. Llamamos a hospitales, hoteles. Denunciamos la desaparición en comisaría. La policía nos preguntó si queríamos que mandaran equipos de búsqueda para rastrear los bosques. De West Heart.

—¿Y qué dijisteis?

—Que no.

—¿Cuándo regresó tu madre?

—Hace solo unos días.

—¿Dio alguna explicación?

—No —respondió Otto Mayer—. Y mi padre tampoco se la pidió.

—¿Te extrañó que no lo hiciera?

—Sí. Hasta ayer.

El lago. La reverberación del sol sobre sus aguas, tan intensa que todo parecía un sueño. El zumbido de un bimotor, volando bajo, que se alabea para saludar a los bañistas. Emma Blake, los ojos ocultos tras unas gafas de sol oscuras, coqueteando. La zambullida de un niño que se lanza al agua agarrado a la cuerda. Luego, el estómago de McAnnis en un puño mientras va hacia la orilla y descubre el cadáver meciéndose en la suave corriente. Al volverse ve al joven Otto en la playa levantándose torpemente, y sus movimientos y su porte parecen indicar que, por lo que fuera, ya lo sabía.

—Lo siento.

—Tenía que verla, que asegurarme de que era ella —dijo Otto Mayer.

—No todo el mundo habría estado dispuesto a hacer eso.

Entre las diferentes categorías de cadáveres, las víctimas de ahogamiento son de las peores que identificar. Sobre todo, las que mueren en agua dulce. Cuando McAnnis descubrió el cadáver de la madre de Otto, los peces se habían ensañado con su cara.

—Emma me llevó a casa.

—¿Tu padre estaba allí?

—No, había ido a pescar, junto al puente. Emma mandó a que fueran a por él. Luego le pedí que se marchara, entré en el dormitorio de mi madre, y allí lo descubrí.

El detective bajó la vista hacia el papel, doblado por la mitad, que Otto Mayer se había sacado del bolsillo del impermeable. Se lo figuraba, pero no había querido presionar.

—Cuando mi padre me preguntó, le dije que no había encontrado nada.

—Así se lo transmitió él al comisario. Pero esa declaración podría complicar las cosas.

—Daré todas las explicaciones que sean necesarias —dijo Otto Mayer—. ¿Quiere verlo?

—Sí.

La luz que llegaba de la terraza de los Blake no alcanzaba a iluminar el camino, así que McAnnis sacó el mechero para leer la nota en la oscuridad. Era una caligrafía de trazo débil, con letras finas y angulosas. Escrita a lápiz, como los deberes de una niña.

—¿Tú no sabías nada de todo esto? —preguntó McAnnis, tras leer dos veces la nota.

—No.

—Debió de contárselo tu padre. Hace poco, seguramente. Por eso desapareció.

—Supongo.

—¿Por qué me la has dado a leer?

—El caso de mi madre está cerrado —respondió Otto Mayer—. O al menos yo lo considero cerrado. Pero el de John Garmond sigue abierto.

—Podrían estar conectados.

—Podrían.

—Sea como sea, esta nota levanta sospechas sobre tu padre.

—Sí, soy consciente —dijo Otto Mayer—. Pero no creo que mi padre matara a John. ¿Usted sí?

McAnnis evitó la mirada del joven y volvió a doblar cuidadosamente la nota.

—¿Te importa si me la quedo?

—Suya es. Yo ya no la necesito. —Otto Mayer vio cómo el detective se metía la nota en el bolsillo y luego preguntó—: ¿Se lo va a contar a Ramsey?

—Creo que —respondió McAnnis lentamente— no es a mí a quien corresponde hacer eso.

—Entonces, ¿qué?

—Tengo que hablar con Jane Garmond. Y con tu padre.

Otto Mayer asintió y luego se alejó cojeando. Cuando McAnnis regresó a la terraza, Emma Blake ya se había marchado.

*

La noche del 4 de diciembre de 1926, Agatha Christie desapareció de su domicilio sin dejar rastro. La encontrarían el día 15 de diciembre, ilesa, en un hotel balneario de Yorkshire. Los once días que duró su ausencia tuvieron en vilo a los británicos y desataron un gran revuelo mediático; las portadas de todos los periódicos principales del país cubrieron de manera exhaustiva todos y cada uno de los giros que iba dando el caso. Desde entonces, su desaparición ha inspirado docenas de libros, varios documentales, al menos dos largometrajes y un episodio de la serie *Doctor Who*. El misterio, sin embargo, sigue sin resolverse.

A finales de ese 1926, Agatha Christie era prácticamente una estrella; su nueva novela, el *best seller El asesinato de Roger Ackroyd,* había dado la vuelta al género y suscitado una gran polémica. La escritora estaba malcasada con el coronel Archibald Christie, que tenía una aventura amorosa con una mujer llamada Nancy Neele. El 4 de diciembre, Agatha Christie le dio un beso de buenas noches a su hija de siete años y se marchó de casa. Su vehículo fue encontrado a la mañana siguiente, abandonado en un pintoresco lugar llamado Newlands Corner.

Durante los once días siguientes, se llevaron a cabo búsquedas por todo el país. Miles de voluntarios organizaron partidas en los bosques del lugar. Un equipo de buzos exploró el cercano Silent Pool, un lago de aguas profundas situado en las inmediaciones. Sir Arthur Conan Doyle consultó a su médium favorita para averiguar el paradero de la escritora y publicó el resultado de sus indagaciones en *The Morning Post.*

Las hipótesis proliferaban:

Agatha Christie había sufrido un ataque de amnesia.

Todo era un montaje publicitario para aumentar las ventas de sus libros.

Se había suicidado.

La habían asesinado.

Su compatriota Dorothy Sawyers, escritora a su vez de novelas de misterio, inspeccionó el lugar de los hechos mientras escribía un artículo encargado por *The Daily News* y resumió de manera sucinta las posibles hipótesis sobre su desaparición: «Ante un problema de esta índole, existen cuatro posibles soluciones: pérdida de memoria, acto delictivo, suicidio o desaparición voluntaria».

Transcurrieron los días; las conjeturas iban en aumento; todas las pistas conducían a callejones sin salida. La atención pública, inevitablemente, se desvió hacia su marido. Entonces, la prensa informó de que la escritora había dejado tres cartas antes de desaparecer: una dirigida a su secretaria (supuestamente con información relativa a su agenda laboral), una a su cuñado y otra a su marido. Curiosamente, las dos últimas se habían quemado después de leerlas; un periódico citó la siguiente declaración de Archie Christie: «No se mencionaba nada [en la nota] que pudiera tener conexión alguna con el paradero de mi esposa».

La búsqueda concluyó por fin cuando un miembro de la orquesta del hotel Hydro de Harrogate, en el condado de Yorkshire, reconoció a la escritora (un biógrafo afirma que había estado bailando todas las noches al ritmo del charlestón «Yes! We Have no Bananas»). Los periódicos informaron de que, confirmando la suposición más extendida, la escritora había sufrido un episodio de amnesia. Esos artículos en portada mencionaban también que Christie se había registrado en el hotel con el nombre de Teresa Neele, pero no destacaban el dato fundamental: que ese apellido con el que la supuesta amnésica Christie había firmado coincidía con el de la amante de su marido.

Al cabo de poco más de un año, tras meses de elucubraciones y análisis, Agatha Christie rompió su silencio en una entrevista exclusiva concedida al *Daily Mail*. En ella refirió un intento fallido de suicidio, provocado por el abatimiento en el que la había sumido la muerte de su madre y «varios asuntos personales en los que preferiría no entrar». Declaró que había estrellado el coche voluntariamente contra una cantera y que, al golpearse la cabeza en el volante de resultas del impacto, había perdido la memoria; después estuvo vagando aturdida veinticuatro horas, tiempo durante el que, sin saber cómo, logró llegar a Londres y de allí viajar a Yorkshire. Al registrarse en el hotel, lo había hecho convencida de ser otra: «Di en creer que era la señora Tessa Neele, oriunda de Sudáfrica». También dijo haberse creído viuda y añadió que, cuando leía sobre la desaparición de la famosa novelista en la prensa, «pensaba que había cometido una estupidez».

Esa fue la única vez que Agatha Christie comentó públicamente su desaparición. En sus memorias no hace mención alguna al incidente.

En décadas posteriores, las hipótesis fueron en aumento:

Se encontraba en «estado de fuga disociativa».

Estaba resolviendo un asesinato de la vida real.

Estaba cometiendo un crimen en la vida real.

Al darse cuenta de que su marido la estaba envenenando, huyó para recuperarse.

Simuló su muerte para que incriminaran a su marido.

Planeó su desaparición para desbaratar la escapada de fin de semana que su marido tenía proyectada con su amante (tal fue la conclusión de una biografía publicada en 1999, una hipótesis verosímil, aunque poco convincente desde el punto de vista psicológico y poco satisfactoria desde el punto de vista dramático).

Sea cual sea la verdad, las posibilidades dramáticas inherentes a un misterio cuya protagonista es una escritora de misterio han tenido eco durante décadas.

Curiosidad literaria 1: Patricia Highsmith adaptó la desaparición de Agatha Christie para su novela *A Suspension of Mercy (Crímenes imaginarios)*, aunque, en su versión, el papel de novelista recae en el cruel marido, no en la esposa desaparecida. Highsmith añadió otro giro a la historia: mientras el matrimonio se iba a pique, el marido estaba escribiendo un relato fantástico en el que se planteaba cómo matar a su esposa, y al desaparecer su mujer sin dejar rastro, ese relato lo compromete con la policía.

Curiosidad literaria 2: la desaparición de Agatha Christie inspiró una estrategia publicitaria que se puso en marcha al año siguiente y que mantendría su vigencia durante décadas. Los redactores del *News Chronicle* publicaron la foto de un hombre apodado «Lobby Ludd», desaparecido de forma misteriosa, según afirmaban, pero del que creían que deambulaba por la costa y saltaba de un complejo turístico a otro (los periódicos contrataron a actores para desempeñar el papel). Se ofrecía un premio de diez libras en metálico. Para obtener su recompensa, el lector que lo encontrara debía abordarlo con la frase: «Usted es el señor Lobby Ludd y exijo mis diez libras». Graham Greene llevó a la ficción ese ardid, otorgándole un lugar fundamental en la trama de su novela *Brighton Rock*.

Curiosidad literaria 3: en la adaptación televisiva del relato de Agatha Christie «Robo de joyas en el Grand Metropolitan», llevado a la pantalla en 1993, los guionistas añadieron un detalle cómico que no figuraba en la historia original: Hercule Poirot guarda un parecido asombroso con un trasunto de «Lobby Ludd» llamado «Lucky Len» y, a lo largo del episodio, los turistas no dejan de hostigarlo para obtener su recompensa, añadiendo a la invención más famosa de la autora un guiño inspirado en su desaparición real ocurrida décadas antes.

Postdata: Christie se divorció de su marido en 1928, y este contrajo matrimonio con Nancy Neele. (Tiempo después, la novelista se casaría en segundas nupcias con el arqueólogo Max Mallowan, con quien viviría felizmente hasta el final de sus días.) Después de obtener el divorcio, Christie decidió hacer su primer viaje en solitario; su destino sería Oriente Medio. Así fue como, un feliz día de otoño de 1928, la autora se embarcó en el legendario *Orient Express.*

*

La *soirée* de las seis, triste y apagada en comparación con la velada de la noche anterior, ha tocado a su fin y, en estas últimas páginas del día, ves a Adam McAnnis de vuelta en su dormitorio, solo. Sentado en la cama. Se levanta y va hacia la cómoda para comprobar que su Colt sigue en el cajón. Se acerca a la ventana y contempla la noche. Reconoces los movimientos de un hombre inquieto, angustiado, que tal vez teme por su propia vida... O: está nervioso sin más, distraído, analizando pistas, probando a disponer las piezas, primero de un modo, luego de otro, viendo cuáles encajan y cuáles no y qué imagen devuelven... O: está pensando en una mujer, quizás en Emma Blake —qué fácil avanzar por el pasillo y llamar, suavemente, a su puerta—, o en Susan Burr, lo más probable, preguntándose cómo ingeniárselas para quedar otra vez con ella esta noche, aunque, pese a que le cueste reconocerlo, alberga sospechas fundadas sobre ella.

McAnnis se recuesta en la cama, sin desvestirse, y fuma con un cenicero sobre el pecho. No deja de darle vueltas a la cabeza, ayudado por la nicotina, y tú tienes tus propias pistas sobre las que cavilar.

El hecho de que el detective haya mentido sobre la identidad de su cliente.

La conversación con Jonathan Gold.

El doctor Blake y la caja metálica escondida.

El silencio de Duncan Mayer sobre la desaparición de su mujer.

La aparición de esa nota suicida que al parecer no existía.

McAnnis enciende otro cigarrillo. El cenicero se está llenando de colillas y ceniza. Reconoces ese tipo de escena de haberla leído en otras novelas de misterio: el Gran Detective Rumiando sobre el Caso. Sherlock Holmes, retirado en su habitación, toca el violín, fuma como un carretero, dispara alguna que otra bala contra la pared, hasta que al cabo de las horas o de los días, demacrado, pero con los ojos chispeantes, exclama: «¡Vamos, Watson, comienza el juego!». O Hercule Poirot, paseando arriba y abajo en el balcón de su retiro mediterráneo, quejándose de que sus «pequeñas células grises» le han fallado, cuando de pronto un comentario casual de su amigo lo hace volverse en redondo y el belga bajito con cabeza de huevo exclama, alarmado y triunfal: «*Mon Dieu,* Hastings, ¿es consciente de lo que acaba de decir? ¡Qué tonto he sido todo este tiempo! ¡Vamos, rápido, y recemos al cielo para que no sea demasiado tarde!».

Aquí, sin embargo, no se ha producido tal epifanía. Los dedos del detective caen; del cigarrillo ya no queda más que un largo cilindro de ceniza; tiene los ojos cerrados. Una vez más, te toca reflexionar por tu cuenta sobre estas cuestiones. Y te preguntas, mientras observas el pecho que sube y baja de ese hombre dormido, si los detectives de ficción sueñan. Y de ser así, si soñarán con los vivos o con los muertos.

*

Claudia Mayer

P:

R: Durante años. Muchos muchos años, muchísimos. Si le soy sincera, no recuerdo un momento de mi vida en el que no lo haya tenido en mente. Era mi secreto, no sé si me entiende. Tenía que protegerlo de los demás, porque sabía que no lo comprenderían. Ni Duncan ni el pobre Otto ni nadie. Podrían haber intentado arrebatármelo, mi secreto. Eso era lo que más temía. Porque me lo hubieran arrebatado, de haber podido. Siempre estaban dándome pastillas..., venga pastillas y más pastillas. Nunca sirvió de nada. Solo consiguió que disimulara un poco mejor. Y que ellos se sintieran mejor, no yo. Yo seguía igual.

P:

R: Es difícil responder a eso. Duncan cuenta que una vez, en un concierto de Dylan, dijo: «Llevo puesta mi máscara de Bob Dylan». Eso lo dijo Dylan, claro, no Duncan. Duncan solo decía eso cuando contaba la anécdota. Fue en Halloween, creo. Bueno, para mí es Halloween todos los días. Yo llevo puesta la máscara de Claudia Mayer. ¿Qué le parece?

P:

R: Es como si miraras por una ventana. Ves los árboles, el lago, la hierba, lo que haya al otro lado. Pero al mismo tiempo eres consciente de que delante tienes una ventana, con su marco, su reja, su cristal... Estás mirando la ventana, cuando tendrías que mirar al otro lado, no sé si me explico. Pues eso es lo que siento a todas horas. Como el mimo atrapado en la caja invisible. Tú no ves la caja, pero el mimo, si tiene arte, sí la ve. Y tú sabes, porque lo sabes, mientras estás ahí de pie mirándolo, que no debería ser capaz de escaparse de ella.

P:

R: No.

P:

R: Lo sabía, claro que lo sabía. Aun sin saberlo, lo sabía. No todo, no lo de...

P:

R: Sí, ese chico. Ahora ya es un hombre, claro. Aun así, todavía me duele solo de pensarlo. ¿Es normal que siga doliendo? Yo creía que se me pasaría, pero lo llevo dentro. Es lo único que siento. Ni pesar, ni tristeza, ni felicidad, nada. Pero ese dolor sigue dentro de mí. Puede que las pasiones más recientes sean las últimas en desvanecerse, ¿no?

P:

R: Sí, perdón. No, eso no lo sabía. Pero sabía que habían tenido un pasado, cuando eran niños, niños enamorados. Qué bonita expresión, ¿verdad? Niños enamorados. Pero los niños enamorados crecen. No es que me importara, la verdad. O quizás sí. No lo sé. Es tan difícil saber lo que uno cree, ¿verdad? La gente te pregunta esas cosas: «¿Cómo te hace sentir eso? ¿Cómo reaccionas ante eso?». ¿Qué hay que responder? ¿Hay una respuesta adecuada? Por mucho que intentes resolver el rompecabezas, la verdad es que nunca sabrás si has dado con la solución. «¿Cómo me siento?» ¿Y cómo quieren que lo sepa? Lo normal sería ser la última en saberlo, ¿no?

P:

R: No, todo el mundo lo siente, creo. Somos todos como esos carillones que el viento sacude de un lado para otro, ¿no? Llegados a este punto en la vida, ninguno de nosotros produce la melodía que hubiera deseado. Las notas están ahí, sí, solo que se tocan en el orden que no deben.

P:

R: Sí, es cierto que las cosas cambiaron después de que él naciera. ¿Quiere que le cuente una tontería? Durante un tiempo, cuando estaba embarazada, pensé que el secreto podría salir a la luz, que podría cogerlo en brazos, acunarlo, cuidarlo, ver cómo crecía solo, fuera de mí. Y que yo cambiaría. Pero no fue así. El bebé era solo un bebé. Así que yo... Bueno, Duncan diría que empeoré. Creo que se equivoca, más bien pasé a ser más «yo misma», el problema es que eso no les gustó. Me convencieron, o intentaron convencerme, de que no era yo, de que era otra, y me colocaron otra máscara más. Surtiría efecto, por un tiempo.

P:

R: Siempre le echaron la culpa a Otto, porque iba al volante. Y porque llevaba puesto el cinturón de seguridad, y Trip no. Creo que Alex habría preferido que Otto también hubiera muerto. Amanda, en cambio, no. Ella solo... Fue horrible. Estaba tan triste. Tan, tan triste. No podían ni mirarnos a la cara. Y luego, después de... Alex nos odió más todavía.

P:

R: Nunca me ha gustado este lugar. Para Duncan, cómo no, forma parte de su sangre; lleva toda la vida viniendo aquí. Al principio de estar casados, entre semana él se volvía a Nueva York para trabajar y yo me quedaba aquí. Él pensaba que estaba tan contenta, que me había hecho al lugar. Supongo que quería verme como una buena mujercita de West Heart, de esas que se pasan el día tomando el sol en el lago, paseando por el bosque, cuidando de los niños. Pero no, a mí me gustaba venir entre semana, sin él, sobre todo después de que Otto se fuera a la universidad, porque así podía quedarme en la cabaña y no ver a nadie, ni hablar con nadie durante días y días.

P:

R: ¿Qué quiere que le diga? Esa noche dormimos cada uno en una habitación. Lo sugerí yo, le dije que se movía demasiado en sueños, pero no era verdad, solo quería estar sola. Además, sabía que Duncan tenía que madrugar porque a la mañana siguiente se iba de cacería.

P:

R: Bueno, al menos, eso me dijo, que iba a acostarse pronto. No sé lo que haría después de salir de casa, claro. Pero ya qué más me da. Como le decía, ya no siento nada. Aparte del dolor por aquello. Supongo que Duncan también tenía su secreto. Distinto al mío, pero un secreto al fin y al cabo. Me levanté, me puse la bata, una con bolsillos bien grandes, que me había comprado ex profeso, y salí de casa. Había luna llena, así que se veía bastante bien. Pero la verdad es que habría encontrado el camino aunque la noche hubiera sido oscura como boca de lobo.

P:

R: No, no fui al edificio del club.

P:

R: Completamente segura.

P:

R: Aquel mismo día, horas antes, les pedí a unos niños que estaban en el lago que me ayudaran a buscar piedras. Fue como un juego. Yo quería piedras perfectas, de cantos redondeados, suaves. Tenían que ser perfectas. Luego hicimos un..., ¿cómo se llama?

P:

R: Eso, un túmulo. Me gusta esa palabra. Suena a algo mágico y ancestral. Apilamos las piedras formando un túmulo y luego les hice prometer a los niños que no lo tocarían.

Me lo prometieron todos, con mucha solemnidad, como si aquel fuera el juramento más importante de su vida. Los niños son criaturas enormemente curiosas, pero mantuvieron su palabra. Por la noche, allí estaban las piedras, junto al lago. Esperándome. Era como si llevaran toda la vida allí, esperando a que yo llegara. Dispuestas para un ritual ancestral.

P:

R: Ya se lo he dicho, no siento nada. Nada de nada. Salvo el dolor por aquello. Pero creo que pronto también eso desaparecerá. Y entonces realmente no quedará nada.

P:

P:

P:

P:

«El asesinato, por ejemplo, puede abordarse desde una vertiente moral..., pero también puede contemplarse desde un punto de vista "estético"...»

Domingo

Empiezas a leer los párrafos siguientes con una ventaja, o tal vez un hándicap: sabes que esta historia termina en domingo. ¿Cómo? Quizás has hojeado el libro, no saltándote páginas para saber cómo terminaba, no eres un sociópata, al fin y al cabo, sino más bien por curiosidad, fijándote en qué lo distinguía de otros, o no, y has reparado en que el «domingo» era el último día en el índice. O quizás ya habías leído sobre ese particular en alguna reseña, la que te convenció de comprar el libro en primer lugar, en la que el crítico señalaba que la novela «se desarrolla en el curso de cuatro días, durante el puente festivo en conmemoración del Bicentenario de Estados Unidos». Jueves, viernes, sábado, domingo. Una reseña que leíste buscando con avidez esas características del género que te reconfortan: una trama que «mantiene en vilo al lector hasta el final», un giro «satisfactorio y completamente inesperado», un clímax al que solo se le pueden aplicar ciertos adjetivos, dependiendo del propósito del escritor y de los caprichos del crítico: «emocionante, ingenioso, desconcertante, decepcionante...».

Así pues, abordas este domingo por la mañana con un talante un tanto nostálgico, un sentimiento que parece compartir el autor, ya que abre el día con un registro distinto, pausadamente, como si él también se resistiera a poner fin a la historia y hubiese retrasado el momento de volver a la trama describiendo el recinto de West Heart y la luz todavía centelleante del alba que ilumina un bosque tras una tormenta, el susurro de las hojas mojadas, un silencioso ciervo que cruza con sigilo el camino..., descripciones bucólicas cuya intención, piensas tú, es evocar una indiferencia preternatural ante los pecados pasajeros de hombres y mujeres.

No obstante, al final estas frases sinuosas acaban enroscándose una vez más en las mortales cuitas de un hombre que camina por una pista de grava. Es el detective, medio adormilado todavía, pasando revista a los estragos de la torrencial tormenta: rocas que han saltado al camino, troncos por doquier, maceteros volcados, las banderolas desgarradas y cubiertas de barro que conmemoraban el aniversario ya casi olvidado del país.

Adam McAnnis entra en el edificio del club y, solo una vez más, recorre sus pasillos espectralmente silenciosos. Se dirige a la cocina. Mientras espera a que salga el café, delibera ante la cámara frigorífica. Inspira hondo, abre la pesada puerta y desaparece en su interior, dejando tras de sí un halo de frío vaho.

No esperabas eso: ¿por qué querría el detective volver al lugar donde yace el cadáver? ¿Para comprobar que sigue ahí? ¿O para averiguar si algo ha desaparecido? Avanzada ya la novela, estás alerta, a la espera del inevitable giro final: ¿será este quizás? El cadáver ha desaparecido. O: el asesino ha regresado para recuperar pruebas incriminatorias que dejó olvidadas en el cuerpo de la víctima. O: se trata de una trampa. El asesino ha seguido a McAnnis hasta la sede del club, buscando la ocasión de acabar de una vez por todas con sus pesquisas..., una mano entra en el encuadre del objetivo, la puerta de la cámara frigorífica se cierra de golpe y el detective queda atrapado en su interior. El asesino sabe que no habrá nadie rondando lo bastante cerca como para oír sus gritos, que se irán debilitando con el paso de las horas hasta que finalmente se imponga el silencio; el crimen será descubierto después, cuando por fin llegue la policía y, al abrir la cámara frigorífica, encuentre no un cadáver, sino dos...

Adam McAnnis salió de allí, tiritando. Cerró la puerta de la cámara frigorífica, moviendo con dedos torpes su cierre metálico para asegurarse de que quedaba herméticamente trabado, y luego se sirvió un café para entrar en calor. Qué tontería lo que acababa de hacer. Y qué innecesario: los cadáveres no se levantan y salen andando. Además de peligroso, huelga decir. No debería olvidar que está solo en West Heart, que no puede confiar en nadie. En su supuesto cliente, por descontado que no. La información que había recabado sobre él en Nueva York daba bastante mala espina. Jonathan Gold era alguien del que la gente temía hablar, sobre todo la que se movía en los márgenes de la delincuencia y del poder: soplones, camellos y abogados corruptos. El mutismo de los interpelados aumentó la preocupación de McAnnis. ¿Sería tan sorprendente que hubiera dejado una estela de muertes tras de sí? McAnnis había conocido a tipos como Gold en el pasado, en Vietnam, sargentos y capitanes con los ojos hundidos para quienes, a su regreso, la vida cotidiana nunca tendría punto de comparación con el terrible goce de la guerra ni con la libertad, finalmente, para poner a prueba los límites de tu fuerza y tu voluntad. ¿Sería Jonathan Gold quien había provocado de algún modo esta tragedia? ¿Contaba, de hecho, con ella?

McAnnis dio un sorbo del café. En ocasiones así, se sentía como un ladrón con la oreja pegada a una caja de caudales, extremando la atención para percibir ese clic que tal vez nunca llegaría. Pero mejor eso que pensar en lo que acababa de encontrarse en la cámara frigorífica: un cuerpo cubierto de escarcha que parecía un pedazo de carne olvidado. Y detrás de la cabeza, apenas iluminada por la bombilla pelada que colgaba del techo, aquel espantoso boquete de hielo rojinegro.

Con un último estremecimiento, McAnnis abandonó el edificio del club y enfiló el camino enfangado que, gracias al croquis de Ralph Wakefield, sabía que llevaba hasta la cabaña del difunto.

*

Al aproximarse a la cabaña, McAnnis vio a Jane Garmond en el porche, sentada en una mecedora. Parecía estar esperándolo. Al lado había una mesita de madera con una taza de té. No lo invitó a sentarse.

—Debo de ser la primera de la lista esta mañana —le dijo—. Todo un honor.

—¿Su hijo está en casa? —le preguntó el detective.

—¿Ramsey? —dijo ella, y un fugaz gesto de preocupación cruzó por su rostro—. No. Dijo que iba a levantarse temprano para ir a pescar. Dicen que después de una tormenta los peces pican más. Yo creo más bien que necesitaba estar un rato a solas. En fin. ¿Qué importa que esté en casa o no?

—Importa.

—¿Por qué?

—Por lo que me dispongo a preguntarle.

—Pregunte lo que quiera —dijo Jane Garmond impasible.

—¿John estaba al corriente?

Jane dio un sorbo de té.

—¿Es relevante?

—Todo es relevante. ¿Lo sabía o no lo sabía?

—¿Sabía qué?

—Venga ya.

—Sí, lo sabía. Aunque nunca lo comentamos.

—¿Lo sabía alguien más, de la gente del club?

—¿Qué otro tema de conversación puede haber aquí arriba, aparte del quién se acuesta con quién?

—Usted me dijo que el jueves por la noche, la noche en que murió Claudia Mayer, había estado toda la noche sola en casa. Pero no era cierto, ¿verdad?

—No.

—¿Estaba usted en la habitación 312?

La sonrisa de Jane Garmond no se reflejó en sus ojos.

—¿Cómo lo ha averiguado?

—Porque yo estaba en la 302 —respondió McAnnis.

Jane Garmond rio con sorna.

—Me alegro por usted —dijo—. Debería haber pasado a saludar.

—Imagino que habrá noches de mucho trajín allá arriba —dijo McAnnis—. Como en las comedias de enredo: gente que se topa de pronto en el pasillo, que entra por equivocación en el cuarto que no debe. ¿Lo comentan a la mañana siguiente? ¿O hacen como si no hubiera pasado nada?

—Los vicios nocturnos se desvanecen a la luz del día —respondió ella.

—Ya imaginaba —dijo McAnnis—. ¿Le preocupa que su amante sea sospechoso del asesinato de su marido?

—No. No creo que lo sea.

—¿Le preocupa ser usted misma sospechosa?

—No.

Jane Garmond empezó a balancearse, lentamente; la mecedora crujía como un metrónomo. Estaba sentada a la sombra, pero un golpe de aire agitó las ramas de los árboles y, por un instante, quedó bañada en la luz de la mañana. Su rostro, a excepción de la larga cicatriz que le cruzaba la sien, pareció iluminarse, como si se encendiera por dentro. Era una mujer muy hermosa. Lo bastante hermosa, pensó McAnnis, como para provocar un asesinato.

—Cuando le he preguntado si John estaba al corriente —dijo el detective—, no me refería solo a si sabía que usted tenía un amante.

—¿A qué se refería entonces?

—A si sabía lo de su hijo.

Estaba preparada para esa pregunta, era evidente. No dejó traslucir reacción alguna: una señal de por sí más delatora que la negación, el enfado o la vergüenza.

—No sé de qué me habla —respondió.

—Claudia dejó una nota antes de morir.

—A la policía le dijeron que no había dejado ninguna.

—Pero la dejó.

Jane Garmond lo miró desafiante.

—¿Y?

—Y en esa nota, que yo he leído y que, de hecho, obra en mi poder, Claudia hace ciertas declaraciones muy concretas sobre su hijo Ramsey.

Jane Garmond se levantó y fue hacia el otro extremo del porche. Miró hacia el lago como si buscara algo, pero McAnnis sospechó que solo pretendía hacer tiempo. Una escena cruzó rápidamente por su imaginación: la señora Garmond se vuelve en redondo, pistola en mano, fulminándolo con la mirada. ¿Tiene buena puntería? Claro que la tiene, ha crecido en West Heart. Además, apenas media distancia entre ambos. Es una mujer desesperada, dispuesta a proteger su secreto. Levanta la pistola y dispara a quemarropa en el pecho del detective, confiando en que el eco de ese único disparo no llame la atención de nadie en las inmediaciones, y luego emprende la siniestra tarea de deshacerse del cadáver...

Jane Garmond se dio la vuelta y regresó hacia él. No tomó asiento.

—¿Disfruta con este trabajo? —le preguntó.

—A veces, sí y a veces, no.

—¿Y en este preciso momento?

—No especialmente.

—He oído que va diciendo por ahí que fue John quien lo contrató.

—Así es.

—Y que al parecer la gente se lo ha creído.

—¿Usted no?

—No, yo no —contestó Jane Garmond secamente.

—¿Importa acaso?

—Dice usted ser detective, y tal vez lo sea, pero en Nueva York. Aquí arriba no es nadie. Solo un extraño que ha venido a beberse nuestro vino y a acostarse con nuestras mujeres y nuestras hijas.

—Sobre lo último está usted mal informada —replicó McAnnis.

—Pues será que Emma se ha vuelto más lenta de reflejos con los años. Dele tiempo.

—No tiene por qué responder a mis preguntas, cierto —dijo McAnnis—. Ni usted ni nadie. Pero le diré una cosa, y es un hecho bien documentado: la gran mayoría de los asesinatos que no se resuelven en las primeras cuarenta y ocho horas, nunca llegan a resolverse. Así que, ya ve, señora Garmond, el tiempo corre.

—¿De verdad cree que no quiero saber quién mató a mi marido?

—Lo que creo es que, si no fue usted quien lo hizo, quizás tema conocer al culpable. Porque podría ser alguien que le importa.

McAnnis había confiado en provocar alguna reacción en

ella, una mueca o cualquier otro gesto que traicionara el secreto que pretendía mantener oculto, pero Jane Garmond se mantenía impasible. Cogió la taza de té y se volvió hacia la puerta mosquitera.

—Haga usted lo que crea oportuno con esa supuesta nota suicida. No está en mis manos. Pero le ruego que, al menos, tenga en cuenta cómo podría afectar a los implicados.

—Lo haré —prometió McAnnis.

—Hay algo más que debo decirle. Sobre la noche en que murió John.

—Adelante.

—Le dije que John había recibido una llamada.

—Así es.

—Me preguntó si la persona que había llamado era un hombre o una mujer, y le dije que no lo sabía. Pero mentí. —McAnnis esperó, pero sabía lo que venía a continuación—. Era la voz de una mujer.

*

Caso práctico: El *whowroteit* o Quién se esconde detrás de esa firma

W.H. Auden, en un conocido ensayo sobre un género que el autor adoraba, afirmaba desdeñoso que «la definición vulgar» que ofrece el término inglés *Whodunit* (es decir, quién lo ha hecho), empleado coloquialmente para referirse a las novelas de detectives, «es correcta». En cuanto a las novelas anteriores de dicho género, donde lo primordial era la resolución del enigma, lo más apropiado sería describirlas como *Howdunits* (es decir, cómo lo ha hecho), puesto que la atención se centraba más en el *how* (cómo) que en el *who* (quién). Posteriormente, cuando creció el interés de los autores por los personajes y la psicología, el género se desplazó hacia la modalidad del *Whydunit,* el porqué del crimen. Esas novelas, sin embargo, solían contener otro misterio, escondido en sus lomos a la vista de todo el mundo (¡como la carta robada de Poe!).

No puede ser fortuito que la novela de misterio, consagrada a disimular y ocultar la verdad, sea, de entre todos los demás géneros, la que más comúnmente se ha firmado con pseudónimo, con un alias, por emplear un término de la jerga. Esa costumbre, que se remonta a los tiempos cuando en Londres circulaban coches de caballos y las calles se iluminaban con farolas de gas, ha perdurado hasta hoy.

S.S. Van Dine era Willard Huntington Wright. Edgar Box era Gore Vidal. Nicholas Blake era Cecil Day-Lewis. Ellery Queen era dos escritores distintos. Jane Harvard, cuatro.

Algunos autores han adoptado un pseudónimo para ocultar una producción literaria prodigiosa (Cecil John Charles Street publicó ciento cuarenta y cuatro novelas con el nombre de Miles Burton y otras sesenta y nueve con el de John Rhode). Otros, movidos por obligaciones profesionales. Pero también es cierto que otros muchos lo han hecho, fundamentalmente, porque consideraban que escribir ese tipo de novelas era rebajarse. «John Banville, qué puta eres», admitió el autor haber dicho de sí mismo cuando inició su serie de novelas policiacas bajo el nombre de Benjamin Black. (Más tarde, liquidaría a Black y empezaría a firmar novelas detectivescas con el apellido Banville.)

Hace tiempo que los intelectuales reaccionan a la defensiva para justificar su atracción por el género, como si se tratara de un vicio secreto (la morfina, la pornografía, la abstinencia) que pudiera avergonzarlos ante sus compañeros de profesión. Bien conocida es la declaración del crítico Edmund Wilson, que aseguraba no comprender dónde radicaba el atractivo del género. Auden sí lo comprendía, pero afirmaba que la novela de misterio no podía calificarse de arte. Graham Greene puso mucho empeño en calificar de meros «entretenimientos» sus novelas orientadas hacia el terreno del suspense. G.K. Chesterton dio en creer que su verdadero arte se manifestaba en los tediosos textos teológicos que hoy ya nadie lee, mientras que sus novelas detectivescas protagonizadas por el padre Brown continúan siendo muy apreciadas. T.S. Eliot reseñó numerosas novelas policiacas, pero nunca intentó escribir ninguna, aunque el título que escogió para su drama poético *Asesinato en la catedral* muestra claras resonancias del género; para esa obra también plagió, casi al pie de la letra, un famoso estribillo de «El ritual de los Musgrave», uno de los relatos sobre Sherlock Holmes escritos por Sir Arthur Conan Doyle.

DOYLE	ELIOT
¿De quién era?	¿De quién era?
Del que se ha marchado.	Del que se ha marchado.
¿Quién se lo quedará?	¿Quién se lo quedará?
El que venga.	El que venga.
¿Qué mes era?	¿Qué mes era?
El sexto a partir del primero.	El último a partir del primero.
[...]	[...]
¿Por qué habríamos de dárselo?	¿Por qué habríamos de dárselo?
Por la confianza debida.	Por el poder y la gloria.

Evidentemente, no todos los grandes escritores han hecho tantos remilgos. William Faulkner publicó varias novelas de detectives sin pseudónimo (justo es reconocer que no demasiado buenas, pero tampoco para Faulkner en general). También Jorge Luis Borges firmó con su nombre los extraordinarios relatos metafísicos que le valieron fama mundial; entre ellos se contaban al menos dos célebres narraciones detectivescas («La muerte y la brújula» y «El jardín de los senderos que se bifurcan»), así como otras muchas que podrían describirse como «primas» de las novelas de misterio (incluida «Tema del traidor y del héroe», para la que Borges debería haber reconocido con algo más de efusividad la influencia del relato de Chesterton «La muestra de la espada rota»). El autor solo recurrió a un pseudónimo (Bustos Domecq) para publicar sus historias detectivescas más frívolas, escritas al alimón con su amigo y cómplice literal en el crimen Adolfo Bioy Casares, que luego serían recopiladas y editadas en inglés bajo el título *Six Problems for Don Isidro Parodi*.

Es curioso, por otra parte, que la mayoría de las mujeres y de los escritores de color hayan optado por publicar con su propio nombre. Dorothy Sawyers era Dorothy Sawyers; Walter Mosley era Walter Mosley; Chester Himes era Chester Himes. Ngaio Marsh se limitó a firmar con sus apellidos y suprimió su nombre de pila (Edith). P.D. James se ocultó solo detrás de sus iniciales. Y, por supuesto, el pseudónimo de Agatha Christie, Mary Westmacott, sirvió para lo que sus detractores (masculinos, por lo general) más tarde calificarían con desdén de «novelas románticas», aunque no en la variante de ficción histórica con elevado contenido sexual que hoy día pudiera evocar esa etiqueta; de hecho, se trataba de novelas semiautobiográficas, reflexivas, que buceaban en una temática que muchos de esos críticos sin duda considerarían indigno de la literatura: la interioridad de la mente femenina.

*

El conocido y oxidado 4×4 bajaba por la pista en dirección a él. McAnnis levantó una mano, a modo de saludo, pero también de advertencia para que se detuviera. Fred Shiflett asomó la cabeza por la ventanilla.

—¿No debería estar por ahí resolviendo crímenes?

McAnnis no entró al trapo.

—En eso estoy —respondió.

—Bueno es saberlo.

—De hecho, estaba buscándolo —dijo McAnnis—. ¿Puedo hacerle una pregunta?

Fred Shiflett se encogió de hombros.

—Depende.

—¿Sabe de algún camino secreto para salir del recinto?

Una mirada chulesca cruzó el rostro de Shiflett. Parecía muy satisfecho de sí mismo.

—¿Es una pregunta o ya sabe la respuesta?

—Ambas cosas, pero en realidad más lo segundo —respondió McAnnis.

—¿Cómo lo ha descubierto?

—Una criatura perdida en el bosque me lo enseñó.

Fred Shiflett escupió en el suelo.

—Ese niñato. Sabía que me espiaba. A mí y a todos. Siempre está por ahí rondando con sus prismáticos.

—¿Entonces es cierto?

Fred Shiflett tardó en responder.

—Claro que sí —dijo lentamente—. Es un sendero a través del bosque, no muy transitable, pero yendo con cuidado, hasta se puede circular en camioneta. Yo mismo lo abrí, hace años, por si quería entrar o salir de West Heart sin que nadie se enterara.

—¿Para qué iba a hacer eso? —quiso saber McAnnis.

—Tengo mis motivos.

—¿Y todavía es viable, a pesar de la tormenta?

—Sí.

McAnnis hizo un gesto de incredulidad con la cabeza.

—¿Y no dijo nada, ni siquiera después del asesinato, cuando la gente estaba desesperada por salir de aquí e ir en busca de auxilio? ¿Dejó que metiéramos el cadáver de John Garmond en una cámara frigorífica, como si fuera otro pedazo de carne más?

—Nadie me pidió opinión —replicó Fred Shiflett—. Ni sobre eso ni sobre nada. Y cuando supe lo de esa cámara, ya estaba más que congelado.

—Pero ¿por qué no dijo nada?

—¿A mí qué más me da todo esto? Yo no he matado a nadie. Lo que quiere decir que alguno de ellos habrá tenido que hacerlo. —Fred Shiflett ladeó la cabeza, mirando fijamente a McAnnis—. ¿Alguna vez ha vivido en una granja, detective? ¿En una granja de verdad? Pues yo crecí en una; y lo que la gente de la ciudad no sabe, o no quiere saber, es lo sangriento que es ese mundo. En una granja no hay muertes «naturales». Allí, de una manera u otra, todo son matanzas. ¿Le han contado alguna vez lo que pasa en un gallinero cuando una de las aves está herida y las otras ven la sangre?

—No.

—Canibalismo —dijo Fred Shiflett—. Las gallinas se ensañan con la que está herida, la despedazan. Y cacareando de principio a fin, como si estuvieran endemoniadas. Si una de las atacantes se lastima, las demás la destripan también. Y así una tras otra. Como no intervengas, en cuestión de segundos se arma tal carnicería que acabas con medio gallinero muerto o malherido.

—¿Es usted el granjero en este caso, Shiflett?

—Yo no soy nada, eso es lo que soy. Nada. Ahí llevaba

usted razón. ¿Quiere saber una cosa? Todas las navidades me dan una paga extra. Un sobre con dinero en metálico, que el presidente del club me entrega en mano, en privado, como si para ellos fuera una vergüenza. El año pasado me soltaron unos cincuenta dólares, lo que significa que cada familia aportó..., ¿qué? ¿Un dólar? ¿Dos? ¿Ninguno? ¿Por un año arreglando tejados, repartiendo leña y limpiándoles las fosas sépticas hundido en la mierda hasta las rodillas? O sea que, sí, me puse muy contento cuando me enteré de que uno de ellos era un asesino. Y más contento estoy ahora de ver cómo se despedazan entre ellos para averiguar quién es el culpable.

—¿Era John Garmond quien le entregaba ese sobre? —le preguntó McAnnis.

—Vamos, hombre. Hay gente por ahí con motivos mucho mejores para matarlo.

—Shiflett, comprendo que se sienta...

—No, no lo comprende.

—Está bien. No lo comprendo. Pero tenemos que actuar cuanto antes. Alguien más podría salir herido, alguien que no lo merece. Usted podría evitar que eso suceda —añadió McAnnis—. Vaya a la comisaría. Cuénteles lo que pasó. Tráigalos aquí.

Los pájaros se comunicaban con sus trinos, de árbol a árbol. McAnnis siguió la mirada de Fred Shiflett y vio un arrendajo azul, posado en una rama sobre sus cabezas, que piaba furioso y después levantó el vuelo, en dirección a algún nido que saquear.

—Lo pensaré —dijo Fred Shiflett—. Si voy, no será antes de haberles dado de comer a mis perros.

—Gracias. Ahora tengo otra pregunta.

—¿Sí?

—¿Cómo se llega a la casa de Duncan Mayer?

*

La casa de los Mayer estaba al otro lado del lago. McAnnis emprendió la marcha con aire fatigado, a través de una senda que, según rezaba un letrero de madera clavado a un árbol, se llamaba Talbot's Way, seguramente en honor a algún abuelo o bisabuelo de Jane Garmond, de soltera Talbot. Con el croquis de Ralph Wakefield en la mano, fue dejando a un lado algunos lugares destacados del club: la playa, todavía desierta a primera hora de la mañana, la cuerda para lanzarse al agua, colgando de un árbol como la soga de un ahorcado; un cobertizo desvencijado y una barbacoa hecha de ladrillos que ya empezaban a desmoronarse; la isla donde los niños luchaban contra los piratas; un árbol de aspecto fantasmal, ennegrecido y casi petrificado; una presa que sin duda explicaba la existencia del lago, rebosante en ese momento a causa de las aguas arrastradas por la tormenta; y la caseta de los botes, donde se guardaban los kayaks y las canoas, y junto a la cual, en años distintos, se habían encontrado los cadáveres de dos mujeres. En un punto del camino, antes de que el sendero se desviara de la orilla del agua, McAnnis divisó a una figura solitaria en medio del lago, nadando con brazadas largas y armónicas, pero estaba demasiado lejos para poder identificarla.

La senda por la que caminaba estaba cubierta por un manto de acículas de los pinos, la tierra, húmeda y blanda; McAnnis, acostumbrado a pisar sobre cemento y asfalto, observó con sorpresa que estaba disfrutando de la caminata. Finalmente, avistó la cabaña de los Mayer en lo alto de una colina, envuelta por una arboleda; supuso que debía de estar casi todo el tiempo en sombra, pues solo recibía el sol directo en verano y en las horas centrales del día. Mal lugar, pensó, para una mujer condenada a la tristeza.

Al aproximarse a la puerta, observó que también esa casa tenía vistas al lago y se imaginó a Claudia Mayer contemplándolo desde el porche, absorta en sus profundidades, año tras año.

Nadie respondió a la primera llamada, tampoco a la segunda. Probó a girar el pomo: habían echado la llave. Ahuecó las manos en torno a los ojos para curiosear por una ventana. Sus dedos intentaron empujar delicadamente la ventana de guillotina hacia arriba.

—No está aquí.

McAnnis se dio la vuelta y se encontró ante Otto Mayer.

—¿Quién no está aquí?

—Mi padre. Es a quien venía buscando, ¿no?

—¿Sabes dónde está?

—No. La verdad —dijo Otto Mayer—. Pero supongo que en el lago.

—¿Ah, sí?

—Sé que le parecerá raro, que vuelva allí..., al lugar del crimen, como quien dice. Pero es que es muy aficionado a la natación. De fondo. Se le da muy bien. Desde siempre. Se aleja más que nadie de la orilla, incluso da la vuelta a la isla.

—Creo haberlo visto —dijo McAnnis. Dudó un momento—: ¿Te arrepientes de haberme contado todo aquello?

—Solo cada segundo desde que me levanto hasta que me acuesto.

—¿Quieres que te devuelva la nota?

—No.

Otto Mayer estaba demacrado, como si hubiera pasado la noche en vela. Se frotaba las sienes con aire fatigado. Sus ojos eran del mismo azul pizarra que los de su padre, observó McAnnis, satisfecho de haber encajado una pieza en el rompecabezas.

—Venía para hablar con tu padre, pero la verdad es que tengo algo que preguntarte a ti también.

—No lo dudo.

—¿Tú eras la persona a la que estuve siguiendo el jueves por la noche? Desde el edificio del club.

Otto Mayer encendió un cigarrillo y se quedó mirándolo con exagerada afectación.

—Es la última cajetilla que me queda. Seguro que más de uno está en las mismas. Como no despejen pronto las carreteras, no me extrañaría que empezaran a matarse unos a otros de verdad. —Hizo una mueca—. Perdone. Sí, era yo. Sabía que alguien iba siguiéndome los pasos, pero no supe que era usted hasta que la luz de la luna lo iluminó. Me metí por un sendero, para esquivarlo, y luego volví a casa.

—¿Eras tú también el que estaba en el pasillo? —preguntó McAnnis—. En la tercera planta.

—Sí.

—¿Delante de la habitación 312?

—Sí.

—¿Por qué subiste allí?

—No lo sé. Creo que iba con la idea de irrumpir en la habitación y pillarlos in fraganti. Mi madre estaba pasándolo muy mal, y yo quería que él lo pasara mal también. Pero no me vi capaz de entrar. No quise. —Ladeó la cabeza—. ¿Cómo lo ha averiguado?

—En ese momento yo estaba en otra habitación, del mismo pasillo.

Otto Mayer rio sin ganas.

—Qué asco de sitio —dijo—. Cuando eres niño, te parece idílico. Pasas los veranos aquí, todo el día nadando, de acampada en la isla, explorando los bosques. En invierno, te paseas por el lago helado con tus raquetas de nieve o tus patines... Pero a medida que te haces mayor, te das cuenta de que en realidad todo es una mierda. Todos se sienten desgraciados. Todos se meten algo. Todos se acuestan con todos. Y lo peor es que no hay salida. Siempre rodeados todos de la misma gente, gente a la que odian o a la que antes querían. Igual deberían venderlo, al fin y al cabo.

—Entonces, ¿por qué sigues viniendo?

—Yo qué sé —replicó Otto Mayer—. La fuerza de la costumbre, supongo. Y desde el accidente, por otra razón más. La culpa.

—Ninguna de las personas con las que he hablado te culpa de lo que pasó.

—Eso es porque no estaban allí —repuso Otto Mayer—. Me quedé aprisionado dentro, colgado boca abajo, viendo cómo Trip se desangraba. No volvió a recuperar el conocimiento. Si yo fuera Alex Caldwell, también me odiaría —concluyó con amargura.

*

Cuando McAnnis regresó a casa de los Blake, la planta baja estaba desierta: migas en la cocina, platos apilados en el fregadero, las copas de vino de la víspera todavía desperdigadas por la sala de estar, los ceniceros repletos de colillas. Escenas de la vida cotidiana abandonadas abruptamente, como si los ocupantes de la vivienda hubieran recibido el anuncio de un inminente apocalipsis en medio del desayuno. McAnnis se sintió como un fantasma.

Al salir a la terraza, descubrió a Emma Blake, todavía en pijama y con las sempiternas gafas de sol puestas, leyendo una revista.

—¿Dónde se ha metido la gente?

—Ni idea —dijo Emma Blake—. Cuando me he levantado ya se habían ido todos. Hay tarta de café, si quieres.

—Gracias.

—Tienes cara de cansancio —observó.

—El eufemismo de rigor para evitar decir que tienes una pinta infame, ¿no?

—Vale. Tú lo has querido. —Emma Blake lo escrutó por encima de las gafas—. Tienes una pinta infame.

—No he dormido mucho.

—Ni yo. Y pensar que podríamos no haber dormido pero juntos...

—¿Bajo el mismo techo que tu padre?

—Podríamos haber ido al edificio del club. ¿Cuál hubieras preferido, la 302 o la 312? —preguntó maliciosa.

—Emma, por favor.

—Perdona. A veces soy un poco impertinente. ¿Un café?

—Eso que no falte.

Sentado tranquilamente en la terraza con Emma, McAnnis dio rienda suelta a la imaginación: se citarían en Nueva York, cuando todo hubiera terminado. Pasaría a recogerla en su Pontiac Bonneville de 1971 y la invitaría a cenar en el Bamonte's de Brooklyn, con la mafia. El camarero miraría a Emma de arriba abajo y luego volvería la vista hacia él, como diciendo: «Menudo pimpollo. ¿Cómo te la has ligado?». Luego el camarero, despiadado, propondría pedir un tinto muy por encima de su presupuesto, que McAnnis aceptaría de inmediato, naturalmente, mientras, con las tripas retorcidas, calculaba el despilfarro en términos de clientes y horas de trabajo. Tomarían pan con aceite de oliva, y Emma le preguntaría por los gánsteres sentados a otras mesas, algunos a los que él conoce de vista, otros que no, y para estos inventaría historias truculentas sobre kilos de heroína cosidos a cadáveres que aterrizan en el aeropuerto JFK, sobre torturas en naves de Greenpoint y cuerpos arrojados a las marismas cercanas a Jones Beach. «Te lo estás inventando todo», diría ella entre risas, y él juraría que no, que era la pura verdad. Después de cenar, se darían el lote en el asiento delantero de su Pontiac, delante del portal de Emma. Y cuando ella lo invitara a subir, él declinaría el ofrecimiento. «Tampoco hay que pasarse de caballero», replicaría ella, pero McAnnis detectaría que, en el fondo, no había decepción en sus palabras. Luego se quedaría un buen rato apostado dentro del coche, viendo cómo los rectángulos de luz amarillenta del edificio de enfrente se iban apagando, uno tras otro; acechando por voluntad propia, por primera y única vez en su vida.

—¿Qué hace Emma Blake cuando no está en el club? —le preguntó McAnnis por fin.

—¿Te refieres a cuando no es una sospechosa de asesinato encerrada con un detective en un remoto club de caza atestado de armas?

—A eso me refiero, sí.

—Tengo un trabajo en Nueva York. Comparto piso con otras dos chicas.

—¿Qué clase de trabajo?

—En una revista. Quiero ser escritora, o al menos redactora.

—Me estás hablando del futuro, pero ¿en el presente qué haces?

—Soy secretaria.

—¿En qué revista?

—*Esquire.*

—Te imaginaba más bien en *Ms.*

—No, pero una vez me presentaron a Gloria Steinem.

—¿Y qué tal?

—Me aconsejó que no me dejara lavar el cerebro en la universidad.

—¿Cuándo fue eso?

—En el último año de la carrera.

McAnnis se echó a reír.

—Los buenos consejos siempre llegan con retraso. La primera vez que me detuvieron, por allanamiento de morada mientras investigaba un caso, mi jefe acudió a pagar la fianza. Me habían encerrado en una celda de Manhattan entre yonquis, prostitutas y un loco que se cagó en las manos. Mi jefe me miró muy risueño, desde el otro lado de los barrotes, y dijo: «Puede que se me haya olvidado decírtelo, pero ser detective privado es una apuesta profesional nefasta».

—¿Y estaba en lo cierto?

—Las más de las veces.

Emma Blake dejó caer la revista en el suelo de la terraza.

—¿Te gusta ser detective?

—Todo el mundo me pregunta lo mismo —se lamentó.

—¿Y?

—¿Y qué?

—Que si te gusta ser detective.

—Es un medio absurdo de ganarse la vida —respondió McAnnis—. Pero es que las alternativas eran peores todavía. De todos modos, ¿qué mejor opción para un joven que había colgado los estudios de filosofía a mitad de la carrera, que había pasado por Vietnam y se había criado entre polis?

—Para mí que te quejas de vicio —replicó Emma—. Yo creo que te gusta.

—¿Eso crees?

—Creo que quieres pensar que te das mala vida por necesidad, no por elección —contestó Emma, poniéndose seria—. Pero, en el fondo, encuentras placer en lo perverso. En lo abyecto, lo depravado. En exponerte a lo peor de la naturaleza humana. Y creo que si te dedicas a esta profesión es porque te permite aceptar todo lo que hay en ti de todo eso.

McAnnis se quedó callado un momento.

—Hablas como si me conocieras —dijo en voz baja después.

—Conozco a los hombres.

—Me pareció ver «algo de certidumbre en la degradación» —masculló el detective.

—Como Lawrence de Arabia, ¿eh? No pongas esa cara de sorpresa. En la universidad me hicieron un buen lavado de cerebro, ¿recuerdas? Por otra parte, seguro que yo no leí el mismo Lawrence que tú.

—¿Y tú qué? —preguntó McAnnis—. ¿Te gusta trabajar en *Esquire*?

—¿Intentas cambiar de tema?

—Por supuesto.

—La revista está bien —dijo Emma Blake—. Dejando aparte las pretensiones, la vulgaridad, la misoginia y la despiadada explotación capitalista de jóvenes inocentes que trabajan prácticamente gratis.

—Suena ideal.

—Como chica liberada que toma la píldora, los hombres esperan o dan por sentado que voy a estar disponible sexualmente en todo momento. Pero, claro, si lo estoy, soy una puta. Y si no, una mojigata.

—El trabajo, al menos, será interesante, ¿no? —dijo McAnnis.

—Este mes hemos publicado sendos reportajes sobre John Ehrlichman y William F. Buckley. El último escrito por el propio Buckley.

—Eso me recuerda la antigua definición del onanismo —dijo McAnnis.

—¿Cómo es?

—Sexo con una persona amada.

Emma se echó a reír.

—Buckley, clavado.

—A tus padres les habrán encantado esos reportajes.

—El de Ehrlichman pretendía ser una historia con moraleja. Pero la gente de aquí —dijo con un ademán de la mano, como abarcando «el club»— seguramente lo ve como un manual de instrucciones.

La charla continúa —trivial, agradable, distendida, ligera—, y tú piensas en lo mucho que se distingue de la conversación de la víspera, cuando el aire crepitaba entre ellos tras los estragos de la tormenta. Existen mil y una maneras de apagar el hechizo en un momento así: el extraño que interrumpe para pedir fuego, la canción inapropiada que salta de pronto en la radio, el tren que llega un minuto antes de su hora reglamentaria. Sin embargo, sospechas que pueden también haber influido otros fenómenos menos tangibles: una caída de un solo milibar en la presión atmosférica, un ala de golondrina batiendo a treinta metros de altura, el eco de una pisada a media manzana de distancia, una neurona entre miles de millones que no se conectan... Las miradas se desvían, el pulso se enlentece, y reparas en que la marea no sube, como creías, sino que baja. Contra tales probabilidades cósmicas, ¿qué cabe hacer? ¿No evidencia eso que el momento en que dos imanes se juntan es más milagroso si cabe de lo que imaginábamos?

De pronto, caes en la cuenta de que los dos personajes han retomado el asunto del asesinato, y debes regresar al texto, por si se te escapa una nueva revelación.

—Entonces, ¿ya has resuelto el caso? —preguntó Emma Blake.

—Lo dices en singular, pero tenemos dos cadáveres, ¿no? —replicó McAnnis.

—Sí, pero Claudia... Todo el mundo sabe que lo suyo fue otra cosa.

—Puede que sí —dijo McAnnis— o puede que no. De todos modos, creo que un suicidio precisa tanta explicación como un asesinato.

—Está bien, pues dos cadáveres entonces. ¿Has averiguado qué pasó?

—Casi casi —respondió el detective—. Creo que ya voy viendo la luz. Las pistas están a la vista de todo el mundo.

—¿Y cuáles son?

—¿Las pistas? —La pregunta pareció divertir a McAnnis—. ¿Quieres que te haga el recuento?

—Pues sí, la verdad.

—Bueno —dijo McAnnis, reflexionando—. No creo que haya inconveniente. No. Un momento.

Emma Blake lo había preguntado de broma, pero esperó pacientemente. Sorprendida de que fuera a divulgarlas. O de que pudiera.

—De acuerdo —dijo McAnnis—. ¿Preparada?

—Sí.

Fue enumerándolas con los dedos.

—*Madame Butterfly*. Henry Ford. Charles Lindbergh. La tribu de los oneida. La habitación 312. Una placa que ha desaparecido de su sitio. Un jugador con mala suerte. El segundo disparo. Una llamada telefónica a medianoche. Y un hematoma en las lumbares de una mujer.

—¿Eso son pistas? —Emma Blake lo miró con incredulidad. A la luz del sol, su melena rubia parecía casi blanca.

—Sí —dijo McAnnis—. O quizás pistas de pistas.

—¿Qué piensas hacer con todo eso?

—Para empezar, echarme una siesta. O al menos, tumbarme un rato. No me encuentro muy bien... Será algo que he comido.

—Puede que te hayan envenenado —sugirió Emma Blake.

McAnnis dijo que no con la cabeza.

—Eso sí que sería un vuelco en la trama, ¿eh?

*

Ralph Wakefield estaba sentado a la sombra, en los peldaños de la casa de los Burr, garabateando en un papel con los hombros encorvados. Balanceaba ligeramente el torso, a la vez que tarareaba con la boca cerrada, una costumbre que había adoptado para concentrarse o cuando quería hacer oídos sordos a algo, como, por ejemplo, a las voces de sus tíos en el piso de arriba. Un poco antes había oído un estrépito, como de cristales al hacerse añicos; luego a su tía, exclamando a voz en grito «¡Mentiroso!», seguido de un portazo en su dormitorio. Pero no le había dado importancia. Sabía que eran cosas de adultos, porque sus padres también se comportaban así, las raras veces en que todos los miembros de la familia coincidían en la misma ciudad y el mismo país.

En el papel había trazado un nuevo mapa secreto de West Heart, distinto al que le había entregado al detective. En este, añadió todo lo que había ido descubriendo desde su llegada al club, todo lo que había averiguado espiando por las ventanas con sus prismáticos o agazapado en el hueco de las escaleras escuchando los cuchicheos, las discusiones y los llantos de los adultos. Cuando no entendía las palabras que empleaban, las buscaba después en el diccionario. Ralph estaba convencido de que aquel croquis, aquel mapa secreto, era en realidad el verdadero mapa de West Heart.

En el papel de Ralph, de la misma manera que otros mapas señalaban los cuatro puntos cardinales, el niño había añadido las siguientes etiquetas:

TRISTEZA

FELICIDAD

AMOR

ODIO

Al lado de tres de las viviendas, había apuntado una de esas palabras recién aprendidas: ADULTERIO.

Junto al edificio del club, había dibujado un monigote de cuatro patas del que partía una raya mal hecha (trazada con un lápiz de colores que había encontrado por ahí), y al lado, el rótulo: PERRO MUERTO.

A la señora que se había ahogado en el lago no sabía cómo clasificarla, porque había oído discutir a los mayores sobre si la muerte había sido voluntaria o accidental. Así que, al final, junto a la caseta de los botes, escribió: SEÑORA MUERTA.

Acababa de añadir su última etiqueta, al edificio del club: ASESINATO.

Ralph examinó el mapa un momento, como si quisiera memorizarlo. Luego lo dobló con mucho cuidado, se lo metió en el bolsillo de los vaqueros y sacó su cuaderno de matemáticas. Estaba enfadado consigo mismo, porque llevaba días atascado con los problemas de cálculo. Era verdad lo que le había dicho al recién llegado, a aquel hombre tan simpático, el detective: para él eran pan comido. O solían serlo. Pero estos eran distintos. Había logrado resolver los dos primeros bastante rápido, y anotado las soluciones en letras de imprenta, con su caligrafía primorosa y minúscula; tan minúscula que la maestra se quejaba porque era incapaz de leerla, ni siquiera poniéndose aquellas gafas que Ralph sabía que detestaba. Las respuestas que había escrito eran las siguientes:

1. LA PROBABILIDAD ES DE 1 SOBRE 3
2. NO

El tercer problema era mucho más complicado. Ralph arrugó la cara. El lápiz apretaba contra el papel. Inseguro, probó con varios conceptos del libro de trigonometría que le había sisado a su hermano mayor. Luego cayó en la cuenta de que la solución podía tener algo que ver con un valor que nunca se había encontrado hasta el momento: un número irracional. Con más inseguridad de la acostumbrada, anotó:

3. ILIMITADO

Los problemas cuarto y quinto le parecieron chupados en comparación; los había resuelto la noche en que conoció al detective. El cuarto consistía simplemente en sumar una serie de números; la incógnita del quinto, algo más enrevesado, se despejó finalmente al simplificar los términos. Las respuestas de Ralph eran las siguientes:

4. 257 MINUTOS
5. LA PROPORCIÓN ES 10:1

Así que ya solo le quedaba el último problema. Estaba perdido. Tenía la impresión de que no le habían proporcionado los datos suficientes para resolverlo. Además, tenía hambre. Empezaba a aburrirse. Y aún tenía que ponerse con el cuaderno de laberintos. ¿Y si lo echaba a cara o cruz? Sabía que contaba con dos opciones posibles: SÍ y NO. Consideró por un instante una tercera, QUIZÁS, que a veces se ofrecía como alternativa en problemas de ese tipo, pero algo le decía que en este caso no era la respuesta correcta. Así pues, descartado QUIZÁS, solo le quedaba SÍ y NO. ¿Cuál de las dos podría ser?

Le rugieron las tripas. Al oír que su tía bajaba por las escaleras, impulsivamente, en una caligrafía más burda que de costumbre, escribió deprisa y corriendo:

6. NO

Aliviado, cerró el cuaderno de golpe, se puso en pie de un saltito y corrió a la cocina con sus zapatillas Jox rojas, como buen niño hambriento una tarde de verano, dispuesto a hurgar en la cocina en busca de algo que merendar.

*

CASO PRÁCTICO: EL *WHYSOLVEIT* O POR QUÉ RESOLVERLO

Mientras que en la «realidad» (admitiendo —*pace,* Nabokov— que el término solo tiene algún sentido encorsetado entre comillas) abundan los misterios sin resolver, en la novela de detectives clásica resultan en extremo inusuales. Sabido es que Raymond Chandler reconoció (o eso declaró) ignorar quién había matado al chófer de *El sueño eterno.* También se podría afirmar que la obra de Thomas Pynchon se compone íntegramente de misterios sin resolver o, cuando menos, de incógnitas sin resolver (incluida su única novela de detectives propiamente dicha, la laberíntica *Vicio propio).* Tampoco Paul Auster aporta ninguna solución en *La trilogía de Nueva York,* y casi se podría decir que ningún crimen. Casi un centenar de años antes, Henry James, en *La fuente sagrada,* no nos brinda ni crímenes ni solución, pero tampoco a un detective; sin embargo, esa obra sirvió de inspiración durante décadas para otras novelas de misterio cuyos personajes exploran los secretos y las relaciones humanas en un entorno clásico de la novela detectivesca: la élite disfrutando de una escapada de fin de semana.

Roy Vickers utilizó ejemplos de crímenes sin resolver (de la vida real) como base para una serie de historias (de ficción) centradas en el (ficticio) Departamento de callejones sin salida de Scotland Yard: una unidad dedicada a resolver casos archivados, así denominada antes de que la prensa de Florida acuñara la expresión a principios de la década de 1980.

La sabiduría convencional dicta que las novelas de misterio pertenecientes a la «Edad de oro» del género requerían una resolución, puesto que su propósito era preservar o restaurar el orden social establecido. Posteriormente, hubo novelas que adoptaron finales ambiguos o poco satisfactorios justo por la razón contraria: ya no merecía la pena preservar el orden establecido.

En *El caso de los bombones envenenados* (1929), Anthony Berkeley ambienta la acción en un club llamado el «Círculo del crimen», compuesto por seis aficionados y aficionadas a la criminología que se enfrentan a la resolución de un caso desconcertante: «¿Quién envió esos bombones a Sir Eustace?»; cada uno propone un asesino distinto y expone ante los restantes el resultado de sus investigaciones. La novela pone de manifiesto la esencial arbitrariedad del género, subrayando que los móviles y métodos de un homicida pueden intercambiarse fácilmente por los de otro distinto por completo: la solución no tiene nada de sagrado.

La mejor novela de misterio sin resolver en la historia del género no puede catalogarse como tal: la magistral *Y no quedó ninguno* (titulada originalmente *Diez negritos)* de Agatha

Christie. Diez extraños, que han sido invitados a una mansión situada en una isla remota, son asesinados uno tras otro, al parecer en sintonía con una canción de cuna ya antigua (y de un racismo inconcebible hoy día). La singular amenaza y el terror que gravitan sobre esa novela, la mejor de su autora, radican en la sospecha creciente de que el autor de esos crímenes es alguien o algo que escapa a nuestros sentidos; ese miedo fantasmagórico se concreta al final, cuando todos han muerto y, por inverosímil que parezca, la última víctima es asesinada, evidenciando la forzosa intervención de otro agente.

El desenlace es tan perfecto como enigmático, y debería haberse mantenido así, pero es evidente que Agatha Christie temió hasta tal punto desconcertar a sus lectores que agregó un epílogo (¡un literal mensaje en una botella!) en el que todo se explicaba de forma tan ingeniosa como decepcionantemente prosaica.

No obstante, el milagro de *Y no quedó ninguno* obedece a que es la única obra en todo el conjunto de su carrera literaria en la que el lector intuye, no sin cierta inquietud, el influjo que los temerosos mortales adscribían antaño a los Hados: la presencia de fuerzas invisibles y potencialmente malignas que manipulan o dirigen el destino de los seres humanos. Sobre ese presentimiento murmuran con temor los «malhadados» personajes de Shakespeare cuando dicen «Son los astros, los astros allá en lo alto, que rigen nuestros destinos», cuando mascullan que «un funesto planeta gobierna», cuando proclaman despavoridos que «los cielos mismos presagian encendidos la muerte de los príncipes». Ese temor se refleja de nuevo en el grito angustiado del conde Gloucester en *El rey Lear:* «Como moscas para niños caprichosos somos para los dioses, que por jugar nos dan muerte», un lamento que los lectores tal vez hagan bien en recordar cuando empiecen a elucubrar sobre quién será el próximo en morir.

*

El detective entra en su habitación y cierra la puerta. Abre el cajón donde había guardado la ropa y titubea —¿han tocado algo?—; luego se cerciora una vez más de que su revólver sigue allí. Hurga entre sus prendas y encuentra el pequeño bote de plástico con sus pastillas, se traga dos, sin agua, y, tras un momento de duda —qué demonios, han sido unos días tremendos—, extrae otras dos, vuelve a enroscar la tapa y esconde el bote de nuevo entre los calcetines. Luego, hojea su dosier sobre el club: no falta nada. Sus hombros se relajan. Se tumba en la cama y despliega los papeles alrededor, como un alumno que estudia para un examen.

Mientras fuma un cigarrillo, reflexiona sobre el caso, sobre el encargo inicial que lo ha traído hasta aquí. Y sobre las tragedias que desde entonces lo han distraído de su propósito.

Cierra los ojos. Recuerda a Claudia, la pobre Claudia, allí sola sentada bajo sus carillones en el porche de la sede del club, esperando en vano a que cambiara el viento para oír *El himno a la alegría.* La imagina luego, tiritando con la bata puesta, llenándose los bolsillos de piedras y sumergiéndose en las aguas frías y mansas del lago.

McAnnis piensa también en el espantoso agujero que John Garmond tenía en la cabeza, y en el trémulo hocico de una rata olisqueando la sangre oscura que goteaba de él. Y en la noche anterior, cuando el detective captó la mirada de John siguiendo el movimiento etéreo de su mujer al cruzar la terraza después de la cena, el desamparo en los ojos de un hombre embargado en igual medida por los celos y la culpa.

¿Lo sabría John entonces? ¿O quizás Jane pretendía que el detective lo creyera así? McAnnis no está seguro. Termina el cigarrillo. Tal vez no importe. Está en su mano actuar o no. Solucionar el caso o no. Puede irse cuando le plazca.

«Tú limítate a hacer tu trabajo», solía decirle Horatio Brown, restándole importancia a sus reparos como quien se sacude de encima a los moscardones. «Lo que hagan después, no es de tu incumbencia.»

Eso le habían dicho, pero las cosas rara vez funcionaban así.

McAnnis no se da cuenta de que le tiemblan las manos hasta que enciende otro cigarrillo y se le resbala de los dedos. Se seca la frente. Tiene la ropa empapada de sudor. Se pone en pie tambaleándose, da un paso, luego otro, y se desploma, de espaldas contra la cama; los papeles del dosier saltan por los aires y van a parar al suelo. Su cuerpo se desliza lentamente hasta caer de rodillas sobre la alfombra de chenilla verde. La luz del sol entra a raudales por la ventana, como la luz de la luna en la habitación 302; Susan le sonríe desde la penumbra y él toma la mano que le tiende, se aferra a ella como a la de su madre cuando niño, armándose de valor. En la otra mano sostiene un maletín con una muda de ropa; levanta la mirada hacia Susan en el mugriento vestíbulo de un hotel y rememora el momento en que se detuvo en el pasillo y, al contemplarla a través de la puerta entreabierta con la espalda vuelta hacia el espejo del baño, hizo una mueca de dolor al reparar en los hematomas a lo largo de su columna.

Unos hematomas idénticos a las marcas de jeringuilla que salpicaban los brazos de aquella chica a la que rescaté a la fuerza de las calles de Berkeley; rabió de indignación cuando la senté en el asiento trasero y le coloqué las esposas, no dejó de dar golpes y patadas contra las ventanillas durante todo el trayecto colina arriba, mientras yo apretaba el acelerador, saltándome semáforos y señales de stop a sabiendas de que lo más peligroso sería detenerse; pero era por su bien, eso me decía a mí mismo, aunque ella aullara como un animal con la pata atrapada en un cepo. Y luego, más tarde, la traición de su padre, y luego, más tarde aún, yo bebiendo a solas en aquel bar de mala muerte a orillas del lago Oakland, consciente de que la había rescatado de una prisión para entregarla en otra.

Shirley, recordé. Se llamaba Shirley. Recordé también a su padre clavándole la jeringuilla en el brazo, los ojos de Shirley vueltos en las cuencas y su cuerpo cayendo de espaldas en el sofá, como los soldados caían de espaldas sobre los cojines en aquel sótano lúgubre de Saigón, los reclutas rotando rumbo al sur del país, o al norte o a Laos o a ninguna parte, las volutas de aquel humo blanco, perfumado y dulzón, que salía de los braseros y de las largas pipas de madera, y, sí, también jeringuillas para quienes precisaban una dosis de efecto más rápido. Un mes más tarde, una bomba hizo saltar en pedazos el garito y el bar de arriba, pero a las madres y los padres de aquellos soldados rasos solo se les comunicó que habían muerto en combate y que nunca, jamás, regresarían a casa. Asediado por terrores nocturnos ya en aquel entonces, yo sabía muy bien por qué estaban allí aquellos soldados y yo mismo...

McAnnis gime y cae al suelo del dormitorio. Tiene el brazo izquierdo dormido y la boca seca. Intenta gritar pidiendo auxilio —puede que Emma alcanzara a oírlo desde la terraza—, pero no le sale la voz del cuerpo. No puede hablar. Su mirada se dirige hacia los papeles desperdigados por el suelo. Se arrastra hacia ellos. Ese no. Ese tampoco. Maldita sea. Date prisa. Ese. Ya está.

McAnnis empuña una hoja y se pone boca arriba. Emite

un sonido muy semejante a una risa, como se respondería a una broma cruel sin ninguna gracia. Y luego, en el interludio eterno e infinitesimal que media entre una inspiración y la siguiente, cierra los ojos.

*

—¿Cuántos llevamos ya? —preguntó Warren Burr—. ¿Un asesinato? ¿Dos? ¿Tres? ¿Por qué parar ahí? ¿Dónde está nuestra ambición? Con un poco de empeño, llegamos a la docena de fraile seguro.

Nos habíamos reunido en el salón principal de la sede del club. La noticia se había propagado como la pólvora. De casa en casa. De vecino a vecino. Habían visto al niño, Ralph, corriendo a toda velocidad por la pista de grava para comunicar la noticia. Esta vez el impacto no fue de la misma magnitud. La tragedia, como la comedia, pierde fuerza con la repetición.

Sin saber cómo proceder, nos habíamos encaminado cansinamente al edificio del club, algunos solos, otros en pareja. Reginald Talbot. Los Burr. La familia Blake. Jane y Ramsey Garmond. Duncan y Otto Mayer. Jonathan Gold. Cuando llegamos, el doctor Blake y su hijo ya habían trasladado el nuevo cadáver a la cámara frigorífica.

Nos sentíamos mal por no sentirnos peor, pero, al fin y al cabo, el detective era un extraño. No lo conocíamos. No era «uno de los nuestros». Además, todos éramos muy conscientes, aunque evitábamos pensarlo, de que, al menos para una persona, sería un alivio que el interrogatorio del detective hubiera concluido.

No, no nos importaba Adam McAnnis. Aun así, nos estremecimos al conocer la noticia. A ninguno se nos escapaba que el verdadero horror de esta última tragedia era que invitaba a una posible «serie» de ellas, como en una canción de cuna infantil. *Y luego no quedó ninguno.*

—Al menos estamos disfrutando de la mutua compañía —dijo Warren Burr. Se dejó caer en el sofá de cuero.

—Ya basta, Warren —lo amonestó el doctor Blake.

—¿Quién lo ha encontrado? —preguntó Susan Burr.

—Mis hijos y yo —respondió el doctor Blake. Relató la escena: llamaron con los nudillos a la puerta, dieron una voz. No hubo respuesta. Probaron a abrir, pero la llave estaba echada. Pensaron que se habría quedado dormido otra vez. James salió al jardín para intentar acceder por una ventana, pero estaba cerrada a cal y canto.

—Está tirado en el suelo —informó James—. Tenemos que entrar como sea.

—¿Por la puerta o por la ventana? —preguntó Emma.

Reflexionaron un momento.

—Por la puerta —dijo su padre por fin.

—¿La rompemos? —sugirió su hijo.

—Supongo.

Primero habían intentado tirarla abajo empujando con los hombros, explicó el doctor, pero era una puerta de las antiguas, maciza, y la longitud del pasillo no daba para tomar carrerilla; no sabían de ningún método fácil para echar una puerta abajo. Al final, por sugerencia de Emma, desatornillaron la bocallave y consiguieron forzar la cerradura.

Encontraron al detective tumbado en el centro de la habitación. El cuerpo no mostraba señales de violencia. Tenía los ojos cerrados. Un brazo apoyado sobre el pecho, con la mano en un puño; el otro, estirado a un lado, como la flecha de un poste señalando un sendero.

—Apartaos —les indicó el doctor. Se agachó junto al cuerpo del detective y acercó suavemente las yemas de los dedos a su cuello—. No hay pulso.

—Joder —exclamó James—. ¿Qué ha pasado?

—No lo sé, pero el cuerpo todavía está caliente. No puede llevar más de una hora muerto.

—¿Se habrá...?

—Puede. —El doctor Blake levantó la mirada hacia su hijo—. ¿Era ese tipo de persona?

—¿Acaso hay un tipo?

—Me refiero a si estaba deprimido, si tenía altibajos anímicos, si había hablado de suicidarse en nuestra maldita habitación de invitados —saltó el doctor—. A ese tipo de persona me refiero.

—La verdad es que no. Bueno, no lo sé. Si te soy sincero, creo que ya apenas lo conocía.

—Suponiendo que se suicidara, ¿cómo lo hizo? —preguntó Emma.

—No lo sé.

Sin mediar palabra, ante la mirada de su padre y su hermano, Emma se acercó a la cómoda, abrió el cajón superior y sacó el Colt Detective Special que había visto a McAnnis esconder allí. Abrió la recámara.

—La pistola no se ha disparado —observó—. Si pensaba suicidarse, lo normal habría sido hacerlo con esto, ¿no? —Sin esperar respuesta, devolvió el arma a su sitio y deslizó de nuevo las manos en el interior del cajón.

—No creo que sea prudente hurgar en sus cosas —dijo James.

Emma extrajo el bote de pastillas, como un mago sacando algo de su chistera.

—No tiene etiqueta —observó su padre. Le arrebató el bote a Emma y se echó unos cuantos comprimidos en la palma de la mano—. Dudo de que estas pastillas se compraran en una farmacia.

—¿Para qué son? —preguntó James.

—Ni idea —respondió el doctor—. Con un molde apropiado, cualquiera puede hacer pastillas con los ingredientes que quiera.

—Podrían haberlas cambiado fácilmente por algún veneno mortal —apuntó Emma.

—¿Qué insinúas? —preguntó James.

—Si ya han matado a una persona, como mínimo —contestó Emma—. ¿Por qué no a dos?

—¿No van tres ya? —replicó Warren Burr cuando los Blake concluyeron el relato de lo ocurrido.

—Lo de Claudia fue un suicidio. Todos lo sabemos —intervino Meredith Blake. Indicó con la cabeza al marido e hijo de la difunta—. Lo siento, pero es verdad.

—Si me permiten —dijo el doctor. Los demás asintieron—. Existe evidencia documentada de que hay personas propensas al suicidio que se inspiran..., bueno, esa no es la palabra exactamente..., que se ven impulsadas a suicidarse cuando ven a otros...

—McAnnis no se suicidó —interrumpió Susan Burr.

Desde el momento en que Susan había entrado en el salón principal, no le quitábamos ojo de encima. Todos sabíamos de lo suyo con John, naturalmente. Además, el día de la hoguera la habíamos visto adentrándose en el bosque con el detective. «Susan ya ha cazado a otro. Hay que ver cómo se lo montan Warren y ella», dijimos. Pero en este momento Susan parecía agotada; tenía unas ojeras que ningún maquillaje habría sido capaz de ocultar. Escudriñamos su rostro con la concentración de una pitonisa absorta en la palma de una mano. ¿Por qué estaba tan segura de que McAnnis no se había quitado la vida?

—¿Qué otra cosa podría haber ocurrido? —preguntó Reginald Talbot.

—Cualquier cosa. No conozco su historial médico —replicó el doctor Blake—. Había mencionado que padecía un soplo en el corazón; puede que eso tuviera algo que ver. O quizás fue un derrame cerebral, aunque a su edad parece un poco prematuro. O algo repentino, un trombo en una pierna, por ejemplo. O puede que se le fuera la mano con esas pastillas, que a saber lo que contienen. O que...

—O que alguien lo matara —dijo Susan Burr.

—La puerta estaba cerrada por dentro —replicó James Blake—. ¿Cómo iba a entrar el asesino?

—¿Y sin que nadie de la casa se diera cuenta, en pleno día además? —intervino Reginald Talbot. Miró alrededor—. A menos que el asesino fuera alguien de la casa, claro.

—¿Reg? —dijo Emma Blake.

—¿Sí?

—Váyase a tomar por culo —le espetó Emma Blake.

—¡Emma! —exclamó su madre.

—No vamos a fingir que esta es una gran tragedia que nos afecta personalmente —replicó Reginald Talbot—. Al fin y al cabo, ninguno lo conocíamos. Salvo James —añadió—. Lo siento.

—Yo hacía años que no lo veía —admitió James Blake—. No sé muy bien por qué me llamó.

—Te llamó porque le había salido un trabajo y necesitaba engatusarte para que lo invitaras al club —dijo Jane Garmond—. Seguramente por eso mismo se lo ofrecieron. Para que pudiera presentarse aquí sin levantar sospechas. Se lo pusiste en bandeja.

—Y un cuerno.

—Tenía un dosier con información sobre nosotros —intervino Emma Blake—. Sobre el club.

El dato nos pilló por sorpresa; todos nos revolvimos incómodos.

—¿Un dosier? —preguntó Warren Burr finalmente.

—Lo encontramos en su dormitorio —dijo Emma Blake—. Una carpeta llena de papeles. Algunos parecían registros de propiedad. Documentos legales. Recortes de periódico. Algunas notas escritas a mano. —Hizo una pausa—. También informes individuales sobre algunos de vosotros.

—¿Quiénes? —quiso saber Warren Burr.

—¿Podría ver esa carpeta? —preguntó Reginald Talbot.

—¿Para qué? —dijo Emma Blake—. ¿Le preocupa lo que pueda contener? ¿Mala conciencia?

—¿No tenemos asuntos más urgentes que tratar? —preguntó el doctor Blake con impaciencia.

—¿Como por ejemplo?

—Como por ejemplo, ¿quién va a desempeñar el papel de detective a partir de ahora?

*

Representación teatral

Una gran estancia, decorada a imagen del salón principal de la sede del club West Heart. La enorme chimenea de piedra se alza al fondo del escenario, contra la pared de atrás. En el suelo, cerca de la chimenea, hay una mancha, de un tamaño como el que cabría esperar que dejara un balazo en la cabeza, unas horas después de haber sido restregado con desgana. Sofás y butacas de cuero desperdigados, y las mesitas y alfombras necesarias para evocar una opulencia sobria, sin ostentación. Sobre una mesita hay un teléfono. La iluminación (alimentada por el generador) es tenue; debería notarse el cambio en la intensidad de la luz cuando se restablezca el suministro eléctrico.

En el Prólogo y la Escena I, el diseño de vestuario, peluquería, etcétera, correspondiente a la Lectora debería ser contemporáneo al del Público, y claramente distinguible del de los Personajes.

PRÓLOGO

Escenario vacío. Antes del comienzo de la representación, la música en la sala debería cesar el tiempo suficiente para provocar la incomodidad del Público. Las direcciones escénicas de la Lectora variarán según la sala en que se represente la función y la experiencia de la compañía. Si la Lectora estuviera sentada en la primera fila, debería ponerse de pie, avanzar rápidamente hacia el proscenio y volverse hacia el Público. Si la Lectora estuviera sentada en un palco, debería dirigirse directamente al Público sentado abajo. En ambos casos, antes de hablar debería fingir que forma parte del Público y leer el programa, conversar con sus compañeros de asiento, etcétera.

LECTORA *(al Público):* Esta obra dramática de misterio, como todas las de su género, pide o, más bien, insiste en que suspendan la credibilidad, que acepten que lo que están viendo no es real, y que estos pobres actores no viven ni mueren sobre este escenario. El poeta despierta del sueño sin saber si es el poeta que soñó ser mariposa o la mariposa que ahora sueña ser poeta. Todos ustedes son actores; todos y cada uno de ustedes, al igual que Alicia, temen despertar al Rey Rojo que, según tienen entendido, les está soñando; porque, entonces, ¿dónde suponen que estarían? ¿Tan seguros están, al contemplar este escenario, de que saben dónde termina? Por otro lado, al cavilar sobre la idea de que alguien, en alguna parte, está sentado en un teatro en penumbra, observándoles, ¿albergan miedo o esperanza?

Las luces funden a negro después del Prólogo; entran los Personajes. Una vez que se acomodan, las luces vuelven a encenderse.

ESCENA I

LECTORA: ¿Empezamos por el principio?

WARREN: No vamos a empezar por el final, ¿no?

LECTORA: Hay obras de misterio que arrancan así. Nos revelan quién es el asesino nada más empezar. El suspense, si lo hubiere, estriba en ver cómo el detective busca una solución y cómo el asesino intenta evitarla. Este no es esa clase de misterio, así que partiremos del principio. Repasemos los delitos cometidos hasta el momento. O presuntos delitos al menos. Asesinato. Intento de asesinato. Inducción al suicidio. Mentiras. Infidelidad. Chantaje. Extorsión. Hay tres personas muertas. He dicho «delitos», pero tal vez consideren que algunos de esos actos deberían calificarse más propiamente de «pecados». ¿Creemos todavía en el pecado? Para lo que aquí respecta, digamos que sí. Por otro lado, está el asunto de la venta del club y el de la admisión de un nuevo miembro, algo... inhabitual para una asociación como esta.

JONATHAN *(inclinando la cabeza con sorna): Touché.*

LECTORA: También tenemos que abordar el asunto del detective. ¿Quién lo contrató y qué había venido a hacer aquí?

MEREDITH: Dijo que lo había contratado John.

LECTORA: Tengo razones para creer que eso no es cierto. Luego me explico. Consideremos cada uno de los incidentes que se han producido en estos últimos días. Matan a un perro. Disparan a un hombre, pero sobrevive. Posteriormente, ese mismo hombre es hallado muerto en la sede del club; en esta misma sala, de hecho. Encuentran el cadáver de una mujer en un lago, y el de otro hombre en un domicilio particular. ¿Qué conexión hay entre ellos? ¿Existe alguna conexión? El detective desconfiaba de las falsas soluciones, de las coincidencias que se tienen por pistas, y haríamos muy bien en seguir su ejemplo. Volvamos ahora a la mañana del asesinato.

WARREN: ¿De cuál de ellos?

LECTORA: Perdón. La del asesinato de John Garmond. El viernes por la mañana. Entonces no sabíamos de la muerte de Claudia. Ni de las que estaban por venir. Al menos, la mayoría de nosotros. Obviamente, el asesino o asesinos, sí. Pero en ese momento, West Heart vivía en la inocencia, por así decirlo.

OTTO *(con deje amargo):* Eso sí que tiene gracia.

LECTORA: Esa misma mañana, varios miembros del club participaron en una cacería furtiva. Una tradición instaurada por los Garmond, según tengo entendido. Esos individuos eran Reginald Talbot, John Garmond, Ramsey Garmond y Duncan Mayer. Como creo que todos sabemos, John recibió un disparo. El detective mostró mucho interés por ese incidente. Estuvo presente en los momentos inmediatamente posteriores. Pudo interpretar el semblante de los implicados. Indagó mucho sobre lo ocurrido. ¿Duncan?

DUNCAN *(con ironía):* ¿Qué? ¿Otra vez yo?

LECTORA: Su implicación directa en tantas de las incógnitas que plantea este fin de semana da que pensar. Si yo fuera usted, o alguien cercano a usted, estaría preocupado. Al detective le dijo que había disparado a John por accidente, ¿no es cierto?

DUNCAN: ¿Insinúa que pude haberle disparado adrede?

LECTORA: Podría no haberle disparado y punto. *(Volviéndose hacia Reginald:)* Reginald, usted declaró que no sabía quién había elegido las parejas de caza, pero cuando se le insistió, dijo que había sido Duncan. ¿Por qué?

REGINALD: Supongo que porque pensé que así había sido.

LECTORA: ¿Porque lo pensó? Pero no estaba seguro.

REGINALD: Sí lo estaba.

LECTORA: ¿Dijo eso para hacer crecer las sospechas del detective sobre Duncan?

REGINALD: Por supuesto que no. Y no me gusta lo que está insinuando.

LECTORA: También le mencionó al detective algo muy interesante, cuyo significado solo logré descifrar más tarde. Dijo que, cuando John empezó a dar voces después del balazo, usted estaba distraído porque acababa de disparar contra un ciervo.

REGINALD: Así es.

LECTORA: ¿Y dónde está ese ciervo?

REGINALD: ¿Cómo dice?

LECTORA: Que dónde está ese ciervo contra el que disparó. ¿Han disecado y colgado la cabeza en alguna pared del club y no me he percatado?

REGINALD: Por supuesto que no. No, yo qué sé dónde demonios está. En algún lugar del bosque.

LECTORA: En el bosque..., vivo..., porque no acertó el tiro, ¿no es cierto?

REGINALD: Así es.

LECTORA: ¿Estaba Ramsey Garmond con usted cuando disparó contra el ciervo?

REGINALD: No, ya nos habíamos separado.

LECTORA: O sea que nadie salvo usted vio a ese animal. ¿Sería posible entonces que ese ciervo fuera... imaginario?

REGINALD: ¿Insinúa que fueron alucinaciones mías? *(Ríe nervioso.)* ¡Si apenas habíamos empezado a beber!

LECTORA: Lo que digo es que no hubo tal ciervo. Que se

lo inventó porque necesitaba un pretexto que justificara haber utilizado la escopeta. El bosque es un lugar silencioso; un disparo resuena entre los árboles. El resto de la partida que lo acompañaba esa mañana habría oído ese otro disparo. *(A Duncan:)* ¿Contra qué creía estar disparando?

DUNCAN: Pensaba que era un ciervo macho.

LECTORA: ¿Se sorprendió al descubrir que se trataba de un hombre?

DUNCAN: Mucho.

LECTORA: La mente humana es muy poderosa. A veces incluso puede embargar los sentidos. Repasemos la escena: es por la mañana temprano. Imagino que no había dormido muy bien. Estaba preocupado por su mujer. Su matrimonio hacía aguas. Por razones en las que entraremos más adelante, su larga amistad con John empezaba a experimentar cierta tirantez. ¿Es posible que, al verlo allí tendido entre los arbustos, cubierto de sangre, le asaltara la duda? ¿Que se cuestionara lo que había visto por la mira de su escopeta o, al menos, el recuerdo de lo que había visto? ¿Que se planteara si no habría sido usted quien había disparado contra aquel hombre? ¿Que se preguntara si, en cierto modo, no lo habría hecho a propósito?

DUNCAN *(lentamente):* Algo así, sí. Yo no sabía, no creí que..., pero cuando lo vi allí, cubierto de sangre..., pensé...

LECTORA: ¿Pensó que quizás había sido usted quien le había disparado?

DUNCAN: Sí.

LECTORA: Pero yo creo que no fue eso lo que ocurrió. *(A Reginald:)* Cuando disparó a John esa mañana, ¿lo hizo con intención de matarlo?

REGINALD: Yo no...

LECTORA: ¿Tenía planeado matarlo desde un principio o

aprovechó la oportunidad que le brindaba la situación? ¿Fue un blanco oportuno?

REGINALD: Yo no le disparé.

LECTORA: Usted estaba desesperado por vender el club, ¿no es cierto?

REGINALD: Quería venderlo, sí, pero...

LECTORA: ¿Se proponía matar a John cuando le disparó?

REGINALD: Yo no me proponía...

LECTORA: ¿O sea que fue un accidente?

REGINALD: Sí. No. Yo no le disparé...

LECTORA: Cuando disparó a John esa mañana, ¿lo hizo con intención de matarlo?

REGINALD: No, yo no quería que...

LECTORA: ¿Se levantó aquella mañana con la intención de disparar contra él?

REGINALD: No, no fue así...

JANE: ¡Por Dios, Reginald, cállate de una vez!

(Unos segundos de silencio. Deberíamos apreciar que Duncan Mayer está enfadado, Warren Burr sonríe con suficiencia y Jane Garmond está horrorizada. Jonathan Gold observa impasible.)

DUNCAN: Eres un cabrón, Reginald.

REGINALD: Yo qué culpa tengo de que te remordiera la conciencia. De no haberlo hecho yo, habrías sido tú. *(A la Lectora:)* Pero yo no lo maté.

LECTORA: El detective lo interrogó a fondo sobre esa posibilidad en particular. Sobre la probabilidad remota de que la persona que no había logrado matar a John por la mañana volviera a las andadas e intentara rematar la faena por la noche. Yo creo que, en ese momento, el detective ya sabía que había sido usted quien había efectuado el primer disparo. Le brindó la ocasión de confesar, pero usted la rechazó. Por otra parte, también es cierto que hay misterios que se basan en el «doble farol»: el sospechoso más probable resulta ser el autor del crimen. ¿Es usted esa persona, señor Talbot?

REGINALD: Insisto, yo no lo maté.

LECTORA: El jovencito Ralph Wakefield estaba resolviendo unos problemas de cálculo la otra noche. Le plantearé yo uno a mi vez: imagine a un ludópata. El hombre se endeuda hasta las cejas. Su mujer está embarazada de siete meses. ¿Qué cantidad mínima de esa deuda, en dólares, sería precisa para que ese hombre sucumbiera a la tentación de cometer un asesinato?

REGINALD: No es mi caso.

LECTORA: ¿Empezó usted a desviar fondos del club solo en fechas recientes o desde el momento en que lo nombraron tesorero?

REGINALD: Yo no...

DOCTOR BLAKE: Eres un traidor, Reg.

REGINALD: No es verdad.

DOCTOR BLAKE: ¡Llevabas una contabilidad paralela!

REGINALD: ¡Pero era para el club, no para mí! Tal como estaban las cuentas, nunca nos hubieran concedido el préstamo. Me vi obligado.

DOCTOR BLAKE: De ese préstamo hace ya tres años. ¿Por qué seguiste manteniendo esa contabilidad paralela?

REGINALD: Me... me preocupaba que pudiéramos volver a necesitarla. Pensé que sería más práctico mantenerla que partir de cero.

LECTORA *(a Jonathan):* Señor Gold, ¿qué opina usted de esas cuentas?

DUNCAN: ¿Él qué sabe de nada de esto?

LECTORA: En este momento ambos libros de contabilidad están en posesión del señor Gold. Se los entregó el detective.

MEREDITH: ¿Por qué iba McAnnis a hacer eso?

LECTORA: Porque fue Jonathan Gold quien lo contrató para que investigara al club.

SUSAN: ¿En serio?

WARREN *(a Jonathan):* ¿Fuiste tú?

SUSAN: ¿Por qué?

DOCTOR BLAKE: ¿Y por qué nos mintió el detective?

LECTORA *(suspira):* Nos han enseñado a que no se debe hablar mal de los muertos, pero me temo que esto no dice mucho del señor McAnnis. Creo que el detective vio una oportunidad en la muerte de John. El aislamiento derivado de la tormenta hizo que él pareciera la persona más lógica por la que empezar las indagaciones. En esencia, le dio libre acceso a toda la propiedad.

DOCTOR BLAKE: Y a todos nosotros.

LECTORA *(asiente):* Y a todos ustedes.

DUNCAN: Pero ¿qué razón tenía Jonathan para contratarlo?

LECTORA: ¿Señor Gold?

JONATHAN *(sin alterarse):* No hice más que tomar las precauciones necesarias. *Caveat emptor.* Hay que examinar la dentadura del caballo antes de salir cabalgando en él.

DOCTOR BLAKE: ¿Tiene intención de comprar el club?

JONATHAN: Digamos, más bien, que represento a unos clientes interesados en su compra.

LECTORA: ¿Cuánto dinero debe Reginald Talbot a su organización?

JONATHAN *(evitando mirar a Reginald):* Para nosotros es una insignificancia, pero para él, claro está, supone una cantidad considerable. El asunto lo tenía preocupado, y nosotros dejamos que se preocupara. Mantuvimos muchas y muy fructíferas conversaciones con él sobre las estrategias posibles para saldar esa deuda. *(Sonriendo.)* Los futuros padres son criaturas especialmente maleables.

LECTORA: Y fue durante una de esas... conversaciones... cuando les reveló que estas tierras habían pertenecido originalmente a los oneida, y les comunicó su idea de construir un casino, ¿no es así?

JONATHAN: Al principio nos mostramos escépticos, lógicamente. Pero viendo que todo cuadraba, nos quedamos tan sorprendidos como el que más. Al final ha resultado ser una idea bastante buena. *(Sonriendo.)* Dicen que Dios premia a los tontos. Al menos de vez en cuando.

LECTORA: Pero había un solo obstáculo en su camino. Una persona con derecho a veto que se oponía a la venta.

JONATHAN: Los obstáculos están para salvarlos.

LECTORA: O para quitarlos de en medio.

JONATHAN: Vamos, hombre, ¿de verdad me cree tan primario?

LECTORA: Lo creo capaz de cualquier cosa.

JONATHAN: Mi talento, si se quiere llamar así, radica en conquistar voluntades para hacer lo que es necesario.

LECTORA: ¿Obviando si el objetivo es justo o injusto?

JONATHAN *(con un ademán desdeñoso):* Yo, al igual que nuestro querido detective que en paz descanse, soy una especie de aprendiz de filósofo. Gajes del oficio, tal vez. En ausencia de dioses, lo justo o injusto —o el bien y el mal, si se prefiere— no son más que constructos artificiales. Considerémoslo más bien como un acuerdo *inter partes,* algo así como un contrato de arrendamiento sobre una propiedad. O un contrato por suministro de mercancías o servicios prestados. Lo único que mueve a adherirse al contrato es la amenaza de violencia, en caso de incumplimiento.

LECTORA: Pero eso solo funciona si se respeta la amenaza de violencia.

JONATHAN: Efectivamente. Si puedes eludir la amenaza, ya

sea a través de medios legales o de grupos de presión, o burlar la violencia con tu propia violencia, entonces eres verdaderamente libre.

LECTORA: ¿Le pidió a Reginald Talbot que matara a John Garmond?

JONATHAN: Por supuesto que no.

LECTORA: ¿Le insinuó que su deuda quedaría condonada si les garantizaba que la venta del club saldría adelante?

JONATHAN: Nosotros no hicimos sino constatar la obviedad de que la venta del club contribuiría a resolver la situación económica del señor Talbot.

LECTORA: Pero usted sabía que el señor Talbot estaba desesperado. De hecho, usted era el motivo de su desesperación.

JONATHAN: Reg Talbot es un hombre débil. Si tuviese que embarcarme en un asesinato, no recurriría a una nave tan frágil.

LECTORA: Aun así, yo creo que le insinuó que el asesinato lo salvaría. Y Reginald lo intentó.

JONATHAN: Usted puede creer lo que quiera, como es natural. Esto es Estados Unidos. ¿Qué es esta gran nación sino una tierra de mitos y leyendas? *(Mirando a Reginald.)* Pero no creo que pueda sacar gran cosa de ese conejo tembloroso.

LECTORA: Una pregunta obvia: ¿sabía John Garmond que usted había falseado información sobre sí mismo cuando solicitó el ingreso en el club? ¿Sabía que sus clientes estaban interesados en comprarlo?

JONATHAN: ¿Quién soy yo para decir lo que sabía John Garmond, lo que sospechaba, lo que reconocía para sus adentros, en lo más íntimo de su ser, al caer la noche? Supongo que podría preguntarle a su mujer o a su amante. Pero yo lo ignoro por completo.

LECTORA *(exasperada):* No le estoy haciendo preguntas metafísicas.

JONATHAN: ¿Ah, no?

LECTORA: Le estoy preguntando por hechos y asuntos de dominio público. Por palabras, gestos, expresiones. Quién le dijo qué a quién y cuándo. Qué se hizo y cómo. La broma que se deja caer durante un cóctel. La mirada desde el otro extremo de la habitación. La carta escrita que no se llega a enviar. Todas esas cosas que nos permiten dilucidar el móvil. Así que se lo preguntaré otra vez: ¿manifestó John Garmond entusiasmo respecto a su solicitud de ingreso en el club?

JONATHAN: Supongo.

LECTORA: ¿Pensó, pues, que incorporando a un nuevo miembro adinerado podría retrasar la venta del club?

JONATHAN: Tal vez.

LECTORA: Y tal vez usted lo llevó a creerlo así. John sabía que usted era judío, claro.

JONATHAN: Supongo.

LECTORA: Volveremos sobre eso más adelante. Pasemos al asunto de la disposición del club, ¿puedo presuponer que todos los presentes en esta sala estaban a favor de la venta?

(Nadie opone objeción.)

SUSAN: ¿Incluida tú, Jane?

JANE: Sí. Pensaba que... era necesario empezar de cero.

WARREN: Es decir, que no pensaba quedarse.

LECTORA: Bien. Ahí tenemos un móvil, lo digo para quienes estén interesados en estas cosas. Para todos ustedes. Veamos, pues. El detective estuvo indagando sobre varias cuestiones que, a mi ver, guardan relación con este tema en concreto. Por ejemplo, ¿quién ejerció la presidencia del club de 1935 a 1940?

MEREDITH: ¿Y eso qué importancia tiene?

LECTORA: Tiene importancia porque alguien le otorgó importancia, dado que la placa correspondiente a esos años ha desaparecido de la biblioteca. Alguien la retiró de allí. ¿Por qué?

REGINALD: De eso hace montones de años. Puede que algún crío se la llevara. O que se perdiera sin más. ¿Quién diantres lo sabe?

LECTORA: Yo creo que se retiró de ahí recientemente, como si alguien pretendiera cambiar la historia de West Heart. *(Al doctor Blake:)* ¿Por qué mintió negando que su padre hubiera sido presidente del club?

DOCTOR BLAKE: No creo haber mentido.

LECTORA: El detective se lo preguntó directamente. Yo no sabía por qué McAnnis tenía tanto interés por esa placa, ni por estas cuestiones, pero ahora lo veo muy claro. Por desgracia, demasiado tarde. ¿Por qué le mintió?

DOCTOR BLAKE: Debí de interpretar mal su pregunta.

LECTORA: Su padre, el doctor Theodore Blake, fue presidente del club de 1935 a 1940, ¿no es cierto?

DOCTOR BLAKE: Sé que fue presidente, pero no estoy seguro de en qué periodo.

LECTORA: En ese periodo. Y durante ese tiempo, utilizó su posición para promover ciertos... intereses políticos, ¿no es cierto? *(El doctor Blake guarda silencio.)* Por ejemplo, invitando a un médico inventor de un artilugio que según él podía diferenciar la sangre de distintas razas. *(A Jonathan Gold:)* Señor Gold, ¿sabía usted que su sangre vibra a mucha menor frecuencia que la del doctor Blake aquí presente?

JONATHAN *(secamente):* No, no lo sabía.

LECTORA *(al doctor Blake):* Un disparate, por supuesto. Pero en aquella época esas teorías tenían mucho predicamento, entre ciertos círculos. ¿Sabía usted que fue su padre quien organizó las visitas al club de Charles Lindbergh y Henry Ford?

DOCTOR BLAKE: Los socios de West Heart tienen muy buenas conexiones. A menudo recibimos visitas de personajes famosos e influyentes. *(A Meredith:)* ¿Quién era el que vino el año pasado?

MEREDITH: ¿Bill Holden?

DOCTOR BLAKE: No, el otro.

MEREDITH: ¿Charlton Heston?

DOCTOR BLAKE: Exacto. Charlton Heston. *(A Jonathan Gold:)* ¡Moisés!

JONATHAN: No he visto la película.

LECTORA: No cabe duda de que, a lo largo de los años, habrán pasado por aquí muchas personalidades, pero la visita de esas dos figuras, precisamente en aquel momento, reviste un interés especial. Los archivos de West Heart indican que hablaron sobre la «situación en Europa». Esos archivos registran también que las charlas fueron actos «muy concurridos», a los que asistió «un público entregado». Dígame, doctor, ¿ha oído alguna vez hablar de la Cruz al Mérito del Águila Alemana? ¿O de la Gran Cruz de la Orden del Águila Alemana?

DOCTOR BLAKE: No.

LECTORA: Ambas fueron condecoraciones creadas por Adolf Hitler. El cónsul alemán condecoró a Henry Ford con esa última. Hermann Göring le impuso la primera a Charles Lindbergh, en persona, mientras el aviador recorría el Reich. En Berlín, para ser exactos. Lindbergh testificaría después en el Congreso que era preciso negociar un pacto de neutralidad con Hitler. Ford publicó panfletos antisemíticos, entre los que figuran *Los protocolos de los sabios de Sión*. Creo que su padre los invitó para que comunicaran sus opiniones al respecto a la buena gente de West Heart. A este «público entregado». *(Silencio; la Lectora se dirige ahora a toda la sala:)* Comprendo que esta información puede resultar... molesta. En este país solemos olvidar fácilmente estas cosas. A menos que no queramos que se olviden. *(Al doctor Blake:)* ¿Posee usted una cabaña de caza, doctor Blake?

DOCTOR BLAKE: Es de la familia. Hace años que la tenemos.

LECTORA: ¿Está muy apartada? ¿Fuera de la vista? ¿Sería equivocado decir que escondida?

DOCTOR BLAKE: Escondida no está.

LECTORA: El detective encontró algo en esa cabaña, debajo de la alfombra. Una caja metálica. ¿Le importaría describirnos el contenido de esa caja? *(Silencio.)* Entonces permítame que sea yo quien lo haga. *(La Lectora se dirige de nuevo a toda la sala:)* Se trata de una caja metálica llena de *memorabilia* nazi; como, por ejemplo, una insignia que lucían las Schutzstaffel, más conocidas como las SS. Dentro hay también diversos recortes de periódico, entre los que se incluye uno con una fotografía del doctor Theodore Blake en compañía de Hermann Göring. El típico recuerdo que conservaría un hijo orgulloso, para honrar la memoria de su padre. *(Al doctor Blake:)* ¿Se sentía usted orgulloso de la ideología de su padre?

DOCTOR BLAKE: Este interrogatorio es absurdo.

LECTORA: ¿Comparte usted esa ideología?

DOCTOR BLAKE: No pienso repudiar a mi padre.

LECTORA: ¿Le disgustaba la perspectiva de que el señor Gold formara parte de West Heart?

DOCTOR BLAKE *(con orgullo):* Sí. *(A Jonathan Gold:)* Nada personal.

JONATHAN *(con frialdad):* Sin duda.

DOCTOR BLAKE: Es que, en mi opinión, las personas con

ideas afines deberían mantenerse unidas. Cada cual con su gente.

LECTORA: ¿Con gente cuya sangre vibra a la misma frecuencia, quiere decir?

DOCTOR BLAKE: Búrlese si quiere, pero sabe que tengo razón. *(Dirigiéndose a la sala:)* Todos saben que tengo razón.

LECTORA: Esa caja contiene también una Luger. ¿Utilizó esa pistola para disparar a John Garmond?

DOCTOR BLAKE: Por supuesto que no.

LECTORA: ¿Sabía usted que John Garmond conoció a Lindbergh durante esa visita?

DOCTOR BLAKE *(sorprendido):* No, no lo sabía. No estaba aquí en esa época. Estaba estudiando en la Universidad de Chicago.

LECTORA: Garmond era muy joven entonces, obviamente. En los archivos de West Heart se conserva una foto en la que aparecen juntos. Para un joven como él, apasionado de la aviación y más tarde piloto aficionado, conocer al héroe del *Spirit of St. Louis* debió de ser un sueño hecho realidad. Claro que «Lucky Lindy» acabó cayendo del pedestal. Para John, como para muchos estadounidenses, debió de suponer una gran decepción. Pero lo importante aquí es que es muy probable que el señor Garmond estuviera al corriente de esa faceta del pasado del club. *(A la sala:)* Sospecho que muchos de ustedes también. Una culpa compartida. O tal vez una amnesia compartida. En cualquier caso, debió de ser motivo de preocupación para él. El club se enfrentaba a un conflicto existencial. John había pasado su infancia aquí. Se había casado con su novia de toda la vida aquí. Había criado a su hijo aquí. Y de pronto el destino del club se veía amenazado. Hay camiones madereros en la carretera principal; West Heart no vendía madera desde la época de la Gran Depresión. Reginald Talbot se había visto obligado a solicitar un préstamo solo para mantener el club a flote, recurriendo a cuentas fraudulentas. Antes de que el detective se presentara aquí, John recabó información en Nueva York; no me sorprendería que hubiera descubierto un derecho de hipoteca sobre la finca. *(Mirando de reojo a Reginald, que guarda silencio.)* Quizás encontremos una copia del documento en ese sobre de papel manila que guardaba en su habitación. En definitiva: John sabía de los apuros económicos por los que estaba pasando el club. Si creía que Jonathan Gold era capaz de salvarlo, habría procurado eliminar u ocultar cualquier obstáculo que pudiera impedirlo. Incluyendo vestigios de un pasado nazi que dieran que pensar a un judío aspirante a formar parte del club. *(A Jane:)* Imagino que en algún armario de su casa habrá una placa del periodo que va de 1935 a 1940 inscrita con el nombre del doctor Theodore Blake.

JANE *(consternada):* Pero todo fue en vano. *(A Jonathan:)* Su preocupación no tenía razón de ser. Usted no pretendía ser socio, lo que quería era vender. Y John le estorbaba.

LECTORA: Señor Gold, ¿sus clientes hubieran puesto objeción a ese pasado?

JONATHAN: Nuestra empresa mira hacia el futuro. Digamos que se orienta hacia los resultados.

LECTORA: Me lo imaginaba. *(A la sala:)* Bueno, ahora ya sabemos ciertas cosas. El tesorero estaba endeudado hasta las cejas y se veía presionado a gestionar la venta del club. El eventual comprador se encontraba aquí, aunque mentía sobre sus verdaderas intenciones. El investigador que había contratado también se encontraba aquí, faltando a su vez a la verdad. Y el pobre John Garmond esquivó la muerte por la mañana, pero acabaron matándolo aquella misma noche. ¿Alguna objeción? *(Silencio.)* Pasemos, pues, al perro.

JAMES *(sin dar crédito):* ¿Al perro?

LECTORA: Al perro, sí. Poco importa si Alex Caldwell se había propuesto o no matarlo; francamente, quizás ni siquiera el propio Alex lo sabía. Nos da igual que ese perro ladre o no, por decirlo de algún modo. Lo importante es que ese animal fue el primer cabo de un hilo que condujo a la muerte de Claudia Mayer. Ese perro sacó a relucir tragedias que permeaban todo sobre lo que hemos hablado, como la carcoma destruye silenciosamente la madera. *(A Jane:)* Pero la pista clave sobre la muerte de Claudia está en el aria que usted cantó aquella noche junto a la hoguera. ¿Por qué eligió esa composición en particular?

JANE: Ya hablé de eso con el detective.

LECTORA: Ilústreme de todos modos, haga el favor.

JANE: Porque me apetecía. Y porque me sabía la letra.

LECTORA: Pero usted ha sido cantante de ópera profesional. Seguramente conoce la letra de otras muchas canciones. Sin embargo, eligió esa en particular. McAnnis mostró mucho interés por averiguar el motivo, y yo no entendía por qué. Pero creo que ahora lo entiendo.

JANE: ¿Ah, sí?

LECTORA: ¿Puedo aventurar que esa aria pretendía ser una muestra de compasión, tal vez incluso de disculpa, dirigida a dos personas distintas? Una que se encontraba allí presente, y otra que no.

JANE: No entiendo qué quiere decir.

LECTORA: *Madame Butterfly* trata de una mujer cuyo marido está enamorado de otra. También de un progenitor que ha perdido a su hijo. Claudia Mayer era la primera. Y su marido, John, el segundo.

JANE *(con angustia):* Se lo ruego, no...

LECTORA: Lo siento, pero la verdad siempre termina saliendo a la luz, señora Garmond. *(A Duncan:)* Claudia era una persona con problemas, ¿no es cierto?

DUNCAN: Sí. Creo que eso lo sabíamos todos.

LECTORA: El detective le preguntó por el estado de ánimo de su mujer antes de fallecer. Sin embargo, usted omitió decirle que Claudia había desaparecido de la noche a la mañana, por espacio de unas semanas, y que regresó justo unos días antes de morir. ¿Por qué no informó de eso al detective?

DUNCAN: No lo sé.

LECTORA: Pues claro que lo sabe. Ni que fuéramos niños que pretextan no saber cuando quieren eludir un tema espinoso. También le dijo al detective que, la noche en que murió Claudia, usted había pasado toda la noche en casa. Lo que, por supuesto, era mentira. ¿Dónde estuvo? *(Duncan no responde.)* Quizás su silencio obedece a cierta caballerosidad malentendida o trasnochada, al impulso de proteger el honor de una dama. Pero esa dama en particular ya ha hablado. *(A Jane:)* ¿No es cierto?

JANE: El detective ya estaba al corriente, Duncan.

LECTORA: Yo incluso me atrevería a decir que medio club estaba al corriente. Duncan Mayer, ¿está usted enamorado de Jane Garmond?

DUNCAN: Sí.

LECTORA: ¿Desde cuándo?

DUNCAN *(retador):* Desde toda la vida.

LECTORA: ¿Le pidió usted matrimonio cuando eran jóvenes?

DUNCAN: Sí.

LECTORA: Pero ella decidió casarse con John Garmond, ¿no?

DUNCAN: Sí.

LECTORA: ¿Y entonces usted se casó con Claudia?

DUNCAN: Sí.

LECTORA: ¿Y ambos fueron infieles durante todo ese tiempo?

DUNCAN: No todo el tiempo...

LECTORA: ¿Al principio?

DUNCAN: Sí.

LECTORA: ¿Y al final?

DUNCAN: Sí.

LECTORA: ¿Estuvo usted en la habitación 312 el jueves por la noche? *(Duncan duda.)* ¿Con Jane?

JANE *(respondiendo por él):* Sí.

LECTORA: Para no andarnos con rodeos: la noche en que falleció su mujer, usted estaba en brazos de otra. Y mintió al detective al respecto. ¿Por qué?

DUNCAN *(acongojado):* Por vergüenza, naturalmente. ¿Usted no habría mentido?

LECTORA: Aquella noche, en la habitación 312, ¿repararon en que había alguien escuchando al otro lado de la puerta?

DUNCAN *(sorprendido):* No. No, no nos dimos cuenta. *(Tras una pausa.)* ¿Era Claudia?

LECTORA: Eso supuse yo, en un principio. O eso di en creer. Pero ya volveremos sobre ese asunto enseguida. Lo importante es que tenía usted una coartada para la noche en que su mujer murió, una coartada con la que no habría contado de ser fiel. Digámoslo de otro modo: su culpabilidad es prueba de su inocencia. ¿Informó al comisario de esa coartada?

DUNCAN: No.

LECTORA: También le dijo al comisario que Claudia no había dejado ninguna nota antes de morir.

DUNCAN: Porque no la dejó.

LECTORA: Creo o, al menos, quiero creer que estaba usted convencido de eso. Pero se equivocó. Claudia sí dejó una nota antes de morir.

DUNCAN *(estupefacto):* ¿De verdad? ¿Cómo...? ¿Qué decía?

LECTORA: La nota contenía ciertos secretos. El porqué de su desaparición y el porqué de su regreso. O eso deduzco, porque no la he leído.

DUNCAN: ¿Dónde está?

LECTORA: Probablemente en la cámara frigorífica de la cocina. El detective debe de llevarla encima. Pero no será necesario registrar el cadáver, dado que hay alguien en esta sala que ya la ha leído.

DUNCAN *(mira a Jane)*: ¿Quién?

LECTORA: La persona que la encontró. ¿Otto? *(Otto hace ademán de ponerse en pie, con dificultad.)* No es preciso que te levantes. No estamos en un juzgado.

OTTO: Lo prefiero.

LECTORA: Otto, ¿dónde estabas el jueves por la noche?

OTTO: Delante de la puerta de la habitación 312.

DUNCAN: ¿Por qué?

LECTORA: ¿Por qué?

OTTO *(sin mirar a su padre)*: Sabía que él estaba dentro. Con ella. Sabía el daño que le hacían a mi madre. O creía saberlo. Aunque en realidad no lo supe hasta el día siguiente. Pero esa noche..., cuando mi padre salió de casa, intuí adónde se dirigía. Pensé que podría interrumpirles o pillarlos in fraganti. Para que pasaran vergüenza.

LECTORA: Pero no lo hiciste.

OTTO: No. En el último momento me faltó valor. O recapacité, no sé. El caso es que me fui. El detective me siguió. Bajé por el sendero que lleva al lago, pero a medio camino me di la vuelta. Si hubiera seguido adelante..., a lo mejor la habría visto. *(Emocionándose.)* A lo mejor se lo habría impedido.

LECTORA: ¿Y al día siguiente encontraste la nota?

OTTO: Sí. No sabía qué hacer con ella. No sabía con quién compartirla. Al final, se la entregué al detective.

LECTORA: ¿Qué ponía en esa nota?

OTTO *(a Duncan):* Nos pedía perdón a los dos por haber vivido una mentira, por haber tratado de engañarnos haciéndonos creer que podía ser una esposa y una madre normal. *(Pestañeando entre lágrimas.)* Pero también te acusaba a ti de haber vivido una mentira.

LECTORA: Otto, ¿sabes por qué desapareció tu madre el mes pasado?

OTTO: Sí. Entonces no lo sabía, pero ahora sí.

LECTORA: ¿Y por qué fue?

OTTO: Porque mi padre le dijo... le dijo que la dejaba.

LECTORA: ¿Qué más?

OTTO *(con una honda inspiración):* Porque mi padre le confesó que tenía otro hijo.

LECTORA: ¿Dejó escrito en esa nota quién era ese otro hijo?

OTTO: Sí.

(Sigue una pausa incómoda, durante la que algunos Personajes deberían caer visiblemente en la cuenta de lo que se acaba de revelar. Otros deberían permanecer en la penumbra hasta que el Público también se percate.)

RAMSEY *(estupefacto):* Dios santo.

JANE: Ramsey...

DUNCAN: Ahora no es momento de...

RAMSEY *(saltando con la mirada de uno a otro):* No me lo puedo creer.

JANE: Ramsey, déjanos explicarte...

RAMSEY: Iros todos al infierno. *(Mirando alrededor.)* ¿Quién más lo sabía? *(A Jane y Duncan:)* ¿Cómo es posible?

JANE: Nadie quería que sucediera.

DUNCAN: Fue un accidente.

RAMSEY: Valiente consuelo.

JANE: No es lo que parece.

RAMSEY: Yo creo que es exactamente lo que parece.

EMMA: Dios mío.

WARREN *(con sonrisa burlona):* Esto se pone divertido.

DUNCAN: Vete a la mierda, Warren.

RAMSEY *(a Duncan):* ¿Tú lo sabías?

DUNCAN: Solo desde hace poco.

RAMSEY *(a Jane, consternado):* ¿Papá lo sabía?

JANE: No.

RAMSEY: ¿Qué pensabas hacer, guardarte el secreto toda la vida?

JANE: Eso pensaba, sí. Y eso he hecho. *(Respira hondo.)* Durante muchos años. Las mujeres saben guardar sus secretos. Al menos las de mi generación, y las de las generaciones anteriores. En tiempos de mi madre había chicas que crecieron sin enterarse de que su hermana mayor era en realidad su madre, que se había quedado embarazada cuando todavía era demasiado joven. *(Duda.)* Yo no quería hacer daño a nadie.

RAMSEY: Pues lo has hecho.

JANE: Cuando comprendí que no podía estar con tu padre...

RAMSEY *(con rencor):* ¿Con cuál de ellos?

JANE: Cuando comprendí que iba a dejar a John, se lo conté a Duncan, pero solo entonces.

RAMSEY: ¿Y a mí cuándo pensabas contármelo?

JANE: No... no estaba segura.

RAMSEY: ¿Pensabas contármelo alguna vez?

JANE *(lanza una ojeada a Duncan):* No estábamos seguros. Es... complicado.

RAMSEY: Si no hubieran matado a papá, ¿me lo habrías dicho?

DUNCAN: Probablemente, no.

RAMSEY: Dios santo. *(A Otto:)* ¿Y tú cómo es que no me habías dicho nada?

OTTO: Si acabo de enterarme. Y que sepas que para mí también ha sido un puto fin de semana de mierda.

RAMSEY *(asombrado):* Perdona. Todo esto me...

JANE: Es mucho que asimilar.

RAMSEY: Es un melodrama, eso es lo que es. Un burdo giro teatral, a mi costa. *(Mirando alrededor.)* No tengo por qué quedarme aquí para ver cómo termina. Que disfruten del resto de la maldita función.

JANE: Ramsey...

(Sale Ramsey.)

LECTORA: Déjelo que se vaya.

JANE: ¿Por qué?

LECTORA: Porque todavía nos queda mucho trabajo por delante. Pero, al menos, ahora ya comprendemos un poco más a la pobre Claudia. Lo que le hicieron puede que no fuera un delito, pero un pecado quizás sí.

DUNCAN *(malhumorado):* Al grano.

LECTORA: Ahora ya sabemos cuál fue el primer asesinato cometido en West Heart, en eso tenemos que centrarnos. ¿Quién mató a John Garmond?

(Telón.)

*

ENTRETENIMIENTOS

«Estos placeres violentos tienen finales violentos», escribió Shakespeare, y aunque el bardo empleó la expresión con un sentido distinto del que aquí nos ocupa, la frase condensa sucintamente el dilema que viene atormentando desde hace siglos a artistas, filósofos de la moral y cívicos mojigatos. Aunque el lector medio no alberga reparos respecto al macabro placer que la ficción criminal le procura, hay algo vagamente perturbador en ese entretenimiento en general. Si examinamos la totalidad de la producción creativa del ser humano, cabe fácilmente censurar a generaciones enteras de la humanidad y tacharlas de horda de sádicos sanguinarios por regocijarse mientras mutilaban a Héctor, violaban a Lavinia y sepultaban a Fortunato; por no hablar de Hannibal Lecter, con la servilleta al cuello dispuesto a saborear su último ágape.

En este sentido, el raro lector que se detiene con incomodidad ante los personajes de una novela de misterio, que bromean maliciosamente sobre el cadáver todavía (muy) fresco del difunto, se asemeja bastante a aquel renuente romano en el coliseo que no se veía con arrestos para levantar o bajar el pulgar. (Sospechamos también que el relato, en extremo minucioso, que Dante nos ofrece sobre las torturas del Infierno, aunque en apariencia advertía sobre los peligros de llevar una vida pecaminosa, en el fondo satisfacía instintos más básicos tanto para él como para sus lectores: ambos gozaban del sufrimiento.)

Es evidente, sin embargo, que los escritores llevan explotando el crimen desde hace milenios sin que ello haya desencadenado todavía la hecatombe de la civilización. Y aunque intuitivamente parece permisible y tal vez incluso deseable que los seres humanos se sirvan de la muerte como entretenimiento, la explicación precisa del por qué eso debería ser así continúa eludiéndonos.

El ensayo satírico de Thomas de Quincey «Del asesinato considerado como una de las bellas artes» contribuyó a la formulación de este debate; la obra está inspirada principalmente en los asesinatos (bastante truculentos) de la vida real perpetrados al parecer por John Williams en 1811. De Quincey los describe como los crímenes «más sublimes» jamás cometidos, y alaba a Williams como «artista solitario» cuyo «derroche de genialidad» ha «elevado el ideal del asesinato para todos nosotros». De Quincey, haciendo alarde de ironía, cita en su defensa a Aristóteles, que en su *Poética* hacía referencia a un «ladrón perfecto» y un «buen ladrón», sugiriendo que la destreza de un delincuente inmoral es susceptible de admiración; es decir, que sus delitos pueden ser apreciados desde un punto de vista estético.

La última parte del ensayo de De Quincey, escrita años más tarde, nos ofrece una recreación pormenorizada de los asesinatos cometidos por Williams que inauguraría el subgénero literario del *true crime* o crimen real. Los relatos criminales, a menudo bastante macabros, habían deleitado al público durante siglos; en tiempos de Shakespeare, por las enfangadas calles londinenses circulaban multitud de folletines baratos en los que se detallaban los últimos delitos y detenciones del momento. Posteriormente, se dedicaron volúmenes enteros a documentar historias sobre «atentados contra la ley» que eran muy del gusto del público lector.

La obra de Robert Alison *The Anecdotage of Glasgow* (1892) cuenta la historia de James M'Kean, que a pesar de ser «un maestro zapatero sin apreturas económicas», como se le describe con deliciosa expresión, en 1796 había asesinado a un hombre con una navaja de afeitar hasta casi rebanarle la cabeza, y todo al parecer por un asunto de 118 libras. M'Kean también había sido sospechoso de la muerte de su madre, ocurrida años antes, y en la noche previa a su ejecución, al preguntarle un clérigo sobre el particular, al parecer el condenado le contestó: «¿Es capaz de guardar un secreto, reverendo?». El clérigo dijo que sí y M'Kean respondió: «Pues yo también».

Ante esta divertida anécdota con su coletilla maravillosa, ¿debemos sentirnos culpables por encontrarle gracia? Sinceramente, ¿cuántos de nosotros nos hemos parado a pensar en esa pobre víctima moribunda, con la sangre manando a borbotones por el cuello, o en los amigos y la familia que ya nunca más volverían a verla? ¿Deberíamos achacar tal omisión a una falta de imaginación o de empatía?

Por otro lado, habría que señalar también otras consideraciones de índole más práctica. Agatha Christie, una de las más prolíficas asesinas (en la ficción) que ha dado la literatura, se horrorizó ante la posibilidad de que un crimen, llevado a cabo en la vida real ya al final de su vida, hubiera sido ideado a imagen y semejanza de una de sus historias. Graham Young envenenó a varias víctimas utilizando un metal pesado llamado talio, recurso que Christie había empleado una década antes en su novela *El misterio de Pale Horse.* Tanto si la novela inspiró al asesino como si no (Young declaró no haberla leído, pero el talio era un veneno bastante desconocido antes de que Christie lo empleara para esa historia), sí es cierto que contribuyó a su captura: un médico que asesoró a la policía en la resolución del caso identificó los síntomas de la víctima basándose en su recuerdo de la novela.

A pesar de los temores que suscitan estos placeres violentos, la cuestión podría zanjarse de forma bastante definitiva destacando que solo una ínfima fracción de nuestros congéneres ha disparado, apuñalado, aporreado, estrangulado, ahogado, defenestrado o envenenado a otro. ¿Cuál es, pues, la utilidad del crimen como arte?

La explicación más temprana y, hasta la fecha, más convincente respecto al alimento metafísico que nos brinda el crimen procede, una vez más, de Aristóteles. En su *Poética,* el filósofo introduce el concepto de «catarsis». Desde el contexto del teatro griego clásico, Aristóteles conjetura que la experiencia indirecta de ciertas emociones —él menciona la compasión y el miedo, aunque la crítica a lo largo de los siglos ha ido ampliando la lista hasta incluir toda la gama de emociones— posibilita que el público se purgue de esos sentimientos en una especie de acto de «purificación» psicológica. A eso se debe que nos siente tan bien «llorar a lágrima viva» ante una película o un libro tristes; y que ver una película de terror pueda suscitarnos una risa gozosa. El mecanismo de esa reacción continúa siendo un misterio, aunque los freudianos y otros ocultistas han hecho todo lo posible por explicarlo. No obstante, es indudable que la catarsis funciona; quizás debamos ver en ello el anverso de la argumentación propuesta por Bertrand Russell respecto a la prueba ontológica de que Dios existe: «Es más fácil sentirse convencido de que [el argumento ontológico] ha de ser falaz que descubrir exactamente dónde radica la falacia».

Los límites de este debate se descubrieron el 25 de mayo de 1952 durante el estreno de la obra de Paul Goodman *Faustina,* en el Cherry Lane Theatre de Nueva York. Tras el sobrecogedor clímax de la obra, ambientada en la Roma de los gladiadores, la actriz que desempeñaba el papel de emperatriz se dirigió a los espectadores, en un aparte no incluido en la obra (Goodman autorizó a la actriz para que se expresara con sus propias palabras), y los amonestó por no impedir su sangriento desenlace: «Hemos representado una escena brutal, el asesinato ritual de un hombre joven y apuesto. Me he bañado en su sangre, y si ustedes hubieran sido un público digno, habrían saltado al escenario y detenido la acción». Su arenga cayó en saco roto; de hecho, el público no hizo sino encolerizarse indignado. La escena avergonzaba a la actriz, Julie Bovasso, que, aquella noche del estreno, le confesó al público: «Tengo que decirles unas líneas tan horribles que no sé si seré capaz de continuar...», y al final terminó dejando la obra al cabo de pocas funciones. La directora, Judith Malina, asumió a partir de ese momento el papel de Faustina. En el programa de la obra, justificando la producción y dirigiéndose al público, Malina afirmaba: «Somos creadores de un arte en el que cada noche ignoramos a centenares de personas...».

La función se clausuró a las dos semanas.

*

Representación teatral

Salón principal de la sede del club West Heart, como en la escena previa. Los Personajes deberían situarse en la posición exacta donde se encontraban al final de la Escena I. La Lectora luce ahora un atuendo y un peinado contemporáneos a los de los Personajes, no a los del Público.

ESCENA II

LECTORA *(a la sala):* Esto de jugar a los asesinatos es terrorífico, ¿verdad? Pero creo que estamos haciendo progresos. Hemos sacado a la luz una aventura extramarital. Explicado un suicidio. Revelado un secreto que llevaba décadas escondido. Desenmascarado a un nazi. Puesto en evidencia a un ladrón y al individuo que lo chantajeaba. Y descubierto cómo un asesino en potencia se salvó gracias a su mala puntería. Claro que nuestra tarea principal sigue pendiente: ¿quién es el asesino? *(Pausa; dirigiéndose a Susan a continuación:)* Susan Burr.

SUSAN: Me toca, ¿no?

LECTORA: ¿Cuándo le pidió su marido que llamara a John Garmond? *(Susan baja la vista y luego mira a Warren.)* No lo mire a él, míreme a mí. A las doce de la noche se recibió una llamada en el domicilio de los Garmond, justo antes del asesinato. Inmediatamente después, John se dirigió al edificio del club. ¿Cuándo le pidió su marido que hiciera esa llamada? *(Silencio.)* Responda, por favor.

WARREN: Susan...

LECTORA: Por favor.

WARREN: Cuidado, Susan.

SUSAN *(apresuradamente):* Al llegar a casa. *(Warren muestra abiertamente su enfado.)* Después de la hoguera.

LECTORA: ¿Le dijo por qué?

SUSAN: Dijo... *(Lanza una ojeada a Warren de nuevo.)*

LECTORA: No lo mire a él. Míreme a mí. ¿Por qué dijo que quería que hiciese esa llamada?

SUSAN: Dijo que estaba al corriente de todo. Aunque eso yo ya lo sabía, esa no fue la sorpresa. La sorpresa fue que hablara de ello. Nunca lo habíamos mencionado, al menos directamente. Dijo que tenía que hablar con John sobre la venta del club; que tenía que convencerlo de que hiciera lo debido.

WARREN: Susan, te lo advierto...

LECTORA: No le haga caso. Ya no puede hacerle daño. ¿Qué era «lo debido»? ¿Dar su aprobación a la venta?

SUSAN: Sí. Warren decía que necesitábamos esa venta. Que si no salía adelante, íbamos a tener problemas. Había deudas de las que yo no tenía idea. Me dijo que estaba en un aprieto.

WARREN *(levantándose del asiento):* Susan, como se te ocurra...

DUNCAN: ¡Siéntate, coño! *(Warren se sobresalta.)* Como te atrevas a ponerle un dedo encima, juro por Dios que te lo parto.

WARREN *(fríamente):* No sabes de qué demonios hablas, Duncan. Más te vale ir con cuidado.

DUNCAN: Seguro que sí. Pero ya me la trae al pairo que tengas o no esos contactos en la capital. Quiero oír lo que Susan tiene que decir. *(Pausa.)* Quiero saber lo que le sucedió a mi amigo.

(Warren duda y luego vuelve a sentarse, con una risita sardónica.)

LECTORA *(a Jonathan):* ¿Tiene algo que decir sobre este asunto, señor Gold?

JONATHAN *(con exagerada perplejidad):* ¿Yo? ¿Por qué habría de tener algo que decir?

LECTORA *(a Susan):* ¿A qué clase de aprieto se refería? ¿Cómo interpretó sus palabras?

SUSAN: Entendí que iba a ocurrir algo grave. Esa gente con la que trata... no se anda con contemplaciones.

LECTORA: ¿Gente como Jonathan Gold?

SUSAN: Él es solo un intermediario. El rostro de la Muerte cuando cabalga por el pueblo.

LECTORA *(a Warren):* Usted le dijo al detective que se dedicaba a transportar riqueza de un punto a otro. ¿Para quién desempeña esa función, señor Burr?

WARREN: Si cree conocer todas las respuestas, ¿por qué hace tantas preguntas?

LECTORA: ¿Trabaja usted para la organización del señor Gold?

WARREN: Tengo muchos clientes.

LECTORA: Le dijo a McAnnis que no conocía al señor Gold de antes. Pero no era verdad, ¿no? Su mujer le hizo saber al detective que eran socios.

(Bisbiseos entre los personajes.)

DOCTOR BLAKE *(con gelidez):* Detesto que me mientan, Warren.

WARREN: Oh, qué grandes preceptores de la moral tenemos en West Heart. Venga ya, hombre.

DOCTOR BLAKE *(a Jonathan):* ¿Para quién trabaja exactamente?

LECTORA: ¿Le importaría darnos nombres, señor Gold? Para así agilizar el proceso de la justicia.

JONATHAN: Siempre he profesado un gran interés por los procesos de la justicia, qué duda cabe. Sin embargo, en lo que concierne a este asunto, tengo las manos atadas. Saben ustedes muy bien que la salvaguarda del secreto profesional entre abogado y cliente es sagrada, ¿no?

DOCTOR BLAKE: Por la cuenta que le trae...

JONATHAN: Efectivamente.

JANE: ¿Es la mafia?

JONATHAN *(con desdén):* Si tu organización delictiva tiene nombre, es que algo estás haciendo mal. *(A la Lectora:)* Pero continúe, por favor. No se deje arredrar por mis reticencias. Estas... elucubraciones son fascinantes.

LECTORA *(a Susan):* Antes ha dicho que temía que sucediera algo grave. ¿A Warren? ¿O a usted misma?

SUSAN: Warren me dio a entender que, pasara lo que pasara, nos afectaría a ambos. Y lo creí.

LECTORA: ¿Ese fue el único motivo por el que efectuó esa llamada?

SUSAN: ¿Cómo?

LECTORA: ¿No medió también una amenaza? *(Silencio.)* En fin, pasemos a otra cosa. ¿Qué le dijo a John por teléfono?

SUSAN: Que necesitaba verlo.

LECTORA: Es decir, le proponía una cita amorosa.

SUSAN: Eso le di a entender, sí.

LECTORA: ¿Se mostró reacio?

SUSAN: Él nunca se mostraba reacio. *(Hace un gesto en dirección a Jane.)* ¿Es preciso que esté ella presente?

JANE: Da igual. *(Con aire hastiado:)* Continúa.

LECTORA *(a Susan):* ¿Sabía lo que Warren planeaba hacer?

SUSAN: No, le juro que no. *(A Jane:)* Jane, de verdad que no lo sabía.

LECTORA: ¿Estaba usted despierta cuando su marido regresó a casa? Posteriormente.

SUSAN: Sí.

LECTORA: ¿Qué dijo?

SUSAN: Nada.

LECTORA: ¿Le tiene usted miedo a su marido, señora Burr?

SUSAN *(con lágrimas en los ojos):* Sí.

LECTORA *(con delicadeza):* ¿Tiene usted un hematoma en las lumbares, del tamaño de una pelota de tenis, con un tinte negro azulado a la tenue luz de la luna?

SUSAN: *(Asiente.)*

LECTORA *(a Warren):* Señor Burr.

WARREN: Sí.

LECTORA: Al final, las preguntas vuelven a usted.

WARREN: Evidentemente, no pienso contestar.

LECTORA: En mi opinión, a veces la simple formulación de las preguntas tiene su utilidad. Es la táctica habitual entre científicos o filósofos. En fin, señor Burr, ¿empezamos?

WARREN: Usted verá.

LECTORA: Señor Burr, ¿está usted en deuda con algún grupo delictivo? *(Silencio.)* ¿Le pidió a su mujer que llamara por teléfono a John Garmond? ¿La amenazó? ¿Maltrata usted físicamente a su mujer, señor Burr? *(Silencio.)* ¿Obligó a su mujer a telefonear a John Garmond para poder sorprenderlo en el edificio del club? ¿Fue usted quien lo mató? *(Silencio.)* ¿Mató a John Garmond para garantizar la venta del club? ¿Mató a John Garmond en venganza por acostarse con su mujer? *(Hace un gesto en dirección a Jonathan.)* ¿Lo hizo a petición de él? ¿Le exigió él que lo hiciera? ¿Lo amenazó? ¿Procedió con rapidez, temiendo que le faltara valor? ¿O prolongó el momento? ¿Se tomó su tiempo? *(La Lectora va hacia Jane y se coloca a su lado.)* ¿Disfrutó matándolo? ¿Le explicó el motivo a la víctima? ¿Cómo reaccionó él? ¿Le suplicó clemencia? ¿Disfrutó viéndolo suplicar? *(Silencio.)* ¿Mató a John Garmond disparándole un tiro a bocajarro en la nuca?

(La sala permanece en silencio un momento que se hace eterno. ¿Están Jane y Susan llorando, silenciosamente?)

WARREN *(con parsimonia, dirigiéndose a la Lectora, pero también a la sala):* ¿Ahora viene el momento de la confesión, cuando me postro de rodillas suplicando perdón? No caerá esa breva. Es evidente que no dispone de ninguna prueba. Ninguna. Una supuesta llamada telefónica. Elucubraciones. El testimonio de una mujer histérica y asustada cuya adicción a las pastillas es de todos conocida. ¿Dónde está el arma del crimen? ¿Dónde están las pruebas de mis supuestos problemas financieros? ¿O de mi asociación con Jonathan Gold? No tiene ninguna prueba contra mí. Saldré impune. Pase lo que pase, el club se venderá, porque esta gente tiene mucha necesidad de venderlo. La muerte de John Garmond habrá servido a su propósito. Y pronto todo esto parecerá un sueño, una historia medio olvidada, sacada de un libro que leímos por casualidad y ya habíamos arrumbado. No cuenta con ninguna prueba. Ninguna. *(Mirando alrededor.)* Veo aquí muchos viejos amigos. Muchas emociones. Miedo. Ira. Asco. ¿Quizás un atisbo de admiración? Puede que pronto me den las gracias, y me feliciten las navidades.

DUNCAN: Deliras.

WARREN: ¿Ah, sí? *(A Susan:)* Y tú, querida Susan, estás perdonada, claro. *(Susan se encoge.)* Ya hablaremos. *(La mira fijamente y luego se dirige a la sala; mira a todos los miembros del reparto, uno tras otro, y sonríe.)* ¿Alguno de vosotros domina el arte de pegar a una mujer? ¿Sabe cómo infligir dolor, un dolor intenso, sin dejar rastro? Podrá pareceros una brutalidad, pero en realidad se trata de algo muy delicado. Obviamente, conviene evitar la ruptura de órganos y las hemorragias internas; eso podría conducirnos al hospital. Quizás incluso a la intervención de la policía. Es decir, que hay que evitar causar hematomas en lugares visibles del cuerpo: la cara, por descontado, y los brazos. Las piernas, si estamos en verano. Siempre se debe tener muy en cuenta la estación del año. Y controlar la ingesta de alcohol. Un whisky o dos, para soltarse un poco, siempre viene bien, pero a partir de esa cantidad, es fácil cometer errores. También hay que escoger las herramientas adecuadas, claro. Algunos son muy partidarios de las bolsas de naranjas. Otros opinan que lo mejor es embutir unas cuantas pastillas de jabón en un calcetín. Yo apuesto por los sistemas tradicionales. Los puños proporcionan más control. Más control y más satisfacción.

JANE *(furiosa):* Eres un monstruo.

WARREN *(fingiendo sorpresa):* ¿No me digas que John nunca te soltó un puñetazo, para meterte en vereda? Cuando llevaba unas copas de más encima.

(Duncan salta de su asiento encolerizado. Warren saca una pistola del bolsillo de la americana y le apunta. Duncan se queda paralizado.)

JANE: ¡No dispares!

WARREN: Da otro paso, Duncan. Venga, haz el favor. En el estado de Nueva York la legítima defensa es una figura muy protegida. Y con tantos testigos delante... Sería mucho más fácil conseguir la absolución. Venga, adelante.

DUNCAN: Tiene razón Jane, eres un monstruo.

WARREN: Soy un hombre, como tú. Puede que las dos cosas sean lo mismo.

LECTORA: ¿Cuántas balas hay en esa recámara, señor Burr? ¿Falta alguna? *(Warren tuerce el gesto.)* ¿Le importaría entregármela para que la examine?

WARREN: Claro que me importaría. De hecho, ahora que ya he sacado el arma, creo que solo me quedan dos opciones. O disparar contra alguien o marcharme. ¿Qué prefieren? *(Silencio.)* ¿Nadie dice nada? Está bien.

(Amartilla la pistola y apunta a Duncan, que cierra los ojos.)

SUSAN: Warren. Por favor.

WARREN: Ah, así que ahora tienes a bien dirigirme la palabra, ¿no?

SUSAN: Por favor.

WARREN *(sin apartar la vista de Duncan):* Dime que volverás conmigo a casa.

SUSAN: Sí.

WARREN: Dilo.

SUSAN: Volveré contigo a casa.

WARREN *(sigue apuntando con la pistola unos segundos más, luego la baja, sonríe y silba con satisfacción):* Joder. Ha sido toda una experiencia. ¿Se te ha acelerado el pulso, Duncan? A mí, sí. La adrenalina. Casi merece la pena repetirlo. *(Finge apuntar con la pistola de nuevo; Duncan se encoge instintivamente; Warren baja la pistola.)* Era broma, hombre. La violencia es adictiva, como todo en la vida. Podría aficionarme. *(A Susan:)* ¿Preparada, mi amor?

SUSAN: Sí.

(Warren la coge de la mano, le besa los nudillos y luego le da un golpecito en la muñeca.)

WARREN: Te has portado mal, niña.

(Salen Warren y Susan.)

(Los demás se quedan en silencio un rato, el necesario para que un grupo de personas encerradas en una habitación, con el aliento contenido, tuvieran la seguridad de que el individuo armado ya se ha ido y ha pasado el peligro. Duncan se reclina en la silla de nuevo.)

JANE *(a Duncan):* ¿Estás bien?
DUNCAN: Al menos no me he meado encima.

(Las luces parpadean y de pronto se iluminan con un sonoro zumbido. El ruido sordo del generador se apaga abruptamente.)

MEREDITH: Ha vuelto la luz. Puede que las carreteras estén despejadas, ¿no?
JANE: ¿Ahora qué hacemos? Con él, me refiero.
LECTORA: Creo que ha llegado el momento de comunicarles que la policía viene de camino.
JANE: ¿Cómo?
LECTORA: Fred Shiflett sabía de un camino secreto para salir del club que nadie más conocía.
DUNCAN: Menudo pájaro.
JANE: Pero a Dios gracias.
LECTORA: La policía está al caer.
JANE: Tienen que liberar a Susan.
DUNCAN: Lo harán, descuida.
JANE: Y luego espero que ese hombre se pudra en el infierno.
LECTORA: Sí. Aunque tiene razón en que las pruebas contra

él no se sostienen. Es probable que no puedan inculparlo. *(A Jonathan:)* Seguro que su organización tiene acceso a recursos legales de primer orden.

JONATHAN: Los tenemos, por supuesto. *(Se encoge de hombros.)* Pero ahora nuestros intereses han tomado otro rumbo. En este momento, el señor Burr está solo.

REGINALD: Entonces, ¿aquí se acaba la historia?

LECTORA: No del todo.

REGINALD: ¿Cómo?

DOCTOR BLAKE: ¿El detective?

LECTORA: Sí.

JANE: El pobre está muerto, y esto parece un epílogo.

REGINALD: ¿Por qué iba Warren a querer matarlo?

LECTORA: No creo que quisiera.

JANE: Si no fue él, ¿quién lo hizo?

LECTORA: Tenemos tres víctimas. Tres muertes. Muy distintas entre sí. Una por ahogamiento. Otra por arma de fuego. Hasta ahí, bien. Pero el caso del detective es... peculiar. Su sentido se me escapa.

JANE: Quizás descubrió algo que no era del agrado de su cliente.

LECTORA: ¿Señor Gold? ¿Alguna opinión al respecto?

JONATHAN: Yo soy capaz de apreciar la estética del asesinato, como cualquiera, pero el lado práctico es otra cuestión. No soy experto en asuntos de sangre.

LECTORA *(a los Blake):* ¿La habitación estaba cerrada por dentro?

EMMA: Sí.

LECTORA: ¿Las ventanas también?

JAMES: Sí, yo mismo lo comprobé.

LECTORA *(al doctor Blake):* Usted fue el primero que entró en el dormitorio del detective, ¿no es cierto?

DOCTOR BLAKE: Entramos los tres a la vez.

LECTORA: Pero usted fue el primero en examinar el cuerpo, como médico que es, ¿no? ¿Les pidió a sus hijos que se quedaran atrás?

DOCTOR BLAKE: Sí.

LECTORA: Los que conozcan el patrón clásico de la «habitación cerrada» sabrán que en esos casos se debe prestar atención especial a la primera persona que accede al lugar del crimen y examina el cadáver. Particularmente si esa persona posee algunos conocimientos de anatomía, como pudiera ser un carnicero o un veterinario. O un médico. *(A James y Emma:)* Cuando entraron en el dormitorio, ¿su padre se interpuso entre el cadáver y ustedes para que no lo vieran?

JAMES: Esa insinuación es absurda.

LECTORA: ¿Es posible que su padre, aunque al parecer pretendiera comprobar si el detective seguía vivo, estuviese de hecho matándolo?

JAMES: Por supuesto que no.

LECTORA: ¿Emma?

EMMA: No creo... no creo que fuera capaz de hacer eso.

LECTORA: El jueves por la noche, durante la cena, cuando el detective mintió sobre su participación en la guerra de Vietnam, dijo también que padecía de un soplo en el corazón. Eso tal vez sí fuera cierto, ¿no? *(Al doctor Blake:)* Siendo usted médico, no le habría resultado difícil cambiar las pastillas que el señor McAnnis guardaba en el cajón por otra cosa. Algo que usted sabía que podría empeorar su afección cardiaca. O incluso matarlo. O quizás tuviera otro plan. Quizás le había cambiado las pastillas por algún sedante que lo dejara inconsciente, para así tener un pretexto que le permitiera ser el primero en entrar en el dormitorio, con el fin de examinar a la víctima, y administrarle un veneno letal sin que nadie se diera cuenta. Si examináramos el cadáver *(señala hacia la cocina con un gesto),* ¿es posible que descubriéramos un pequeño morado del tamaño de un pinchazo en la axila izquierda?

DOCTOR BLAKE *(retador):* ¿Por qué no lo saca de ahí y lo comprobamos?

LECTORA: Si no lo mató usted, doctor, ¿entonces quién? *(La Lectora pasea de un lado al otro del salón, deteniéndose un momento ante cada uno de los personajes; se dirige a Meredith en primer lugar.)* ¿Tal vez la esposa protectora, ansiosa por proteger la reputación de su marido? *(A Jane y Duncan:)* ¿O los ilícitos amantes, desesperados por ocultar un secreto que mantenían desde hace décadas? *(A Reginald:)* ¿O el contable desaprensivo, temiendo que salieran a la luz otros delitos? *(A Jonathan:)* ¿O quizás el cliente, preocupado porque las pesquisas inesperadas de su detective iban en aumento, amenazando con ello una lucrativa transacción económica? *(La Lectora vuelve al punto de partida y se dirige a la sala en general.)* La resolución se presenta difícil. Lamentablemente, nos falta esa pista concluyente sobre la identidad del asesino dejada por la propia víctima, lo que en el canon se conoce como «El mensaje del moribundo»: la esquina doblada de un libro o unas iniciales arañadas con las uñas en la madera o un murmullo estertóreo malentendido: «emparedados» en lugar de «par de dados», por ejemplo. Pero, al parecer, el detective no nos dejó tal mensaje. *(Pausa.)* ¿O sí lo dejó? *(Se vuelve hacia Emma:)* ¿Descubriste algo en el cadáver?

EMMA: No, no creo.

LECTORA: ¿Quién transportó el cadáver hasta la cámara frigorífica?

EMMA: Mi padre y James.

LECTORA *(a James):* ¿Descubriste algo en el cadáver del difunto McAnnis?

JAMES: No.

LECTORA: ¿Estás seguro?

JAMES: Sí.

LECTORA: Entonces, ¿no reparaste en el papel arrugado que empuñaba en la mano?

JAMES: *(Silencio.)*

LECTORA *(insistente):* Te lo preguntaré otra vez. ¿No te diste cuenta de que tenía un pedazo de papel en la mano? ¿Un papel extraído del dosier que el detective había preparado sobre el club?

JANE: Tenemos que ver ese dosier como sea.

LECTORA *(a la sala):* Yo tampoco lo he visto todavía, aunque sé de su existencia, por supuesto. Sé de ese *dramatis personae* detectivesco, por llamarlo de algún modo. Supongo que muchos de ustedes figurarán en ese dosier. Indagaciones sobre su pasado. Estado de sus cuentas bancarias. Hipotecas, préstamos, deudas. Inmoralidades. Desviaciones sexuales. No me cabe duda de que allí estará todo recogido.

DUNCAN: Qué cabrón.

LECTORA: El señor McAnnis no hacía más que cumplir con el trabajo para el que lo había contratado el señor Gold. Pero volvamos a la cuestión que nos ocupa. *(A James:)* ¿Qué nombre se mencionaba en ese papel, James? *(Silencio.)* ¿Qué pensaste al ver que el papel arrugado que empuñaba el detective era el informe sobre tu padre?

EMMA: ¿Cómo puede...?

JAMES *(con brusquedad):* Eso no quiere decir nada.

DOCTOR BLAKE: James...

JAMES: En serio. Eso no quiere decir nada. Podría no guardar ninguna relación. Puede que lo cogiera por cualquier motivo. O por ninguno en particular.

LECTORA: ¿Cuándo encontraste ese papel?

JAMES: En la cámara frigorífica.

LECTORA: ¿Y dónde estaba tu padre en ese momento?

JAMES: Fuera. Le dije que esperara un momento.

LECTORA: Y lo encontraste entonces.

JAMES: Sí.

LECTORA: ¿Y luego qué pasó?

JAMES: Que me lo metí en el bolsillo.

LECTORA: ¿Y dónde está ahora?

JAMES: Lo quemé en el fregadero de la cocina.

EMMA: Dios santo.

LECTORA *(al doctor Blake):* Si el homicida fue usted, entonces su hijo pasa a ser cómplice del crimen por encubrimiento. ¿Tiene algo que añadir ahora, doctor?

DOCTOR BLAKE *(sin alterarse):* Yo no maté a Adam McAnnis.

REGINALD: Eso sí que tiene gracia.

JAMES: Váyase a la mierda.

LECTORA *(tras un largo silencio, se dirige al doctor Blake):* Creo en su palabra.

EMMA: ¿Sí?

LECTORA: Sí. La ocasión existe, pero no concurre un móvil. ¿Por qué iba a querer el doctor Blake matar al detective? ¿Porque había descubierto la odiosa ideología de su padre, una ideología que él comparte? Tal vez. Pero no parece motivación criminal suficiente. Como una receta en la que se hubiese omitido el ingrediente principal. Es decir, que la muerte del detective continúa siendo un enigma. Lo que es innegable es que nos han llevado a pensar que podría haber sido usted. Nos han proporcionado un «mensaje del moribundo» que apunta hacia usted. Los parámetros relacionados con el descubrimiento de un cadáver en una «habitación cerrada» concuerdan. Nos han incitado a sospechar de la primera persona en examinar el cadáver, máxime tratándose de alguien que profesa una vocación como la suya. Es natural que recelemos de los médicos: nos recuerdan nuestra inmortalidad. Un diagnóstico resumido en una sola palabra, un resultado analítico garabateado con letra ilegible puede equivaler a una sentencia de muerte. Para muchos de nosotros, es lo más parecido a un veredicto judicial que vamos a experimentar en la vida. Es decir, que los médicos pueden ser los villanos perfectos. Y no me cabe duda de que usted es un villano. Pero no por haber asesinado a este detective.

JAMES: ¿Insinúa que alguien le tendió una trampa a mi padre?

LECTORA: Sí.

DOCTOR BLAKE: ¿Quién?

EMMA: ¿Y quién mató al detective?

(Telón.)

«¿Por qué se me ocurriría inventarme esta criatura tan tediosa, grandilocuente y detestable?»

Confesión

El mensaje en la botella. La carta remitida a la dirección de un periódico o a Scotland Yard. El manuscrito que se deja en el cajón de una mansión campestre para que lo lea el personaje que desempeña el papel de Watson. Llegados ahora al desenlace, tanto tú como yo debemos reconocer que estamos enriqueciendo una tradición venerable. Por fin llegó el momento de poner las cartas boca arriba.

Los riesgos son evidentes: ¿de verdad queremos que el ilusionista nos explique el truco? ¿Que el humorista deconstruya el chiste? ¿Acaso no mata eso la magia, si la hubiera?

Aun así...

¿Quién no se permite una pequeña trampa, cuando ve la solución del crucigrama escrita del revés a pie de página?

*

Los móviles de la novela de misterio clásica son los mismos que impulsaron la tragedia shakesperiana, si no aristotélica: el amor, el odio, el miedo, la avaricia, la envidia, y otro ramillete de vicios menores: la lujuria, la ambición, la ira, la vanidad, la vergüenza, la cobardía. El joven *ama* a su prometida, así que apuñala al villano que está intentando chantajearla por *avaricia*. La madre tiene *miedo* de que denuncien a su hijo, al que *ama,* por lo que envenena al investigador que está investigando los delitos en los que su hijo ha incurrido cegado por la *ambición.* El empresario fracasado *envidia* a su rival, que ha llegado más alto que él y lo engañó en la primera empresa común impulsado por la *avaricia,* por lo que ahora se cobra la *venganza.* El hijo, dominado por la *lujuria* que siente por su madre, acaba matándola de pura *vergüenza.* El *vanidoso* héroe público, presa de la *ira,* mata al único soldado que conoce su verdadera *cobardía.* El empleado *odia* al propietario de la tienda. El hijo *odia* a su padre. La mujer *odia* a su marido. La suicida se *odia* a sí misma...

P: Entonces..., ¿cuál era su móvil? ¿Por qué mató a Adam McAnnis?

R: [...]

P: ¿Cómo lo hizo?

R: Valiéndome de la misma fuerza misteriosa con la que una antigua deidad convirtió a una mujer en estatua de sal. Es decir, con una combinación de magia, mito y fe.

*

Yo no odiaba a Adam McAnnis, ¿por qué iba a odiarlo? Más bien le tenía lástima por las desgracias que le había hecho padecer. Tampoco odiaba a Claudia Mayer ni a John Garmond. Si concedes algún crédito a esta confesión, tal vez te fíes de mi palabra: fue la lógica y no la pasión lo que motivó estos crímenes. En cuanto comprendí mi trama, sus muertes se hicieron necesarias. No podía sino matarlos.

No supe que McAnnis debía morir hasta mucho después de que llegara a West Heart. El plan de liquidar a Claudia Mayer también se me ocurrió *a posteriori,* aunque ella fue la primera víctima. A John Garmond, en cambio, me había propuesto matarlo desde el principio.

Es evidente que estos crímenes siguen el modelo de muchos homicidios ilustres y ejemplares.

Arthur Conan Doyle acabó con la vida de Sherlock Holmes en las cataratas de Reichenbach y dejó que el mundo llorara su muerte durante diez largos años (por las calles londinenses circulaban jóvenes luciendo brazaletes negros, en señal de luto), hasta que un buen día lo resucitó de manera tan milagrosa como inverosímil. Agatha Christie liquidó a Hercule Poirot —lo hizo víctima de una enfermedad terminal y al final, cruelmente, lo convirtió en asesino—, en un arrebato de venganza que mantuvo guardado en el fondo de un cajón durante tres décadas. Cuando el libro por fin salió a la luz, el *New York Times* publicó un obituario a la memoria de Poirot.

Pero ninguna crueldad supera a la de Shakespeare, que sopla delicadamente sobre los rescoldos de sus criaturas solo para después poder matarlas o torturarlas unas páginas más adelante. La muerte de Cordelia. La ceguera de Gloucester. El envenenamiento de Hamlet. ¿Qué impulsa a un hombre a matar a un personaje que lleva el nombre de su difunto hijo?

Así pues:

¿Lloré cuando obligué a Claudia Mayer a llenarse la bata de piedras? ¿Me tembló la mano al apuntar con la pistola de Warren Burr en la nuca de John Garmond? ¿Dudé antes de humedecerme las yemas de los dedos para apagar cualquiera que fuese la llama prometeica que insuflaba a Adam McAnnis?

¿Me declaro culpable o inocente de esas acusaciones?

Culpable.

Entonces, ¿por qué lo hice? ¿Lo achacamos a la búsqueda

de fama y fortuna? ¿O hay algo más en juego? ¿Curiosidad intelectual? ¿Goce estético? ¿Satisfacción de fantasías sociópatas o sádico-eróticas? ¿Estoy ahora, al igual que Yago en la famosa explicación de Coleridge, «persiguiendo un móvil» simplemente, buscando una explicación *ex post facto* que justifique todas estas horas interminables que he pasado en soledad, meditando sobre el crimen?

Consideremos la primera historia de misterio del mundo, en la que Edipo pone en marcha una funesta investigación —las pesquisas sobre quién había asesinado al antiguo rey de Tebas— que concluye con el descubrimiento de que el culpable no es otro sino él, y con la amarga conciencia de haber sido el autor de la trama que lo ha abocado a la catástrofe.

O consideremos un caso más reciente: el ejemplo de Eugène-François Vidocq, el asesino del siglo XIX que llegó a ser jefe de policía en París y que más tarde inauguraría la primera agencia de detectives del mundo; en la que, según se rumoreaba, a menudo se cometían delitos para luego cobrar por resolverlos. Soy una rata construyendo el laberinto del que planeo escapar.

O consideremos la trama que W.H. Auden le aconsejó a Raymond Chandler (a la que este no prestó oídos): un club de asesinos que, sospechando que uno de los suyos mata por diversión en lugar de por dinero, contrata a un detective privado para que localice a ese asesino entre asesinos.

¿Quién más indicado para interrogar al escritor de una novela de misterio que el lector de esta?

*

Esta novela de misterio, como todas las de su género, concluye con lo que los lectores conciben como su desenlace, revelando o negándose a revelar y resolviendo o no resolviendo el enigma, ya que, a decir verdad, para este tipo de historia no existen reglas ni engaños. Todo lo que nos queda, a ti y a mí, son estos recuerdos culpables de unos crímenes sangrientos que han requerido la complicidad de ambos; al fin y al cabo, todo escritor es un asesino y todo lector, un detective.

AGRADECIMIENTOS

Ante todo, deseo expresar mi gratitud a la buena gente del auténtico «West Heart», fuente de inspiración para esta historia, por la hospitalidad con que me acogieron; no guardan parecido alguno con las infames criaturas que pueblan estas páginas y (¡que yo sepa!) no ocultan a ningún asesino entre sus filas. Las localizaciones geográficas, la historia y los personajes de mi ficticio West Heart son, sin duda, puramente imaginarios; y a los lectores que sospechen que he cambiado los calendarios históricos, meteorológicos y lunares en beneficio propio: *mea culpa.*

Gran parte de la investigación llevada a cabo para escribir esta novela provino de fuentes primarias (es decir, mis lecturas), pero entre los otros muchos textos consultados, debo reconocer mi deuda particular con *Historia del relato policial,* de Julian Symons, y con *The Oxford Companion to Crime & Mystery Writing* (edición de Rosemary Herbert). Los amantes lectores de *La tierra baldía* (1922) de T.S. Eliot reconocerán el epígrafe del Jueves; el del Viernes procede de *El hombre hueco* (1935) de John Dickson Carr; la cita que encabeza el Sábado se extrajo del artículo de G.K. Chesterton «Cómo escribir un relato policiaco» (1925); la del Domingo, del ensayo de Thomas de Quincey «Del asesinato considerado como una de las bellas artes», aparecido por primera vez en

1827 en forma de artículo; y el epígrafe de la Confesión, de *Hercule Poirot: Fiction's Greatest Detective* (Agatha Christie, 1938).

Debo también un agradecimiento especial a mis socios en el crimen, David Black, Susan Raihofer, Paul Bogaards y Jennifer Barth, así como a mis amigos Sebastian Cwilich y Anne Hellman, que contribuyeron en otros aspectos a que este libro viera la luz.

Por último, y sobre todo, doy las gracias a mi mujer y a mis hijos, por su paciencia, su cariño y su apoyo.